KB236000

김채형 소설집

그 사막에는 야생화가 있다

청어

그 사막에는 야생화가 있다

김채형 지음

발행처 · 도서출판 청어
발행인 · 이영철
영   업 · 이동호
기   획 · 최윤영 | 김홍순
편   집 · 김영신 | 방세화
디자인 · 김바라 | 오주연
제작부장 · 공병한
인   쇄 · 두리터

등   록 · 1999년 5월 3일(제22-1541호)

1판 1쇄 인쇄 · 2013년 4월 20일
1판 1쇄 발행 · 2013년 4월 30일

주소 · 서울 서초구 서초3동 1595-10 봉양빌딩 2층
대표전화 · 586-0477
팩시밀리 · 586-0478

홈페이지 · www.chungeobook.com
E-mail · ppi20@hanmail.net
ISBN · 978-89-97706-45-7 (03810)

그 사막에는
야생화가 있다

어느덧 북국에도 봄이 오고 있습니다. 차츰 긴 잠에서 깨어나는 대지를 바라봅니다. 곧 색색의 화려한 꽃들이 피어나고 녹음이 우거질 아름다운 세상을 그려봅니다. 제 마음은 사뭇 앞서갑니다. 이미 봄이 무르익은 듯이 설레기도 하고, 새삼스레 얼굴이 달아오르기도 하니까요. 아마도 첫 소설집을 출간하게 되어서인가 싶습니다.

제 의지와는 무관하게 누군가에게 휘둘리고 어긋나기만을 계속했던 제 삶 속에서, 소설을 쓰고 싶다는 꿈은 기어이 말 그대로 꿈으로만 끝나는가 보다고 여겼습니다. 늘 떠날 준비를 하면서 살아왔고, 지금도 한곳에 정착하지 못하고 사는 것 같습니다. 가슴속에 시린 응어리 하나 품고서 방황하는 삶이 제 인생이려니 여기며 살고 있는 것입니다.

언제부턴가 제 안에 가득 고여서 저를 흔들어대는 아픔을 뱉어내지 않으면 우울하고 참을 수 없이 슬퍼져서 밤잠을 이룰 수 없었고, 가까스로 잠이 들어도 어느 순간 눈이 번쩍 뜨이고 잠을 달아나게 만드는 무엇이 있었습니다. 써야 한다는 제 영혼의 간절한 외침이었습니다. 더 이상 외면할 수 없는 제 안의 외침에 떠밀려서 뒤늦게 쓰기 시작했습니다.

어느 날 문득 깨닫게 되었습니다. 깨지고, 휘어지고, 때론 꺾인 듯해서 아프기만 했던 시간들이 나를 운명처럼 글쓰기와 마주하게 만든 거였 다고.

그렇게 만난 소설은 영혼을 치유하는 유일한 길이었는데, 몸의 건강을 잃고 다시 몇 년의 시간을 더 기다려야 했습니다. 힘든 투병을 하고 건강 은 찾았지만, 책을 꼭 엮어야만 할까 하는 회의 속에서 그동안 쓰고 발표 해온 원고들을 그대로 컴퓨터에 담아 들고 캐나다로 왔습니다. 그러나 아 무리 멀리 떠나와도 내 언어들은 나를 고향으로 되돌려놓곤 합니다. 글쓰 기가 있는 한 나는 결코 떠나온 것이 아니었습니다.

이제 조심스럽게 제 글들을 세상에 내놓습니다. 설익은 작품들을 내놓 는 것 같아 한없이 부끄럽기만 합니다.

캐나다에서 김채령

차례

물안개 뒤에 있다니까요. 그곳에 갈 거예요.

그곳에서 호수는 보이지 않았지만 그녀는 호수가 있는 방향으로 고개를 돌렸다. 그녀의 눈은 마치
꿈을 꾸듯이 초점을 잃고 있었다.

물안개

플리스 헬프 미.

역시 그 목소리였다. 전화벨 소리를 듣고 아주 짧은 순간, 받지 말까, 망설였었다. 또 그 전화라는 걸 직감적으로 알았기 때문이었다. 하지만 마음과는 달리 내 손은 버릇처럼 먼저 송수화기에 가 닿았다. 하루에도 몇 번씩 걸려오는 똑같은 내용, 똑같은 목소리의 전화에 나는 거의 지쳐 있었다. 그런 내 입장과는 무관하게, 더듬거리며 도움을 요청하는 젊은 남자의 목소리는 어딘가 절박한 느낌이 배어 있었다. 앞뒤 설명도 없이 무조건 도와달라고만 하는 그 목소리의 주인공이 누구인지 나는 도무지 감이 잡히지 않았다. 하노이, 이 낯선 땅에서 내게 이렇게 불쑥 도움을 청할 사람이 있을 줄이야, 나는 당황한 나머지 두려움마저 일었다. 분명 전화번호를 잘못 알았을 거라고 생각하면서도 어쩔 수 없이 누구냐고 물었다. 전에 우리 집에 왔던 사람이라고, 미지의 그 남자는 대답했다. 그러면 그렇지, 잘못 걸려온 전화가 틀림없다고 나는 금세 의기양양해진 마음으로 일축하려 했다. 남편과 나는 하노이에 온 이후로 줄곧 호텔에 묵고 있었던 것이다. 하지만 한편으론 납득하기 어려운 점도 없지 않았다. 이 전화는 외부로부터 직접 걸려올 수 있는 전화가 아니었기 때문이었다. 모든 객실의 전화는 일단 호텔 내 교환을 거쳐야만 통화가 가능했다. 상대는 이미 내가 누구인지를 비롯해서 묵고 있는 곳을 정확하게 알고 있음이 아닌가, 아니야, 다른 방으로 건 전화가 잘못 연결될 수도 있겠지, 아니지, 번번이 그럴 수는 없어. 나는 고개를 갸웃거리며 이런저런 추측을 해보았다.

잘못 걸렸군요.

나는 몇 가지 의문점에도 불구하고 더 이상 어쩔 도리가 없었다. 가장 쉬운 핑계를 찾아 송수화기를 내려놓을 기회만 노렸다. 잠시 후, 전화기는 다시 울렸다.

어어, 어어…… 플리스…… 플리스, 헬프…….

그는 무어라고 길게 설명하려 애를 쓰지만 영어가 제대로 되지 않는 모양이었다. 이번에는 곧바로 끊지 않고 얘기를 들어보려고 했으나 알아들을 수가 없었다. 그의 영어는 '플리스 헬프 미'에서 맴돌고 있었다. 이번에는 그쪽에서 먼저 전화를 끊었다.

누구일까, 외국인인 나를 상대로 전화를 걸어 도와달라고 잡고 늘어질 사람이 누구란 말인가. 정말 잘못 걸려온 전화일까?

정체를 모르는 그 목소리에 대해서 내가 추리해낼 수 있는 건 없었다.

며칠 전에 음식점에서 돌아오는 길에 자동차 안에서 차창 밖으로 목격한 오토바이 사고가 생각났다. 반대편에서 달려오던 오토바이가 갑자기 방향이 꺾이면서 가로수에 부딪혀 넘어지고, 타고 있던 사람은 공중으로 튀어 올랐다가 길바닥에 떨어졌다. 순간, 나는 그가 죽었나 보다고 생각했었다. 그러나 그 남자는 일어나 얼굴

과 팔 다리에 피를 흘리며 비실비실 걸음을 떼어놓고 있었다. 지나
가던 사람 몇이 바라보기는 해도 누구도 그 남자에게 다가가지는
않았다. 그가 팔을 허공에 휘저어보지만 그 팔을 잡고 도와주는 사
람은 없었다. 내게 간절하게 도움을 요청하는 남자, 난데없이 그
피 흘리던 남자가 떠올랐다. 그러나 터무니없는 상상에 스스로 웃
어버리고 말았다.

　창가로 가서 반쯤 가려져 있던 커튼을 밀어제치고 창문을 모조
리 활짝 열어젖혔다. 눈앞에 부옇게 물안개에 덮인 때이호의 풍경
이 펼쳐졌다. 안개는 방 안으로 꾸역꾸역 밀려 들어왔다. 방 안은
금세 안개로 차고 내 가슴속까지 파고들어 오는 듯했다.
　이곳의 겨울은 늘 회색의 찌뿌드드한 날씨가 계속되었고, 새벽
녘에는 안개비가 내렸다. 우리가 이곳에 온 뒤로 햇볕이 난 날은
이삼 일에 불과했다. 그것도 아주 잠깐, 두어 시간이나 될까 말까,
오전에는 호수에서 피어오르는 안개로 덮여 있곤 했다. 호수 건너
편의 아름다운 경관, 숲에 둘러싸인 불란서 풍의 빨간 지붕은 안개
속으로 사라졌다가 한낮이 되어서야 서서히 드러나곤 했다.
　책상 앞에 앉아 컴퓨터를 켜고 키보드를 눌러보았다. 그러나 아
무 말도 떠오르지 않았다. 나는 통 글을 쓸 수가 없었다. 아니, 글
뿐이 아니라 할 수 있는 것이라고는 없었다. 호텔 생활을 하다 보
니 살림할 일이 없었고, 남편이 사무실에 출근하고 나면 전화할 대
상이나 찾아갈 곳, 또는 나와 마주 앉아 상대해줄 사람도 없었다.
이가 빠진 톱니바퀴처럼 갑자기 멈추어버린 생활. 필요 이상으로

많은 시간에 떠밀려 어딘가로 추락해버릴 것 같은 불안감이 나를 휘감았다. 나는 시간이 지날수록 점점 더 무력해졌다. 혼자서 할 수 있는 것은 때이호를 바라보는 일뿐이었다. 어느새 때이호의 물안개는 내 생활의 거의 전부를 지배하게 되었다.

두어 달 전, 남편과 내가 때이호 옆에 있는 이 호텔에 묵게 되었을 때에는 끝이 까마득하게 먼 호수와 아침에 눈을 뜨면 눈앞에 펼쳐지는 물안개는 진정 경이로움 그 자체였다. 그러나 얼마 뒤, 그 경이로움과 환희는 사라지고 호수의 물안개는 급기야 내가 끊임없이 싸워야 할 대상으로 바뀌고 말았다.

호수는 거대한 하나의 무대로 새로운 막이 열릴 때마다 안개를 걷어 올리고 인간의 다양한 삶의 일면을 연출해 보여줄 것 같아 나는 자주 혼란에 빠져들곤 했다. 누구든 원하기만 하면 안개 뒤에 숨겨놓은 자신의 삶의 장면들을 정면으로 마주할 수 있게 될지도 모른다고 생각되었다. 나는 지겨울 만큼 지난 시간을 잘게 쪼개고 쪼개어 그 사이사이에 끼어 있는 아주 작은 기억의 조각들을 더듬고 되짚어보느라 내 에너지를 모조리 소모하고 있었다. 그것이 쓸데없는 것이라는 걸 알면서도 나는 그렇게 물안개 속을 허우적거리며 시간을 보내고 있었던 것이다.

잠깐 이곳에 올 때 동행한 민이네와 윤이네를 떠올렸다. 민이네는 때이호 저 건너편에 자리를 잡았다. 민이 엄마는 만날 적마다 살갑게 대해주었지만, 아이들이 국제학교에 가는 걸 도와주어야 하고, 주일학교에서 한국어를 가르친다는 이유를 들어 아주 드물게 나를 찾았다.

무언가 새로운 글을 쓸 것이라는 기대는 이렇게 무너지고 말 것인가, 나는 탄식했다. 무슨 말이든 써야 한다는 강박감이 나를 불안하게 만들었기 때문이었다. 이러면 안 되는데, 마음이 조급해졌다.

남편 혼자 보내는 게 어때?

잘못하다간 혜성처럼 잠시 반짝하고 사라지는 작가가 된다는 걸 명심해.

나를 아는 주변의 선배와 친구는 나의 하노이 행을 극구 말렸었다. 늦은 나이에 겨우 등단이라는 걸 성취한 지 얼마 지나지 않은 내게는 국내에서 기반을 다지기 위한 문학적 수업이 좀 더 필요하다는 견해였다. 그 말도 옳았다. 하지만 나는 이번 일은 내게 더없이 좋은 기회가 될 것이라고 우겨댔다. 스스로 그렇게 만들 거라고 큰소리를 쳤던 것이다.

바늘 가는 데 실 가야지.

이 한 마디로 내가 남편을 따라나서는 구실은 충분했다. 가족이 없는 집 안에 덩그러니 혼자 남는 것이 싫었다. 그렇다고 남편을 제쳐두고 큰애가 있는 미국으로 가기도, 이제 갓 입대한 작은애가 제대할 때까지 기다리기도 명분이 안 되었다.

이대로 사라질 수는 없다. 세상을 깜짝 놀라게 하지는 못해도 내가 살아 있음은 보여주어야 한다고 스스로에게 다짐했다. 다시 키보드를 눌러 아무 말이든 써보았다.

'그녀는 안개가 피어오르는 호수 건너편을 바라보았다. 안개는 그녀의 머릿속까지 부옇게 지워버린 듯 아무 생각도 떠오르지 않

았다.'

내 사고도 물안개에 갇힌 걸까. 문장은 여기서 더 나아가지지 않았다.

딱 딱 딱, 때이호에서 고기잡이가 시작된 모양이었다. 물살을 가르고 움직이는 서너 척의 배들이 시야에 들어왔다. 고깃배 한 척에서 한 사내가 커다란 망치로 쇠붙이를 두드리는 모습이 보였다. 그 배를 뒤따라 다른 두 척의 고깃배가 커다랗게 원을 그리며 고기를 몰아갔다. 소리에 놀란 수많은 고기들이 길을 잃고 원 안으로 모여들었다. 마치 작은 수족관 속에 갇힌 활어들처럼 우왕좌왕하던 물고기들은 비늘을 번뜩이며 허공으로 튀어 올랐다가 물속으로 곤두박질치곤 했다. 한 배로부터 고기 떼 위로 그물이 던져졌다. 드디어 때이호가 살아 움직이는 시간이었다. 이것은 때이호의 또 다른 모습이었다. 물안개 속으로 사라졌던 무대, 숲과 빨간 지붕이 나타나고 인간의 삶이 그 위에서 펼쳐지는 것이었다.

창틀 위쪽, 커튼 뒤에서 도마뱀이 울었다. 벌써 시간이 그렇게 됐나? 숨을 죽이고 가만히 살펴보면 놈의 모습을 볼 수 있었다. 노란빛이 도는 귀여운 놈이었다. 잠깐 그렇게 울던 놈은 창틀을 타고 설설 기어 숨어버렸다. 놈과의 만남은 아주 짧은 시간 동안 감질나게 이루어졌다. 놈은 꼭 하루에 두 차례, 오전 열한 시와 오후 두 시경에 울었다. 온종일 무료한 시간을 보내고 있을 적에 들리는 그 울음소리는 나태와 무력감에 빠져 있는 내게 하나의 경고음처럼 아릿한 통증을 안겨주었다. 아침나절에 어김없이 울었을 첫 번째 울음은 듣지 못했다. 오늘 그 시간에 나는 무얼 하고 있었나 생각해보았다. 호텔 종업원들이 하루 한 차례 하는 청소시간이라서 휴게실에 가 있었던가, 아니면 남편한테서 온 전화를 받느라고 듣지 못했는지도 몰랐다.

오늘 점심은 거기서 먹어야겠어. 운전기사가 문제를 일으켜서 해고했거든. 지금 새 기사를 물색 중이야.

남편의 전화는 이런 내용이었다.

남편은 일주일에 한 번 내게 외식을 시켜주었다. 그러니까 호텔 방 안에서 어찌어찌 해결하는 맨밥으로는 영양이 턱없이 부족하기 때문에 영양보충을 시켜준다는 구실이었다. 그런데 자동차를 운전할 기사가 없어서 차를 보낼 수 없고 음식점에 갈 수도 없게 되었다고 했다.

남편과 나는 국제운전면허증을 가지고 있었다. 하지만 수많은 자전거와 오토바이, 자동차, 그리고 사람들까지 차선도 없는 대로에서 뒤섞여 무질서하게 움직이는 이곳에서는 운전하기가 두려웠다. 운전기사가 모는 자가용에 몸을 싣고 그 혼잡한 속을 이리저리 뚫고 달릴 때면 늘 간장이 오그라드는 듯한 불안감에 시달리곤 했다. 그런 때는 흡사 원 안으로 모여든 고기 떼를 연상하기도 했다. 그러나 자세히 살펴보면, 그 무질서 속에서도 어떤 질서를 발견하게 되고, 삶의 원동력을 느끼게 되는 것 또한 사실이었다. 그런 점에도 불구하고 호텔에서 바라보는 호수 건너편의 도심지는 어떤 것도 존재하지 않는 듯, 아무 일도 일어나지 않는 듯, 모든 것이 물안개 속에 감추어지고 괴괴한 원초적 혼돈의 기운마저 감도는 것 같았다.

　남편의 운전기사는 벌써 여러 번 바뀌었다. 맨 처음 고용된 운전기사는 영어가 서툴러서 의사소통이 잘 안 된다는 이유였고, 두 번째는 성격이 너무 뻣뻣하고 붙임성이 없다는 이유였고, 이번에는 거짓말을 해서 회사에 손해를 입혔다는 이유인 모양이었다. 남편이 첫 번째 운전기사에게 결정적으로 고개를 내젓게 된 계기는 서울에서 온 손님을 공항까지 배웅하러 나갔을 때였다. 게이트까지 가서 손님을 보내고 돌아왔는데 기다리고 있어야 할 자동차와 운전기사가 없더라고 했다. 택시를 타고 사무실에 돌아와서 물어보니, 운전기사는 기다리라는 남편의 말을 못 알아들어서 그 손님과 함께 가는 걸로 적당히 해석하고는 혼자 돌아갔더라고 황당해했다.

　아니, 못 알아들었으면 다시 물어봤어야 하잖아? 왜 알아들은 것처럼 가만히 있냔 말야. 엉뚱한 짓도 한두 번이라야지.

　그 운전기사를 해고한 뒤 호텔에 돌아온 남편은 그렇게 혼자서 투덜댔다.

　세 번째의 그 사람은 남편과 민이 아빠인 유 부장이 그 집에까지 직접 가서 부모를 만나보고 사는 형편도 눈으로 보고 믿을 만하다고 채용한 사람이었다.

　베트남 놈들하고 일 못하겠어. 서로 책임 회피만 하니 일은 원점에서 제자리걸음이고, 운전기사 놈들은 속만 썩이고.

　호텔로 퇴근하는 남편은 불만을 늘 달고 살았다. 그는 이곳에 온 뒤로 외모가 베트남 사람을 닮아가는 것 같았다. 가무잡잡하게 그

을고 체중이 줄어 바지는 헐렁해졌다.

내 컴퓨터의 모니터에는 딱 두 문장이 바위에 새겨진 비문처럼 꼼짝없이 붙박여 있었다. 어떻게든 안 보이게 해달라고 애원하는 듯이 보였다. 컴퓨터의 전원을 끄고 전기밥솥을 열어보았다. 퍼석한 밥을 한 숟갈 떠서 물에 말았다. 서울에서 가져온 고추장을 병째 내놓고 민이네가 그 어수선한 짐 한 귀퉁이에 찔러 넣어 가져온 김장김치를 한쪽 꺼냈다. 밥알을 억지로 삼키는데 누군가 문을 두드렸다. 아주 조심스럽고도 망설임이 섞인 두드림이었다.

뜻밖에도 그녀가 문 앞에 무르춤하게 서 있었다. 윤이네가 이 호텔 옆에 집을 구했다는 얘기는 남편을 통해 이미 듣고 있었다. 나는 예기치 않은 그녀의 방문을 받고 놀라지 않을 수 없었다. 동시에 내 머릿속에는 여러 생각들이 복잡하게 비집고 나왔다.

며칠 전, 민이네가 나를 방문했을 때였다. 우리가 함께 비행기를 타고 하노이에 온 뒤로, 한 달여 만에 처음 만나는 자리였다. 그동안 할 말이 많이 쌓였던 모양이었다. 이런저런 얘기들을 쉴 새 없이 쏟아놓던 민이 엄마가 '정신 질환'이라는 단어를 말했을 때에 나는 약간은 몽롱해 있던 상태에서 퍼뜩 정신이 들었다. 쉽사리 알아들을 수 없는 내용이었으나 나는 얼른 되묻지 못하고 있었다. 대신, 입으로 가져가려던 포도 알을 손에 든 채 어물어물 쳐다만 보고 있자 그녀는 갑자기 머쓱해진 듯, 목소리를 내리깔고 같은 말을 되풀이했다.

윤이 엄마가 정신 질환을 앓고 있대요.

윤이 엄마가…… 정신 질환……이요?

나는 놀라움과 동시에 아아 소리를 내며 고개를 끄덕였다. 이제야 그녀의 행동을 이해할 수 있을 것 같았다. 나는 그때의 기억을 떠올렸다.

서울에서 하노이로 올 때의 일이었다. 몇 달 앞서 온 남편들은 이미 이곳에 체류 중이었고, 남은 가족들은 집안일을 정리한 뒤 나와 동행하게 되었다.

그녀는 핸드백 하나만을 어깨에 걸치고 아주 가볍고 편안하게 움직였다. 문제는 민이네였다. 외국에 나가는 짐인지, 바로 옆방으로 옮기는 살림보따리인지 분간이 안 갈 정도로 허접한 짐들을 모두 들고 나온 모양이었다. 작은 여행가방과 책가방까지 동원하고도 모자라 쇼핑백에 넣어 주렁주렁 매달고 있었다. 나는 큰 가방 하나는 화물칸으로 부쳤고, 기내로 가지고 갈 건 핸드백과 노트북 컴퓨터뿐이었다. 노트북은 제법 무게가 있어서 그것만으로도 이미 자유롭지 않은 상태였다. 그러나 자질구레한 짐이 많은 민이네를 모른 체할 수 없었다. 민이네 세 식구와 나까지 짐을 나누어 맡았는데도 손이 모자라서 끙끙거렸다. 특히 홍콩에서 비행기를 갈아탈 적에 고생한 건 말로 다 할 수 없을 정도였다. 그녀는 그런 우리를 보고도 전혀 아무 반응이 없었다. 반응은커녕 관심조차 두지 않는 듯싶었다. 오히려 자신의 호기심 많은 어린 아들마저 내가 챙기게 만들었다. 인천공항에서 하노이에 가는 동안 내내 나는 그녀를 이해할 수 없다는 생각을 하고 또 했다. 나중엔 좀 얄미웠다고나 할까, 그런 감정까지 들었다. 인간적으로 어떻게 그럴 수 있는가 싶었다. 우리는 이제 좋으나 싫으나 하노이에서 동고동락하며 지내야 하는 사이인데, 마음속으로 불만을 삭이느라 무진 애를 썼었다. 사실 이곳에 도착한 이후 지금까지도 그때의 서운함을 떨쳐버리지 못하고 있었다.

나는 민이 엄마의 말에 연거푸 고개를 끄덕였다. 윤이 엄마가 이제까지 우리에게 보여준 태도에 대해 모두 납득이 되었던 것이다.

어쩌다 그리 되었을까요?

잘 모르겠어요. 윤이 아빠 말로는 원인을 모른다고 해요. 윤이를 낳은 직후부터 갑자기 말수가 줄고 신경이 예민해졌다나 봐요. 그런데 제가 보기엔 아주 멀쩡한 것 같아요. 어디가 이상한지 구분을 못 하겠던 걸요.

나도 이제까지 전혀 눈치채지 못한 사실이었다. 공항에서 우리와 첫 대면을 할 적에 상냥하게 인사를 하던 모습이 여느 사람과 다름이 없었던 것이다. 그녀가 내게 미소를 보냈는지는 기억이 나지 않았다. 다만 말수가 적다는 점과 다른 사람에게 관심을 두지 않는다는 점에 대해서는, 이제야 그런가 싶었다. 민이 엄마와 나는 서로 고개를 끄덕였다. 더 이상 말은 안 해도 눈빛으로 신경을 많이 써주어야겠다는 묵시적인 합의인 셈이었다. 그러고 나서 어느 순간, 우리는 동시에 한숨을 푹 내쉬었다. 하노이에서의 생활이 무언가 시작부터 어긋나고 있다는 느낌이 들었던 것이다. 벌써부터 원인 모를 불안감이 우리의 가슴을 지그시 압박해왔다.

방 안에 들어온 윤이 엄마는 한 마디 말도 없이 내가 타준 녹차를 천천히 마셨다. 그러고는 한참 만에 내가 묻는 말에 그저, 네, 정도의 말만 마지못한 듯이 대답했다. 그런 그녀를 나 역시 당연하게 받아들였다.

　그렇게 한 번 길을 튼 그녀는 수시로 우리 방에 드나들었다. 말하자면 오는 것도 가는 것도 일방적으로 이루어졌다는 뜻이었다. 내가 그녀에게 말을 걸지 않으면 그녀는 마치 커튼 뒤에 숨어 있는 것처럼, 아니면 화분에 꽂아둔 화초처럼 말이 없었다. 그녀는 호수에 낀 물안개만을 바라보다가 간다는 인사도 없이 돌아가곤 했다. 나는 그녀가, 그러니까 내가 원하지도 않았고, 필요도 없는 물건이 내 방 한구석에 놓여 있는 것처럼 거추장스러울 때도 있었다. 그녀 또한 나를 의식하고나 있는 것인지 의심스러웠다. 어쩌면 그녀는 호수 건너편의 빨간 지붕이거나 숲이거나, 아니, 그녀와 나 사이에 물안개라는 커튼이 드리워져 있는 건 아니었는지 몰랐다.

　참을 수 없도록 숨이 막혀서 나는 물안개를 걷어내려는 듯 말을 건네었다.

　웬일이에요?

　윤이 아빠가 가보라고 했어요.

　겨우 그 한마디를 할 뿐이었다. 그러고는 언제나 똑같은 대답, 차를 마시라고 하면, 네. 윤이는 학교에 잘 다니고 있냐고 하면, 네. 식사했냐고 해도 네. 그녀는 마치 순한 양처럼 고분고분 대답했다. 크고 동그란 눈과 하얗고 연한 피부를 가진, 거친 바람과 강한 자외선에 노출된 적이 없는 연약한 새끼 양이었다.

　나는 차츰 생각에 잠기곤 했다. 저 어린양에게 무슨 일이 있었던 걸까. 그녀가 자신의 몸을 작게, 아주 작게 웅크리고 숨어드는 이유가 무엇일까. 나는 무엇이 그녀의 마음에 음울한 그림자를 드리우고 있는 것인지 헤아려보려고 노력했다. 지금 그녀는 방황하고 있는 것일까, 아니면 도피하고 있는 것일까. 그러나 내가 유추해낼 수 있는 거라곤 고작 그녀가 받았을 상처의 테두리뿐이었다. 그건 언젠가 내가 받았던 경험들에 근거를 둔, 그녀를 이해하기엔 턱없이 다르거나 부족한 정보들뿐이었다. 나는 그녀의 여리고 소심한 마음이 안타까웠다. 어쩌면 그녀는 지금 자신과의 싸움 중에 있을지도 몰랐다. 그렇다면 분명히 어렵고도 지리멸렬한 싸움일 터였다.

내가 그런 상념 속에 빠져 있을 때 또다시 전화벨이 울렸다. 나는 잠에서 깨어나듯 정신을 차리고 급하게 전화기로 다가갔다.

플리스 헬프 미.

나는 이제 어떻게 해야 할까 망설였다. 그가 하는 말은 결말이 없음을 알고 있는 터, 그도 그만하면 내가 자신에게 도움이 되지 못한다는 걸 깨달아야 했다. 그동안 나는 그를 위해서 어떤 노력도 하지 않았다. 절박한 목소리에 비해 내 무성의한 태도가 미안했다. 하지만 나는 그의 의도를 아직도 파악하지 못하고 있었다. 또한 그가 어떤 상황에 놓여 있든 이곳에서 이방인인 내게는 속수무책인 셈이라고 생각되었다. 그런 점에서, 당신은 구원자를 잘못 선택한 거라고 나는 미지의 상대를 향해 중얼거리기도 했다. 그러다가 언제까지나 이런 괴로움을 당하고만 있을 수는 없다는 생각에 전화를 끊고 로비로 내려갔다. 데스크로 가서 호텔 직원에게 이상한 전화가 벌써 며칠째 걸려오고 있다고 말했다. 그는 고개만 갸우뚱거릴 뿐 분명한 대답을 못했다. 좀 더 세밀한 이야기를 해보고 싶지만 그와 나누는 대화도 한계가 있었다. 나는 답답한 나머지 한국말이 튀어나올 뻔했다. '플리스 헬프 미'는 마치 이명처럼 귓속을 파고들었다. 나는 상대에게 노출된 상태인 데 비해 내가 그에 대해 아는 정보는 전혀 없었다. 다시 두려움이 꿈틀거렸다. 그의 행동이 악의의 발로가 아닌 단순한 호기심에서 나온 장난, 그런 종류의 것이길 기대했다. '플리스, 플리스'의 목소리 톤을 떠올렸다. 간절함이 절절이 배어 있던 그 목소리엔 악의 같은 건 느껴지지 않았다. 어쨌거나 나는 더 이상 전화를 받지 않으리라 결심하며 호텔 측에 우리 방으로 걸려오는 전화 중 국제전화가 아닌 국내 전화는 무조건 연결하지 말라는 부탁을 했다.

한 번만 더 전화를 연결하면 호텔을 옮길 거예요.

나는 끝으로 말뚝을 박듯 약간의 으름장 비슷한 언질도 빼놓지 않았다. 이 정도로 말을 하고 나서야 조금은 안도감이 들어서 방으로 돌아왔다.

정말 호텔 측의 배려가 있었던 것일까, 아니면 아무 반응이 없는 전화를 일방적으로 걸다가 지쳐버린 것일까, 그 후로 전화는 걸려오지 않았다.

그것 봐, 별거 아니었지.

남편은 처음부터 대수롭지 않게 여겼다. 누군가 시답잖은 장난을 치는 게라고 대범하게 넘겼다. 나도 약간의 궁금증은 남아 있지만 그대로 묻어두기로 했다.

아침나절부터 해가 나오더니 이내 후텁지근한 열기를 내뿜었다.

이곳엔 봄이라는 계절은 없는 모양인지 해가 나지 않는 날은 음산하니 춥다가도 해가 반짝하면 금세 여름 날씨로 돌변하곤 했다. 오후가 되자 나는 더 이상 참지 못하고 어제까지 난방으로 작동시켰던 냉난방기를 에어컨으로 맞추었다.

잠시 에어컨 앞에서 바람을 쐬며 창밖을 내다보았다. 시원스레 펼쳐지는 때이호의 전경이 시야에 들어왔다. 세상은 갑작스레 빛을 발하고 있었다. 은빛 물결, 건너편에 선명히 드러난 숲과 빨간 지붕, 그리고 분주하게 고기를 모는 고깃배들도 눈이 부셨다. 물안개가 걷힌 때이호는 영 다른 얼굴이었다.

자세히 보니 건너편 숲 왼쪽에 높이 솟은 건설용 중장비가 눈에 띄었다. 혹시 한국의 모 건설업체에서 짓고 있다는 고급호텔은 아닐까, 얼핏 그런 생각이 들었다. 그 부근엔 민이네가 살고 있는 아파트가 있었고, 남편의 사무실도 있었다. 그곳은 때이호를 사이에 둔 이쪽과는 달리 화려한 도시의 중심지였다. 아내들은 시장에 가서 먹을거리와 생필품을 사고, 아이들은 학교에 가고, 남편들은 직장에서 일하면서 간혹 다른 여자에게 눈길을 주기도 하는 곳. 또한 주말이면 시가지 한복판에 위치한 공원에서 밤늦도록 음악회가 열리는 곳. 이쪽에 사는 사람들은 마냥 멀게만 생각되는 곳이었다. 마치 호수 건너편의 분주한 움직임과 살아가는 소리가 들리는 것 같았다.

나는 다시 물안개를 떠올렸다. 이쪽과 저쪽을 그렇게 다른 세상으로 바꾸어놓는 원인 역시 물안개 때문일 게라고 생각했다. 그리고 나는 문득 그녀에게 가보아야겠다는 생각을 했다. 그녀는 오늘

모습을 나타내지 않고 있었다.

그러지 말고 정신을 차리란 말이에요. 그렇게 피하지만 말고 세상에 맞서 싸우라고요. 싸워서 이겨야 해요. 나한테도 오지 말아요. 윤이네만 보면 나까지 돌아버릴 것 같아요.

어제 나는 그녀에게 기어코 이런 말을 내뱉고 말았다.

그녀를 보는 순간, 갑자기 숨이 콱 막히는 것 같았다. 마치 나 자신이 물안개 속을 헤매는 듯한 암담함이 내 온몸을 휘감아 와서 견딜 수 없었다.

저 물안개 뒤에…… 있어요.

두려움에 몸을 움츠리고 구석으로 숨어들던 여자. 손끝을 파르르 떨며 황망한 눈빛으로 나를 바라보던 그녀는 더듬거리며 처음으로 내 말에 반응했다. 그러나 나는 결코 기분 좋게 들리지 않았다.

물안개 뒤에 뭐가 있다구요?

싸울 필요가 없는 곳 말예요.

나는 어처구니가 없어서 소리쳤다.

정신을 차려요. 정신을 똑바로 차리고 싸워도 어려운 세상인데, 웬 자다가 남의 다리 긁는 소리예요. 제발 나한테 오지 말아요.

왜 그랬을까, 그 순하고 가여운 여자 앞에서 나는 왜 진정한 인내심을 보이지 못했을까, 나는 스스로를 책망하면서 어제 그 시간을 되짚어보았다. 그녀가 나를 방문했던 그 시간, 나는 컴퓨터의 두 문장을 지웠다 다시 쓰고, 지웠다 또다시 쓰고, 그런 진전 없는 작업을 되풀이하고 있었다. 미로 속에서 출구를 찾지 못하고 헤매듯 그 속에서만 맴돌고 있었다. 내 언어들은 어디로 사라진 걸까.

나는 안타까움에 발작이라도 일으킬 것 같았었다. 하필 그 시간에 와서 내 막힌 감정의 분출구가 되었단 말인가. 또 한 번의 상처를 안겨주었을 내 행동을 나는 후회했다.

아무래도 부부간에 문제가 있는 게 아닐까요? 당신이 윤이 아빠와 조용히 얘기해보면 어떨까요?

어제의 일로 미안한 마음도 있고 해서 남편에게 조심스레 운을 떼어보았다.

아무리 직장 상사라고 해도 남의 부부 사이에 끼어들 수 있나. 자신들이 알아서 해야지.

남편은 내가 무색할 정도로 싹둑 잘라버렸다.

사실 남편은 자상한 성격이 아니었다. 우리 부부 사이의 일만 해도, 그는 늘 무심해서 우리 사이에 무슨 일이 일어나고 있는지 도무지 관심을 갖고 알려고 하는 사람이 아니었다.

우리, 부부 맞아요?

둘이서 한집에 살면서도 외로움에 지칠 때면 나는 자주 그런 언질을 그에게 던지곤 했었다. 하지만 그는 한 번도 성의 있는 반응을 보인 적이 없었다. 그런 그가 부하 직원의 부인이 앓고 있는 만성적인 정신 질환에 대해서 깊이 있게 생각했을 까닭이 없었다.

그녀를 위해 내가 할 수 있는 일은 없었다. 그저 집으로 찾아가기라도 해서 그녀가 별 탈 없이 무사한지, 기분이 더 우울해지지나 않았는지 살펴보는 것으로 어제의 일을 사과할 참이었다.

그녀의 집은 호텔에서 백 미터도 채 안 될 듯싶었다. 호텔을 나서자 바로 옆에 풀숲이 있었다. 서로 엉클어진 채 말라 죽은 풀줄기 사이로 녹색의 새순이 줄기를 뻗어가고 있었다. 여기에 이런 곳이 있었나, 수없이 드나들면서도 발견하지 못했던 곳이었다. 길가 쪽으로 바나나 나무 몇 그루가 아직은 파란 열매를 주렁주렁 매달고 나란히 서 있었다. 자세히 보니 비석 같이 반듯하게 깎아 세운 돌들이 여기저기 눈에 띄었다. 이건 무덤이었다. 아마도 오래된 공동묘지인 것 같았다. 이런 곳에 공동묘지가 있다니, 호텔이 새 건물이라는 점을 감안하면, 공동묘지에 호텔을 지었나 보았다. 그러니까 그녀의 집은 공동묘지 바로 앞에 있었다. 집을 계약할 적에 앞에 있는 공동묘지를 미처 보지 못한 모양이었다. 풀줄기가 무성해져서 묘지를 뒤덮으면 누가 여기를 공동묘지로 보겠는가. 골목길처럼 좁은 길 하나 사이로 삶과 죽음은 그렇게 공존하고 있었다.

일하는 아줌마는 마음에 들어요?

나는 첫말을 그것부터 물었다. 집안일을 제대로 꾸릴 수 없는 그녀는 현지인 파출부를 쓰고 있었다.

자기가 건강해야 사람을 부리지요. 파출부도 윤이 엄마를 얕잡아 보는 것 같아요.

민이 엄마가 내게 귀띔해준 말이 생각났다.

일하는 아줌마가 마음에 들지 않거든 언제든 바꿔요. 무슨 말인지 알지요?

내가 해줄 수 있는 도움의 전부인 셈이었다.

그녀에게서 나는 어떤 변화도 감지할 수 없었다. 내 말을 알아듣는 건지 못 알아듣는 건지 묻는 말엔 그저 네라고 대답할 뿐이었다. 이후의 내 물음은, 오늘은 바쁜가와 점심은 먹었나와 윤이는 학교에서 돌아왔는가와 어젯밤에 잠은 잘 잤는가와 집은 불편하지 않은가였고, 끝으로 또 놀러 오라는 말을 덧붙였다.

집에 가고 싶은데 엄마가 오면 안 된다고, 절대로 오지 말라고 했어요.

내가 그녀의 집에서 나오려는데 그녀가 내 등에다 대고 말했다. 작은 소리로 천천히 하는 말이었다. 귀가 번쩍 뜨이는 것 같았다.

무슨 말이든 해봐요. 남편과 아들이 여기에 있는데 왜 집에 가고 싶어요?

나는 그녀의 마음을 열고 싶었다. 열고서 그녀의 마음을 덮어씌우고 있는 검은 그림자의 정체를 보고 싶었다.

물안개 뒤에 있다니까요. 그곳에 갈 거예요.

그곳에서 호수는 보이지 않았지만 그녀는 호수가 있는 방향으로 고개를 돌렸다. 그녀의 눈은 마치 꿈을 꾸듯이 초점을 잃고 있었다.

나는 그만 맥이 빠져버렸다. 뿐만 아니라 그녀에게 가까이 다가 갈 수도 없었다. 마음은 그녀를 따뜻하게 안고 토닥여주어야 한다고 생각되었지만 얼른 행동으로 옮겨지지 않았다. 그녀가 무서웠다. 그러나 그대로 도망쳐 나올 수도 없어서 위로하는 척 말했다.

정신 차려요.

사실이에요. 왜 모두들 내 말을 안 믿는 거예요?

그녀는 원망의 눈초리로 나를 쏘아보았다. 그 눈빛이 섬뜩했다. 나는 이제 정말 도망치지 않을 수 없었다. 하늘엔 다시 구름이 덮이고, 때이호의 풍경도 희미하게 사라져갔다.

이곳의 오월은 본격적인 여름 날씨를 보였다. 적도의 열기가 서서히 그 본성을 드러내어 수은주는 이미 상당한 수치로 상승하고 있었다.

올해는 이상기온이에요.

우리 방 청소를 담당하고 있는 무이가 벌써 덥다는 내 인사에 오히려 더위가 늦었다는 뜻의 대꾸를 했다.

무이는 우리 방에 하루걸러 한 번씩 싱싱한 꽃을 가져왔다. 그중에는 우리나라에서 보던 달리아와 맨드라미도 있었다. 그녀가 놓아준 화병에서 흘러나온 꽃향기가 방 안을 가득 채웠다.

내가 그녀의 집을 방문한 뒤로 우리는 모두 별 탈 없이 지내고 있었다. 그러나 그녀는 더 이상 내게 오지 않았다. 그녀가 오지 않는 날이 하루하루 늘어가면서 나는 불안에 휩싸였다. 내가 한 말에 대해서 어떤 반응이 있는 것일까. 혹시 마음을 더욱 닫아버리고 누에처럼 단단히 자신만의 공간을 틀고 그 속으로 은둔해버린 건 아닐까. 나는 궁금증을 억누를 길이 없었다. 진즉 전화를 해보고 싶어도 혹시 하는 마음에 용기를 내기가 어려웠다. 그녀는 어느새 우리에게 애물단지와 같은 존재가 되어 있었다. 주변에서 얼쩡거릴 때는 특별한 이유가 없이 거추장스럽다가도 막상 눈앞에 안 보이면 무슨 일이 있는가 싶어 애를 태우게 되는 어린애와 같은 사람이었다. 이 주일쯤 지나서 결국 나는 전화기를 들게 되었다.

요즘은 많이 좋아진 것 같아요. 집안일에 신경을 쓰는 것 같고, 애도 잘 챙기고 말예요.

윤이 아빠의 말이었다. 참 다행스러운 일이다 싶어 나는 안도의 숨을 쉬었다. 일단 그녀에 대한 근심은 사라진 듯 마음이 가벼워졌다. 하지만 남편은 회사 일로 또 다른 불만을 털어놓았다.

처음과 약속이 다르단 말야. 사업을 함께 하기로 했으면 빨리 진행을 해야 하잖아, 왜 아무 이유도 없이 미루기만 하냐고, 에이 베트남 놈들!

남편은 아무 진전이 없는 회사 일 때문에 몹시 답답한 모양이었다. 사실, 이곳에 온 지 육 개월이 지났는데도 남편 회사 일은 원점에서 그대로 머물러 있다고 했다. 많은 회사들이 그렇게 몇 년을 보내고 나서야 일이 시작된다는 얘기도 들렸다.

내 소설도 진전이 없는 상태 그대로였다. 거의 포기 상태나 다름이 없었다.

모두 그녀에 대해선 마음을 놓고 있는 것 같았다. 나 역시 회사 일로 지쳐가는 남편의 마음을 다독여주느라 다른 여유가 없었다.

물안개가 며칠째 호수를 뒤덮고 있어서 주변의 모든 존재는 마치 그것 속으로 함몰해버린 듯, 아니, 물안개가 호수를 송두리째 삼켜버린 듯 괴괴한 침묵만이 고여 있었다.

저의 집사람 거기 갔습니까?

그녀의 상태가 좋다는 소식을 들은 지 꼭 이 주일이 지난 토요일 오후, 나는 그녀의 남편으로부터 그녀를 찾는 전화를 받았다. 그 한마디에 가슴은 이미 철렁 내려앉았다.

그녀가 이곳에서 갈 곳이 있을 리 없었다. 민이네와는 좀 멀리 떨어져 있기 때문에 호텔에서 각자 집을 구해 헤어진 뒤로는 사적인 왕래는 자주 없었다고 했고, 다른 교민들과는 전혀 친분이 없는 사람이었다.

　전화를 끊고, 마침 남편도 일찍 돌아와 있던 참이라 함께 그녀의 집으로 달려갔다. 그녀의 행방불명은 참으로 예사롭지 않은 일이었다. 잠시 뒤에 민이네도 도착했다. 우리는 둘로 나누어서 찾아 나섰다. 윤이 아빠와 민이 아빠는 호텔을 기점으로 아래쪽을, 민이 엄마와 우리 부부는 위쪽을 뒤지기로 했다. 손목시계는 오후 다섯 시를 가리키고 있었다.

　우리는 호텔 위쪽, 그러니까 윤이네 집 근처에서부터 북쪽으로 올라가며 살펴보았다. 그러나 그녀의 흔적은 없었다. 가끔 마주치는 사람들을 붙들고 손짓발짓 해가며 물어보았지만 그녀를 보았다는 사람은 없었다. 그래도 혹시나 싶어서 연락처를 적어주었다.

　호숫가를 살펴보아야겠어.

　설마…….

　남편의 말에 나는 갑자기 머리가 텅 비는 것 같았다. 민이네도 안색이 하얗게 변했다. 어쨌든 지금은 찾고 봐야지 않겠나. 우리는 호텔 뒤쪽에 있는 연못을 향해서 내려갔다. 연못에는 연꽃이 군락을 이루어 둥글고 큰 이파리를 연못 가득 채우고, 이파리 위로 올라온 꽃봉오리들이 어우러져 꽃망울을 터트릴 날만을 기다리고 있었다. 연못과 호수를 가르는 둑은 한 사람이 겨우 걸을 만했다.

　온종일 구름에 가려져 있던 해는 호수 건너편 숲 속으로 넘어가면서 마지막 인사를 하는 듯이 벌건 불덩이 한 조각을 내비추었다. 주황색의 빛살 몇 줄기가 구름 사이로 쫙쫙 뻗어 나와 주변 하늘을 물들이고 때이호의 물결에 반사되었다.

연못을 지나면 고무나무와 키 큰 아열대 식물로 이루어진 작은 숲이 이어졌다. 숲을 지나면 풀밭이 이어지는데 자세히 보니 이곳은 늪이었다. 더 이상 나아갈 수가 없어서 우린 이곳에 망연히 서서 호수를 바라보았다.

내 머릿속은 마구 엉클어져 혼란에 빠진 것 같기도 하고, 하얗게 퇴색되어 빈 테이프가 공허하게 돌아가고 있는 것 같기도 하고, 그저 거대한 무엇이 앞을 가로막고 서 있는 듯 막막하기만 했다.

사방에 어둠이 깔리자 우리는 지치고 허기진 몸을 이끌고 되돌아설 수밖에 없었다.

윤이 아빠와 민이 아빠도 잠깐 사이에 눈언저리가 푹 꺼지고 파김치처럼 되어 터덜터덜 돌아왔다. 시장과 백화점까지 갈 만한 곳은 모두 찾아보았다고 했다.

그녀가 없는 방, 어둠 속에서 윤이 아빠는 엄마를 찾는 윤이를 끌어안고 고개를 푹 숙인 채 앉아 있었다.

그녀는 영영 돌아오지 않았다. 물안개 속으로 사라진 사람, 아니, 그녀 자신이 물안개가 되어 새벽이면 하얗게 피어올라 낯선 땅을 떠도는 건 아닌지.

그녀의 시신은 실종된 지 사흘 만에 때이호에서 떠올랐다. 호텔 뒤쪽에 있는 연못에서 이십 미터 정도 호수로 들어간 지점이었다. 그녀의 얼굴은 보일 듯 말 듯 미소를 띠고 있었다. 그 미소는 마치 자신을 걱정한 우리에게 아무 일도 아니니 신경 쓸 것 없다고 격려하는 듯했다.

나는 때이호가 바라보이는 쪽 창문에 커튼을 치고 지냈다. 더 이상 호수를 바라볼 수 없었다. 내가 할 수 있는 일은 소파에 앉아 있는 일뿐이었다. 모두가 무의미하게 느껴졌다. 호수 건너편의 분주한 세상을 바라보는 일조차.

물안개 뒤에 있어요. 그곳에 갈 거예요.

윤이 엄마가 내게 했던 말이 그녀의 얼굴에 피어 있던 마지막 미소와 함께 내 머릿속을 후비고 다녔다. 그녀의 내부에 드리워진 검은 그림자의 정체를 나는 알 듯 모를 듯했다. 그것은 세상을 뒤덮었다가 감쪽같이 사라져버리는 물안개와 같았다. 그녀가 정말 정신 질환을 앓고 있었는지조차 헷갈렸다. 그렇다고 이런 상황에서 윤이 아빠를 찾아가 그녀가 진짜 정신 질환자였냐고 물을 수도 없었다. 어느 순간은 나 자신마저 정상인가, 의문스러울 지경이었다. 때이호를 덮고 있는 물안개도 거짓이 아닌지 혼란스러웠다. 세상이 그녀를 외면했기 때문이라고, 아니면 자신이 세상을 조롱해본 것이라고, 혹 세상은 가볍게 하나의 코미디극과 같은 것이라고 물안개 뒤에서 그녀가 하하하 웃고 있는 것은 아닌지 몰랐다. 나는 그녀와 함께했던 기억들을 필름을 돌리듯 하나하나 다시 점검해보았다. 그녀로부터 전해오던 답답함을 인내하지 못하고 화를 냈던 일을 몇 번이고 후회했다. 그녀는 우리에게 떠밀려 호수 속으로 걸어 들어간 것만 같았다. 내 탓은 아니라고 스스로에게 변명을 늘어놓기도 했다. 우리 모두는 그녀에 대한 공동의 책임이 있는 게 아니냐고 혼자서 따져 물었다. 그러다가 그녀가 정상이었으면 낯선 땅, 내 눈앞에서 생으로 죽게 하지는 않았을 거라는 생각에 이르면 한없는 절망감에 빠져들곤 했다. 도대체 당신과 나 사이에 무슨 원한이 그리 많이 쌓였기에 나를 이렇듯 궁지에 몰아넣은 게냐고 그녀를 원망하기도 했다. 나는 늦은 나이에 자신에게 '왜 사는 거냐'고 새삼스럽게 묻고 또 물었다. 나 스스로 나 자신에게 묻는 말이지만, 나도 왜 사는지 대답하기가 쉽지 않았다. 무언가 정리를 하지 않으면 저 혼란스러운 물안개 속에서 내 삶은 방향을 잃고 혼란에 빠져버릴 것만 같았다.

안 되겠어. 서울에 가서 좀 쉬고 와. 미국 큰애한테 가고 싶으면 가고, 작은애 면회도 다녀오고, 다시 오고 싶지 않으면 그대로 서울에 있어도 되고, 당신 마음 내키는 대로 해.

남편은 황망히 앉아서 중얼거리고 있는 나를 염려해서 서울행을 제안했다.

곧바로 짐을 꾸렸다. 서울을 떠나온 지 오 개월 만이었다. 내가 이곳으로 다시 올지는 나 자신도 알 수 없는 일이었다. 단지 이곳에서의 기억들을 모두 날려버리고 가벼운 일상으로 돌아가고만 싶었다.

무이에게 고마움의 표시로 내가 가지고 있는 화장품 중에서 새 것으로 남아 있던 콤팩트를 선물했다.

호텔을 나오면서 나는 호수가 보이는 쪽의 커튼을 열어젖혔다. 물안개는 없었다. 처음부터 그런 건 존재하지 않았다는 듯 흔적조차 남기지 않고 사라졌다. 그렇다. 방심하는 사이 전혀 예고도 없이 나타나서 내 마음을 극도의 혼란 속에 몰아넣고는 잔혹하게 허우적거리는 나만을 남겨둔 채 사라져버린 것. 그것이 한없는 매혹을 갖고 있는 반면 인간을 무기력으로 몰아넣어 마침내 침몰시키고 마는 양면성을 나는 이제야 알 것 같았다.

호수의 그 자리를 바라보았다. 그녀는 지금 어디에 있을까. 집에 가고 싶다고 말하던 그녀의 말을 떠올려보았다. 나는 가슴이 저릿해오는 통증을 느꼈다. 이 느낌은 앞으로 오랫동안 내 가슴에 남아 있을 것이었다.

회사 일도 안 되고, 나도 사표 던지고 뒤따라 나갈까 봐.

남편은 하노이 공항에서 게이트를 막 나가려는 내게 밑도 끝도 없는 말을 불쑥 던졌다. 나는 뜻밖의 말에 아무 생각도, 판단도 금세 떠오르지 않았다. 다만, 회사 일만은 신중한 사람이니 그를 믿어도 될 것이라 생각했다. 나는 대답 대신 뒤돌아서서 그에게 손을 내밀었다. 남편도 더 이상 아무 말 없이 내 손을 잡아주었다.

내 컴퓨터에 남아 있는 두 문장을 생각했다. 서울에서 그 문장들은 내게 어떤 의미로 다가올까. 그것들은 이제 내게 출구를 열어줄 것인가, 나는 기대해보았다.

불현듯 내 귓가에 또다시 '플리스 헬프 미'라고 도움을 요청하는 정체 모를 남자의 목소리가 들렸다. 무엇이 또 남았을까. 나는 남편이 해고한 운전기사를 떠올렸다. 그의 간청이었는지 모른다고. 그러나 나는 이내 고개를 내저었다. 그 소리는 혹시 그녀를 위한 SOS는 아니었을까, 생각하다가 다시 고개를 가로저었다. '플리스 헬프 미'는 나 자신을 향한 간절한 내면의 목소리가 아닐까 싶었다. 나는 곧 절박한 심정으로 하노이를 탈출해 서울로 향했다.

조금 전에 문틈으로 본 그것이 분명하다. 아버지는 아기 엄마가 똥 기저귀를 들고 나오듯 정말 아무렇지도 않게 들고 나왔다. 다른 집에서는 상상이 안 가는 일들이 이 집에서는 너무도 자연스럽게 이루어진다. 우리 집에서 무엇이 사라진 것일까.

고양이가 사는 집

할머니는 옆집 고양이가 나타나기만 하면 과민 반응을 보인다. 마치 못 볼 것이라도 본 듯이 정색하여 소리를 치고 몽둥이를 휘두른다. 그러고는 재수 옴 붙었다고 투덜대며 달아나는 고양이 뒤에 대고 침을 퉤 뱉는다. 고양이에 대한 혐오는 여기서 끝나지 않는다. 대문간에 소금까지 뿌리고 나야 할머니의 직성이 풀린다. 오늘 아침에도 그렇게 한바탕 난리를 피운 뒤에 할머니는 어디를 가는지 서둘러 나갔다. 옆집 고양이는 그렇게 할머니한테 매번 구박을 당하는데도 무슨 일인지 우리 집 주위에서만 빙빙 도는 것 같다. 아버지와 나 역시 그놈을 좋아하지 않는다. 그 때문인지 투명한 눈동자는 자신을 배척하는 내 마음까지 꿰뚫어 보는 것 같아 섬뜩한 느낌이 든다. 또한 뭔가 적의를 품은 듯한 눈빛으로 노려보는 모습은 흉물스럽게 보여서 마주칠 적마다 소름이 끼친다.

할머니가 외출하자마자 놈은 또다시 마당에 나타나 우리 집 안을 염탐하는 것처럼 서성이고 있다. 그러나 지금 이 시간만은 그놈에게 신경 쓸 여유가 없다. 아버지가 손에 무엇인가 들고 고모의 방으로 들어가는 것을 보았기 때문이다. 아버지는 가끔 비닐봉투나 신문지에 싼 것을 가지고 고모 방에 드나들곤 한다. 그런 뒤에는 언제나 쓰레기통에 수상쩍은 물건이 버려져 있다.

고모의 방문 앞으로 살금살금 다가가서 문틈으로 아버지의 손동작을 훔쳐본다. 아버지의 손이 고모의 아랫도리에 가 닿는다. 순간 나는 호흡을 멈춘 채 바짝 긴장한다. 아버지는 조금도 머뭇거리거나 어색해하지 않고 두 손을 고모의 허리 뒤쪽으로 밀어 넣어 바지춤을 잡고 엉덩이를 살짝 들어 올린 다음 능숙하게 바지와 팬티를 반쯤 까 내린다. 고모의 음부가 새벽잠에서 깨어나는 숲 속의 옹달샘처럼 모습을 드러낸다. 아버지는 재빨리 아기 기저귀처럼 여미어진 것을 풀어 옆으로 밀어놓는다. 내 눈은 왕방울만큼 커진다. 분명 생리대다. 시뻘건 피로 얼룩진 그것은 빛을 발하듯 더욱 선명히 시야에 들어온다. 고모의 음부와 그곳에서 은밀하게 흘러나온 혈흔을 보자 마침내 내 몸은 놀라움으로 떨려온다. 곧 숨이 턱까지 차오른다. 아버지는 미리 준비해둔 새것을 엉덩이 밑으로 밀어 넣어 좀 전의 모양으로 여민 다음 바지를 팬티와 함께 끌어올린다. 자신의 몸을 내맡긴 고모는 사십이 다 된 중년의 여자가 아니라 아직 기저귀도 떼지 못한 아기처럼 보인다. 아버지의 표정은 초연하다 못해 사뭇 경건하다. 세상사를 모두 달관한 듯한 얼굴이다. 하긴 아버지가 그동안 고모를 보살펴온 긴 세월을 생각하면 그럴 만도 하다. 뇌성마비로 진단받은 고모를 열 살이 될 무렵부터 지금까지 줄곧 아버지가 돌보아왔으니 말이다.

고모는 밥을 먹는 일부터 대소변을 보는 일까지 자신의 힘으로 할 수 있는 일이 없다. 그녀가 하루를 살기 위해선 아버지가 거의 모든 일을 도와주지 않으면 안 된다. 하루 세끼 식사를 먹여주고,

수차례 대소변을 받아내고, 옷을 갈아입히고, 건물에 가려져 부엌 뒤 창고의 환기창만큼 작은 하늘을 바라볼 수 있게 방문을 열어주고, 방금 전에 훔쳐본 여자의 가장 비밀스러운 행사인 생리를 치를 때 생리대를 갈아주는 일까지. 한 가지가 더 있다. 아버지는 한 달에 한 번씩 고모를 목욕시킨다. 아버지가 고모를 위해서 손수 개량해 만든 목욕탕에서 아버지는 고모의 몸을 뽀득뽀득 소리가 날 만큼 깨끗하게 닦아준다. 고모의 젖가슴과 엉덩이, 몸 구석구석 아버지의 손길이 닿지 않는 곳이 없다. 그 사실을 떠올리고는 다시 한 번 놀란다. 아버지가 이제까지 수없이 해온 일을 두고 새삼 놀라는 심사는, 오늘 비로소 고모의 실체를 목격한 때문이 아닌지. 왜 자꾸만 아버지에게서 고모의 오빠라는 가족관계의 가면을 벗기고 내면의 남자를 드러내고 싶은지 모른다.

고모 스스로 할 수 있는 일이란, 자신을 도와주는 아버지나 다른 가족들에게 '미안해'라거나 '좋아'라고 간단한 의사표시를 하는 것뿐이다. 그러나 말이 '간단한'이지 고모에겐 그 몇 마디 말조차 간단한 게 아니다. 한 마디 말을 하기 위해서 얼굴을 일그러뜨리고 팔과 다리와 몸통을 비비 꼬아대느라 온몸이 땀에 흠뻑 젖는 걸 지켜볼라치면 나 역시 두 손에 땀이 고이곤 한다. 그런 때면 보이지 않는 누군가를 향해 마구 삿대질을 하고 싶어진다.

고모는 가족들을 보면 언제나 밝고 천진스럽게 웃는다. 아무리 힘이 들어도 절대로 불평을 하지 않는다. 아마도 오랫동안 자신이 가족들을 위해서 할 수 있는 일이 무엇인지 고심한 끝에 찾아낸 듯하다. 아니, 타고난 천성인가 싶기도 하다. 어느 쪽이든 상관없이,

고모의 마음은 무언중에 아버지의 가슴에 가 닿았나 보다. 아버지
는 고모를 '천사'라고 부른다. 그녀를 돌보기가 이젠 지긋지긋하
게 느껴지기도 하련만, 아버지는 '우리 천사, 우리 천사' 하면서 조
금도 귀찮은 내색을 보이지 않는다. 어쩌면 진짜 천사는 아버지인
지 모른다. 하지만 나는 우리 집을 천사가 사는 천국이라고는 여기
지 않는다. 천국은커녕 지옥 그 자체라고 생각한다. 그렇게 순진하
게 생각하기에는 너무 일찍 때가 묻어버린 것 같다. 중학생이 된
이후 몇 달 사이 급속도로 세상 물이 든 셈이다. 이렇게 말하면 내
가 비행 청소년이라도 된 줄로 오해를 받을지 모르겠으나 그런 건
아니다. 별 탈 없이 학교생활을 하는 지극히 평범한 학생이다. 아
무튼 나는 아버지처럼 고모를 천사라고는 결코 생각하지 않는다.
오히려 고모가 온몸을 비비 꼬고 버둥거릴 때면 마치 징그러운 벌
레를 보듯이 마음속으로 경멸하게 된다.

　할머니는 모두 열 명의 자식을 낳았다고 한다. 그중 셋을 제외하
고는 모두 세 살을 넘기지 못하고 죽었다. 살아 있는 자식 셋 가운
데 큰아버지를 제외하고 우리 아버지와 고모는 신체장애를 가지고
있다. 아버지는 어려서 소아마비를 앓아 그 후유증으로 한쪽 다리
가 짧은 절름발이이고, 고모는 앞서 말한 바와 같이 중증 뇌성마비
환자이다. 아버지는 원래 양복 재단사였는데 지금은 옷 수선을 한
다. 사람들이 양복을 맞춰 입지 않고 기성복을 사 입기 때문이다.
동네 사람들은 아버지의 수선 가게를 '절름발이네'라고 한다. 나
는 그 말이 듣기 싫지만, 아마도 길 건너에 있는 다른 가게와 구별

하기가 쉬워서 그렇게 말하는 것 같다.

네 할아버지가 젊어서 새끼 밴 고양이를 때려 죽였는데, 그 고양이가 앙갚음을 한 모양이다. 고양이가 좀 영물인가.

우리 집안에서 가장 나이가 많은 고모할머니한테 들은 이야기다. 고양이가 앙갚음을 해서 할머니가 낳은 자식들이 일곱이나 죽고, 할아버지도 일찍 죽고, 큰아버지 아래로 낳은 자식 둘이 병신이 되었다는 말이다. 그런 말을 들으면 우리 집에 고양이의 음흉한 그림자가 겹겹이 드리워져 있는 듯이 느껴진다. 우리 집은 앞쪽에 들어선 이삼 층짜리 상가 건물들 때문에 햇빛이 들지 않아 언제나 음산하고 침침하다. 하지만 그것조차도 건물 때문이 아니라 할아버지 손에 맞아 죽은 새끼 밴 고양이의 넋이 서려 있는 탓으로 여겨진다. 그 고양이 생각만 하면 진저리가 쳐지고 급기야는 오줌까지 마렵다. 배가 터지고 속에서 새빨간 피와 함께 비어져 나왔을 고양이의 새끼. 영물이라는 그 짐승이 우리 집안에 앙갚음을 한 게 틀림없다고 생각된다. 그렇지 않고서야 어찌 그런 불운들이 겹칠 수 있었겠는가. 옆집 고양이가 그 고양이라도 되는 것처럼 놈의 기분 나쁜 눈빛을 떠올려본다. 나는 고양이 생각에 빠질 때면 꼭 원한의 그림자가 내 몸을 휘감고 있는 것 같아서 뭔지 모를 감정이 참을 수 없을 만큼 솟구쳐 올라온다. 그냥 고래고래 악을 쓰고 싶어진다.

그런 말에 신경 쓸 것 없어. 세상에 온전한 인간은 없거든. 누구나 한 가지씩 부족한 점을 가지고 있는 법이야.

아버지는 고모할머니의 말을 한마디로 일축했다. 하긴 큰아버지를 보면 아버지 말이 맞는 것 같기도 하다. 큰아버지는 형제들 중 유일하게 정상인인데 성격이 아버지하고는 영 다르다. 다른 정도가 아니라 마치 천국에 사는 사람과 지옥에 사는 사람을 동시에 보고 있는 듯하다. 큰아버지는 술만 마시면 가족들을 상대로 패악을 부리고 아버지가 힘들게 번 돈을 모으기가 바쁘게 빼앗아 가곤 한다.

내가 이렇게 된 건 다 재수 없는 너희들 때문이야.

사실 그 말이 아주 터무니없는 건 아니다. 나도 동네 아이들한테 놀림을 당해보아서 큰아버지가 동생들 때문에 받았을 괴로움을 쉽게 짐작할 수 있다. 아이들한테 놀림을 받을 때면 속상하고 분한 마음을 하소연할 길이 없어 딱 죽고 싶은 심정이 된다. 그렇다고 큰아버지 자신의 빗나간 인생을 아버지와 고모 탓으로만 돌리는 건 아무리 생각해도 지나치다. 나는 동네 아이들한테 수없이 놀림을 당해도 그들에게 드러내놓고 화를 내지 못한다. 그런데 어쩌자고 어른인 큰아버지가 단순한 그것을 깨닫지 못하는지. 그런 이유로 나는 큰아버지 또한 고모 못지않게 경멸한다. 고모가 벌레같이 징그러운 존재라면 큰아버지는 그 벌레에 기생해서 살아가는 기생충처럼 보인다. 큰아버지는 자라면서 할머니 속을 무던히도 썩였다고 한다. 패싸움을 하고 말썽을 부려서 할머니는 경찰서와 학교 교무실을 안방 드나들듯 했다. 군에 가서도 문제를 일으켰는데 결국 탈영해서 군교도소에 갔었다고 한다.

아버지와 할머니가 나누는 얘기를 엿들어 알게 된 건데, 큰아버지는 그 무슨 파인가 하는 유명한 폭력조직의 일원이라고 한다. 그 말을 듣고서 잠시 큰아버지가 멋있어 보이기도 했었다. 그렇다고 내가 경멸해온 큰아버지를 좋아하게 되었다는 말은 아니다. 고모를 싫어한다는 점에서는 큰아버지와 내가 동질류인 것 같다. 그러나 멋있어 보였다는 건 그냥 막연한 동경 때문이다. 그렇다고 내가 조폭이 되기를 원한다는 것은 아니다. 영화에서 본 것처럼 이권을 두고 패를 갈라 싸움을 벌이거나 난폭하게 칼부림하는 장면은 생각만 해도 끔찍하다. 그런 점에서 나는 분명 큰아버지와 닮지 않았다.

그쪽 일이 바쁜지 큰아버지는 요 근래 집에는 발길을 끊다시피 하고 지낸다. 그런데 참 이상한 일이다. 큰아버지가 결혼했다는 얘기는 들은 적이 없다. 여자와 문제를 일으켰다는 말도 듣지 못했다. 혹시 그쪽으로 병신인 건 아닐까. 누구도 온전하지는 못하다고 아버지가 그랬는데. 물론 정신적으로 그렇다는 얘기인 줄 알아듣긴 했지만.

아버지의 손길을 느낀 고모는 잠에서 깨어 천진스럽게 웃고 있다. 그것을 보면서 아버지로부터 받은 감동도 일시에 사라지고 가슴속에는 또다시 고모를 경멸하는 감정이 고개를 들기 시작한다. 팔과 다리를 제멋대로 뒤틀고 자신의 은밀한 그곳을 남자인 오빠에게 내맡기고 아기처럼 웃으며 살아온 여자. 어쩌면 고모는 여자로서 최소한의 자존심도 없는지 모른다. 과연 그것이 살아 있는 것이라고 표현할 수 있는지조차 가늠하기 어렵다. 나는 그녀가 인간이 아닌 것처럼 느껴져서 조금 전의 경이로움도 잊고 온몸을 전율한다.

빨리 죽어야 돼.

나는 자주 고모가 빨리 죽어야 한다고 생각한다. 그래야 아버지
와 할머니가 편해지고 엄마가 돌아올 것이니까. 그렇다. 엄마와 고
모 중 한 사람만을 선택하라고 한다면 두말할 필요 없이 엄마를 선
택할 것이다. 엄마만 돌아온다면 고모 같은 사람쯤이야 죽어도 좋
다고 생각한다. 고모한테는 미안한 일이지만, 우리 엄마를 어찌 고
모에 비교할 수 있겠는가. 엄마와 같이 살 수 있다면 할아버지한테
맞아 죽은 고양이의 원한도 이겨낼 것이라고 생각된다. 나는 우리
엄마만큼 예쁜 여자를 보지 못했다. 내가 좋아하는 미경이만 빼고
말이다. 엄마가 집에 있을 적에는 마치 햇빛이 비치는 것처럼 집안
이 밝았었다. 그 시절이 너무 그립다.

준호야, 고모가 몸이 많이 안 좋은 것 같다. 네가 좀 곁에 있어줄
래?

아버지는 요즘 들어 고모의 건강상태가 나빠지고 식사도 잘 못
한다고 걱정을 한다.

아버지의 손에는 들어갈 때처럼 신문지 뭉치가 들려 있다. 조금
전에 문틈으로 본 그것이 분명하다. 아버지는 아기 엄마가 똥 기저
귀를 들고 나오듯 정말 아무렇지도 않게 들고 나왔다. 다른 집에서
는 상상이 안 가는 일들이 이 집에서는 너무도 자연스럽게 이루어
진다. 우리 집에서 무엇이 사라진 것일까. 수치심, 불쾌감, 자존심,
성별…… 아, 그러고 보니 우리 집에서는 여자라든가, 남자라든가
하는 성에 대한 구별을 특별히 의식하지 않고 사는 것 같다. 우리
는 그냥 가족일 뿐이지 여자도 남자도 아닌 것이다. 우리 집에 더
있는 것은 무엇일까. 그런 건 떠오르지 않는다. 아버지가 돌보는

천사가 작은 방에 누워 있다는 사실 외에는. 없는 것이 너무 많으니까.

　나는 그림을 그리고 있다. 고모의 초상화다. 공연히 고모가 미워질 적마다 고모의 얼굴을 그리곤 한다. 특히 동네 아이들한테 놀림을 받은 날 저녁에는 고모의 모습을 더 일그러뜨려 놓는다.
　고모는 사진이 없지? 죽으면 내가 들고 갈 사진조차 없잖아. 내가 그려줄게.
　노골적으로 죽으라는 말이나 다를 바 없다. 고모의 존재가 눈엣가시처럼 껄끄러워지면 이런 식으로 심술을 부리곤 한다. 동네 아이들로부터 받은 모멸감을 고모의 마음속으로 고스란히 넘겨주기 위해 고모의 얼굴을 마구 망가뜨린다. 그녀의 가슴에 상처를 하나라도 더 내고 후벼 파기 위해 안간힘을 쓴다. 그 상처 위에 약을 바르듯 경멸과 증오를 덧칠한다. 코와 입을 비뚤어지게 그리고, 머리카락은 고슴도치처럼 짧게 치솟은 모양으로 만들고, 얼굴에는 거무스름한 진회색을 칠해놓았다. 그 모습은 악마를 연상시킨다. 그래도 고모는 밝게 웃었다. 고모는 어쩌면 화를 내고 싶어도 얼굴이 달리 찡그려지지 않아서 웃기만 하는지도 모른다. 마치 한 가지 프로그램만 입력된 컴퓨터같이. 아니면 애초에 화내는 방식을 모르든지.
　처 처 천누우운이이 오오면…….
　웃고 난 뒤엔 언제나 알아들을 수 없는 말을 했다. 고모는 눈을 좋아했다. 방 안에만 누워 있어서 답답한지 고모는 방문을 열어달라고 했다. 그러고는 한없이 바깥에 눈길을 주지만 바라보고 위안을 삼을 만한 나무 한 그루 없다. 앞쪽의 상가 건물에 가려 손바닥만큼 남은 하늘을 보며 고모는 늘 첫눈을 기다리곤 했다. 고모에게는 삭막한 공간에 휘날리는 눈송이를 바라보는 것, 그 이상의 기쁨은 없는 듯이 보였다.

가을이 될 무렵부터 고모는 이 말을 자주 했다. 나는 무슨 말인지 알아들을 수 없지만 더 이상 묻지 않았다. 내 물음에 대답하기 위해서 또 얼마나 온몸과 얼굴을 비틀어댈지, 그 광경을 보느니 차라리 궁금증을 그냥 묻어두는 게 낫다고 생각했다.

지금도 나는 고모의 얼굴을 사정없이 일그러뜨리고 있다. 이번에는 아예 시뻘건 피를 얼굴에 뒤집어씌운다. 새빨간 피로 얼룩진 고모의 생리대를 본 순간부터 나는 참을 수 없어졌다. 고모가 여자였다는 사실이. 고모가 어떻게 여자일 수 있을까. 어떻게 다른 정상적인 여자들처럼 생리를 할 수 있는가. 나는 학교에서 성에 관한 강의를 들은 적이 있다. 여자와 남자의 성기 구조와 기능에 대한 설명이었다. 그때 강사는 여자의 생리현상을 신이 주신 성스러운 특권이라고 표현했다. 그런 일이 고모에게도 일어나고 있다는 사실을 이해할 수 없다. 그건 미경이나 우리 엄마같이 예쁜 여자한테만 있는 일이어야 할 것 같다.

미경이, 그 애의 이름을 떠올리면 나는 기분이 좋아진다. 우리 집안에 드리워진 어두운 그림자를 잠시나마 잊어버리게 된다. 미경이는 우리 엄마만큼 예쁘게 생겼다.

조용히 미동도 없이 잠들어 있는 고모의 얼굴을 내려다본다. 잠이 든 이 순간만큼은 전혀 일그러지지 않은 얼굴이다. 고모의 진짜 얼굴이다. 사십이 다 된 여자의 얼굴이라고는 상상이 안 갈 만큼 앳된 모습이다. 이렇게 보니 고모의 얼굴도 꽤나 괜찮게 생겼구나 싶다. 눈 모양이 기름하고 쌍꺼풀이 있다. 코도 그리 밉상이 아니고 입술도 적당한 크기이다. 파리하니 말라비틀어진 몸집만 아니라면, 일어나 걸을 수만 있다면, 말을 제대로 할 수만 있다면, 분명 고모도 어엿한 한 여자임이 틀림없으리라.

그리고 있던 그림을 확 구겨버린다. 고모는 정말 죽어가고 있는 것일까. 신은 고모의 어두운 삶에 종지부를 찍고 구원의 손길을 내밀어줄까. 아닐지도 모른다. 신은 없기 때문에 고모는 스스로 바득바득 살아나 끈질긴 삶을 이어가는지도 모른다. 할머니보다 아버지보다 더 오래 살지도 모른다. 그래서 급기야는 내 인생을 야금야금 파먹는 살진 벌레가 될지 모른다. 고모가 끔찍하다는 생각이 들어서 몸을 떤다.

어서 죽어야지. 내 앞에서 네가 먼저 죽어야 다음엔 내가 마음 편하게 눈을 감지.

어제저녁에 할머니는 이렇게 넋두리를 늘어놓았다.

어머니, 저 불쌍한 것 살면 얼마나 살겠어요? 사는 날까지 편히 살게 아무 말씀 마세요.

아버지가 할머니의 말을 가로막았다. 아버지가 이렇게 말하는 것을 들으면 고개를 갸웃거리게 된다. 아버지는 진력이 나지도 않나, 진심으로 고모가 좀 더 오래 살아 있기를 바라는가. 내 이기적이고 꼬인 심보로는 도저히 납득이 안 가는 일이다. 아버지야말로 진짜 천사인가 보다. 하기야 동병상련이라는 말이 있다고 들었다. 아버지도 다리를 저는 절름발이니까 그럴 수 있는지도……

내 책상 위에는 엄마의 사진이 있다. 나는 엄마의 사진을 보며 얘기한다. 엄마에게만은 비밀이 없다. 내가 우리 반 미경이를 좋아하는 것도 엄마는 알고 있다. 가끔 고모를 괴롭힌다는 것도 엄마에게 고백한다. 고모를 괴롭히고 나면 뒷맛이 씁쓰름해지기 때문에 엄마에게 털어놓게 된다.

엄마는 내가 초등학교에 입학한 이튿날 집을 나갔다. 그때부터 내게는 기다림이 시작되었다. 이제는 누군가를 기다린다는 일이 버릇처럼 몸에 배어버린 것 같다. 아버지가 고모를 그토록 긴 세월 동안 돌보고서도 지치지 않는 것처럼, 나도 엄마를 칠 년째 기다리는데도 지치지 않는다. 몇 년 전까지만 해도 가끔 전화기를 통해 목소리를 듣거나 외갓집에 가서 엄마를 잠시 만날 수 있었다. 그러나 요 근래에는 통 만나지 못한다. 엄마가 장사를 하다가 부도를 내고 도망 다니는 처지가 되었기 때문이다. 엄마가 무슨 이유로 아버지를 버리고 집을 나갔는지 모른다.

더 크면 그때 얘기해줄게.

마지막으로 외갓집에서 만났을 때 엄마가 내게 말했다. 나는 엄마가 어떤 말을 해도 다 알아들을 것 같은데……. 아버지를 더 이상 사랑하지 않는다거나 극단적인 예로 엄마에게 사랑하는 사람이 생겼다고 해도 말이다. 엄마는 정말 미인이니까, 세상 남자들이 한 번쯤은 군침을 삼킬 만도 하다고 생각한다. 내가 중학생이 된 후로 한 가지 터득한 것이 있다. 그것은 사랑하지 않는 사람과 함께 사는 건 지옥에 사는 것과 같다는 사실이다. 나는 커서 절대로 사랑하지 않는 사람과는 결혼하지 않을 것이다. 엄마는 아버지를 사랑하지 않는다고 생각한다. 엄마는 아버지와 어울리지 않는다. 엄마 같은 미인이 애초에 아버지와 결혼했다는 자체를 이해할 수 없다. 더구나 우리 집처럼 할아버지한테 맞아 죽은 새끼 밴 고양이의 원한이 깊게 드리워진 집에 들어와 살게 되었다는 건 도무지 납득할 수 없는 일이다.

준호 애비가 돈 주고 사온 거나 다름없지.

집안 어른들은 예쁜 엄마가 절름발이인 아버지에게 어울리지 않는 짝이라고 늘 불안한 시선을 보냈었다. 엄마가 집을 나간 뒤에는 대놓고 그것보라는 듯이 씹어댄다. 특히 고모할머니는 집안에서 바른말 잘 하기로 유명하다. 그 할머니의 입은 정말 못 말린다. 하지만 그 말이 아주 근거 없는 것은 아니다. 엄마는 처녀 적에 이미 장사를 크게 해서 한때 큰돈을 만져본 적도 있었단다. 하지만 아버지를 만날 무렵에는 실패해서 상당한 액수의 빚을 지게 되었다고 했다. 아버지는 착실히 일해서 모은 돈을 몽땅 엄마 빚 갚는 데 보태주었다고 했다. 아버지는 그런 사람이다. 엄마는 빚에 몰려 아버지를 만나고 결혼까지 하게 되었다는 얘기였다.

나를 임신한 후, 어느 날 고모를 보게 된 엄마는 두려움에 떨었다고 했다. 다행히 나는 정상이었고, 엄마는 동생 낳기를 포기했다고 들었다. 나는 안다. 엄마가 고모를 좋아하지 않았을 그 심정을. 엄마는 고모를 보는 순간 암울하게 배어 있는 고양이의 원한을 감지했을 것이고, 동시에 이곳에서 벗어나고 싶은 욕망이 솟구쳤을 것이다.

엄마는 고운 외모와는 달리 통이 크고 돈 무서운 줄 모른다고 할머니는 자주 투덜거렸다. 집에 들어앉아 조용히 살림이나 하고 있을 여자가 아니라는 거였다. 아버지가 옷가지를 수선해서 들여오는 적은 돈으로는 성이 차지 않는, 남자 배포를 가진 여자라서 일을 내도 크게 낼 사람이라고도 했다.

엄마는 어쩌면 남모르는 불덩이 같은 걸 가슴에 품고 있는지도 모른다고 생각한다. 미경이에게서 느꼈던 불같이 뜨거운 그런 것 말이다.

어느 날부터인지 아버지는 긴 한숨을 내쉬기 시작했다. 엄마가 이혼서류에 도장을 찍어달라고 연락해온 때문이다. 아버지는 나를 핑계 삼아 엄마의 요구를 묵살한 것 같다. 내가 대학생이 된 뒤에나 생각해보자는 주장을 한 모양이다. 아버지는 한동안 자다가도 무엇에 놀라 벌떡벌떡 일어나고 헛소리를 질러댔다. 내 옆에 누워 소리 없이 우는 모습을 본 적도 있다. 어쩌면 엄마가 우리 곁으로 다시 돌아온다는 건 이미 틀린 일인지 모른다. 그러나 나는 기다리는 것을 포기하지 않을 것이다. 미경이와 결혼한 뒤에는 그럴 수 있을까.

한동안 소식이 없던 큰아버지가 갑자기 나타났다. 나는 큰아버지가 나타날 적마다 하던 버릇대로 부엌 뒤쪽에 달린 창고로 숨어들었다.

이곳은 거의 버려져 있는 곳으로 어른들의 시선이 미치지 않아서 좋다. 전에 살았던 사람들은 여기에 식품을 보관한 듯싶지만 우리가 이사 오면서 이곳은 고물 장수에게 버려지기 직전의 허섭스레기를 두는 창고로 바뀌었다.

문을 꼭 닫으면 창고 안은 대낮에도 어둠침침하다. 천장 아래 서쪽으로 난 환기창을 통해 햇빛 한 줄기가 힘없이 들어와 반대편 벽에 몽글몽글 구른다. 나는 무엇인가를 기다린다. 큰아버지가 집에 들를 때면 어김없이 터져 나오는 고함소리가 아직 귀에 들려오지 않는다. 큰아버지가 할머니 앞에 내놓은 것은 틀림없는 돈 봉투로 보였는데, 그가 가족들을 위해 돈을 가져온 일은 처음이다. 두툼한 모양새가 제법 큰돈으로 보였다. 어떻게 해서 번 돈일까, 나는 얼핏 그런 생각을 했다. 술만 먹으면 고모에게 죽어 없어지라고 고함을 쳐대고 아버지에게 돈을 뜯어가던 큰아버지가 웬일로 평소와 다른 행동을 하는지 영 알 수가 없다. 언젠가는 누워 있는 고모의 목을 조른 적도 있었다. 아버지와 할머니가 즉시 달려들어 말렸으니 망정이지…… 할머니가 프라이팬으로 큰아버지의 정수리를 내려쳤던 것 같다. 하마터면 큰일이 벌어질 뻔했다. 그 뒤로 고모는 큰아버지 얼굴만 보면 두려워하는 눈치였다. 오늘도 뭔가 좋은 일보다는 나쁜 예감이 앞서 불안해진다.

야옹, 그놈은 내가 기대고 앉은 벽 뒤에서 서성이는 듯 울음소리가 가깝게 들린다. 헌 비닐장판 바닥에 고인 눅진한 기운이 엉덩이로 스며든다.

가출 전에 엄마는 잠깐 비디오 가게를 했었는데, 이곳에 복사기

계를 숨겨놓고 성인용 비디오를 복사했었다. 가끔 엄마는 비디오를 틀어보기도 했는데 나는 화면 속의 벌거벗은 어른들을 보면서 아이스크림을 핥아대곤 했다. 그것과 똑같은 장면을 혁이가 빌려준 디스켓을 통해 다시 볼 수 있었다. 우리 반 혁이는 그런 쪽의 정보가 굉장히 빠른 애다. 혁이가 제일 먼저 인터넷을 통해 다운받은 것을 여러 장 복사해서 친구들에게 나누어주면 삽시간에 반 전체에 퍼지고, 하루가 지나기도 전에 같은 학년의 대다수 아이들이 삼삼오오 모여서 보게 되는 것이다.

내가 처음으로 미경이의 젖가슴을 만져본 것도 바로 여기에서였다. 그때는 혁이의 디스켓을 받기 전이어서 미경이가 하는 대로 내 손을 맡겨두고 있었다. 나는 사뭇 떨어댔다. 그러나 떨림 속에서도 느껴지는 부드러운 감촉에 이어 내 손가락에 잡힌 그 애의 꼿꼿하게 긴장한 젖꼭지는 심장이 멎을 듯한 놀라움을 안겨주었다. 미경이의 가슴은 마치 불을 품고 있는 것 같이 뜨거웠다.

먹어봐.

미경이가 내 귀에 조그만 소리로 속삭였다. 나는 정신을 차릴 수 없었다.

바보.

한참이나 떨고만 있는 내게 미경이는 나를 비웃듯 한 마디 쏘아붙이고 창고를 나가버렸다. 그러나 나는 한 발자국도 움직일 수 없었다.

내 이마와 아랫배 부분에 끈끈하게 땀이 배어난다. 가뭇가뭇하게 돋아나고 있는 음모가 부드럽게 손바닥을 스친다. 나는 손바닥에 넘치도록 발기한 페니스를 잡고 자위를 한다. 큰아버지를 경멸하기 위해서, 도저히 여자일 수 없는 고모가 여자라는 사실을 부정하면서. 우리 집에 배어 있는 고양이의 원한을 몰아내고 싶다는 생각도 해본다. 미경이의 터질 것 같은 젖가슴이 나를 숨 막히게 한다. 고모의 음부가 열리고, 시뻘건 피가 흘러나온다. 아버지의 손에 들린 고모의 생리대가 내 얼굴을 덮는다. 곧 심장이 터지고 내 안의 피가 분수처럼 솟구쳐 나올 것 같다.

내가 가져온 돈은 검은 돈이라서 안 받겠다는 거냐?

야옹, 야옹 고양이 울음 사이로 갑자기 큰아버지의 고함소리가 귀를 후려친다.

이놈아, 차라리 나를 죽여라. 나를 죽여.

할머니의 울부짖는 소리도 들린다. 불쌍한 할머니, 병신 자식들 때문에 평생 다리 뻗고 잠자본 적이 없다고 한다. 예상했던 대로다. 저 위인이 나타나고 집안이 조용했던 적이 있었던가. 기다렸던 큰아버지의 고함소리가 이제야 터져 나온다. 나는 그쪽을 향해 조소를 날린다.

내 몸은 곧 풍선처럼 가벼워지고 붕 떠오를 것 같다.

와장창! 유리창이 깨지고 뒤이어 가재도구가 마당으로 날아가 박살나는 소리도 들린다. 내 이마에서 땀방울이 흘러내린다. 잠시 필름이 끊긴 듯 괴괴한 침묵이 흐른다. 꽝! 낡아빠진 철 대문이 온 집을 날려 버릴 듯한 파열음을 내며 닫히는 걸 마지막으로 집 안은 적막감 속으로 빠져든다. 갑자기 휘감아 오는 짙은 어둠자락과 함께 단절감이 창고 안에 고여 든다.

큰아버지가 소란을 피우고 떠난 지 얼마 후, 우리는 텔레비전 화면을 통해 그가 큰 사건에 연루되어 체포되었다는 소식을 접했다. 포승줄에 묶인 큰아버지의 모습이 화면에 비춰졌다. 아버지는 할머니와 나를 의식해서인지 급히 리모컨을 눌렀다. 아버지의 그 재빠른 배려에도 불구하고 할머니는 이미 사태를 알아채고는 한숨과 함께 '몹쓸 놈'을 되뇌었다. 물론 내 빠른 눈치를 속이지 못한 것도 마찬가지였다. 할머니와 아버지는 그 돈을 받지 않은 것을 그래도 천만다행으로 여기는 모양이었다.

고모의 상태는 급격히 나빠지고 있다. 아버지는 고모를 병원으로 데려갔지만 다시 집으로 옮겨왔다. 언제 호흡이 멎을지 모르는 위중한 상태라고 했다. 큰아버지가 소란을 피운 일이 마음에 큰 상처를 준 모양이다. 상처를 준 것으로 치자면 나도 큰아버지 못지않으리라. 고모는 이제 정말 천사가 되려나. 이 세상에 고모처럼 죄를 짓지 않은 사람은 어린아이 말고는 아마 없을 것이다.

나는 고모의 초상화를 다시 그리기 시작한다. 갸름한 얼굴형태의 윤곽을 먼저 잡아 중앙에 오뚝한 코를 그린다. 그리고 크지도 작지도 않은 쌍꺼풀진 눈을 그린다. 내가 수없이 부렸던 심술 앞에서도 조용히 웃기만 했던 증오를 모르는 눈, 그 눈을 그리기 위해 나는 고모의 잠든 얼굴을 오래 바라본다. 어느 선생님이 말했다. 세상에 태어난 모든 사람은 제각기 할 일이 있는 거라고. 고모가 세상에서 꼭 해야만 했던 일은 무엇이었을까. 그렇다고 우리 가족 중에 고모보다 더 잘난 사람이 있는 것도 아니다. 내 마음이 약한 것일까. 마음이 왜 이렇게 변덕이 죽 끓듯 하는지 모르겠다. 죽어

가는 고모의 모습은 너무 애처롭게 보인다. 뼈만 앙상한 몸은 점점 더 쪼그라들어서 초등학교 일 학년생 정도나 될까. 고모의 숨은 너무 깊게 가라앉아서 그대로 잦아들고 말 것 같다.

얼굴 모습을 거의 완성한 초상화를 나는 고모의 머리맡에 놓아 둔다. 고모가 혹시라도 눈을 뜨면 꼭 보여주고 싶다. 나는 초상화 속에 한 가지가 빠진 사실을 나중에 알아낸다. '첫눈이 오면', 고모는 첫눈이 오기를 기다리고 있다. 물감을 가져다 눈송이를 그려 넣는다. 탐스럽고 하얀 눈송이를 하나 둘, 수없이 그려 넣는다. 그리고 고모의 초상화를 보면서 엄마를 생각한다. 눈 코 입이 엄마의 모습과 비슷하다. 내 그림 솜씨가 서툰 때문일까. 이제 생각해보니 여태까지 나는 엄마의 얼굴만 그린 셈이다. 엄마의 결혼사진을 보고 눈 속에 꼭꼭 박아둔 엄마의 얼굴은 내 손끝을 타고 되살아난 것이다.

낮게 깔린 잿빛 구름이 금세 비를 뿌릴 것 같다. 첫눈이 내리기에는 포근한 기온이다. 고모 옆에서 나는 고모의 초상화를 액자에 끼우려고 크기를 맞춘다. 끝이 날카로운 제도용 칼로 남아도는 부분을 잘라낸다.

야옹 야옹, 새벽부터 그놈의 고양이는 우리 집 주위를 맴돈다. 그 울음소리가 여간 귀에 거슬리는 게 아니다. 방문을 열고 고양이를 노려본다.

저 놈의 괭이 새끼!

할머니는 또 재수 없다고 투덜댄다. 마당가를 향해 설거지하던 개숫물을 확 끼얹는다. 고양이는 잽싸게 몸을 피하고 엉뚱한 장독대에 허연 밥풀이 흩어진다. 고양이는 다시 장독 위로 날름 올라선다. 할머니는 부엌에서 몽둥이를 들고 나오며 소리친다.

냉큼 가지 못혀!

할머니의 손에 들린 몽둥이가 날아간다. 고양이는 잠시 이쪽을 노려보는 듯 주춤거리다가 몸을 날려 담 위로 올라간다. 쨍그렁! 어이없게도 장독이 박살난다. 깨진 장독에서 간장이 콸콸 흘러나와 콘크리트 마당을 적신다. 달큰한 짠 내가 온 집 안에 진동한다. 순간 할아버지의 손에 맞아 죽었다는 새끼 밴 고양이의 그림자를 본 듯싶다. 손에 쥐고 있던 칼을 담 위로 날린다. 순식간의 일이다. 고양이는 야옹하는 울음소리를 남기고 사라진다. 등에 내가 던진 칼을 박은 채 그놈은 어디인가로 몸을 숨긴 것이다. 그때서야 나는 내가 저지른 일을 알아차린다. 너무나 끔찍한 일이다.

고모는 언제 숨을 거두었는지 아무도 모르게 죽어 있다. 조금도 일그러지지 않은 모습이다. 아버지는 고모의 얼굴을 쓰다듬으며 뚝뚝 굵은 눈물을 떨어뜨린다.

천사야, 우리 천사야, 다음에 좋은 데서 다시 만나자.

아버지는 고모와 약속한다.

어이구 이 불쌍한 것, 다음 세상에서는 부디 성한 몸으로 태어나거라.

할머니는 빨갛게 짓무른 눈을 자꾸 비벼대며 넋두리한다.

나는 고모의 초상화를 바라본다. 고모는 어디로 간 것일까. 고모는 평생 불편하기 짝이 없던 자신의 육신을 옷을 벗듯 홀가분하게 벗어놓고 어디론가 떠나간 것이다.

나는 달라진 나 자신을 느낀다. 현실에 대해서 조금은 여유를 가지고 바라볼 수 있을 것 같다. 이젠 동네 아이들이 놀려도 아무렇지도 않게 넘길 수 있을 것 같은데, 고모에게 심술을 부리지 않고도 견딜 수 있을 것 같은데, 뒤늦게 미안한 마음이 든다. 뜨거운 덩어리가 목구멍으로 울컥울컥 올라와서 도로 삼키느라 안간힘을 쓴다. 물기가 자꾸 앞을 가려서 눈에 힘을 주니까 두 눈이 퉁방울처럼 튀어나오는 것 같다. 고개를 허공으로 꺾고 눈을 깜박거려본다. 허공에 어룽어룽 무늬가 떠돈다. 나는, 막연하지만, 산다는 것이 무엇일까, 그런 생각을 해본다. 아버지가 불편한 다리로 고모를 목욕시키고 생리대를 갈아주었던 것, 그런 것일까. 아닌 것도 같다. 그것보다는 멋지게 살 수도 있을 것 같다. 내 가슴속에서 무엇인가가 꼼지락거리는 느낌이 온다.

나는 아버지와 할머니 몰래 대문간을 흘깃거린다.

고모의 초상화 속에는 탐스런 눈송이가 흩날리고 있다. 바깥 날씨가 추워지는 모양인데, 정말 첫눈이 내리려나. 이럴 거면 욕심이라도 한번 부려볼 일이지. 올 겨울이 지나면, 봄이 오면, 꽃이 피면, 나뭇잎이 나오면…… 하고 말이다. 그럼 좀 더 살았을지도 모르는데…….

그녀는 두 팔로 머리를 감싸 쥐었다. 아주 멀리 남편이 없는 곳으로 도망치고 싶었다. 어딘가에 이 무거운 짐을 던져버리고 평화를 만끽하며 쉬고 싶었다. 그러나 누군가 그것은 바로 네 십자가 라고 말하고 있었다. 그것은 자신 안에 있는 또 하나의 목소리였다.

분이

분이는 현관에서 잽싸게 슬리퍼를 집어 들고 밖으로 뛰었다. 건물 입구에 있는 경비실을 지나쳐 나오는데 텔레비전에 시선을 두고 있던 경비원이 힐끗 고개를 돌려 바라보았다. 경비실을 등지고 몇 걸음 뛰다가 얼른 들고 있던 슬리퍼를 발에 꿰었다. 순간 수치심으로 얼굴이 달아올랐다. 설마 저 사람이 눈치를 채고 있는 건 아니겠지, 마음이 조마조마했다. 어쨌든 지금은 도망쳐야 한다. 그녀는 얼굴을 두 손으로 감싸 쥔 채 아파트 단지 뒤편에 있는 벤치로 급히 걸음을 옮겼다. 이곳은 소나무에 둘러싸여 있고 후미진 곳이라서 남편의 눈길이 잘 미치지 않으리라 생각되었다. 이 벤치는 조금 전에 발각된 아지트 다음으로 그녀가 자주 사용하는 피신처였다. 두 개의 벤치가 놓여 있는 옆에 희미한 수은등이 주위의 어둠을 가까스로 밀어내고 있었다. 쓰러지듯 벤치에 털썩 주저앉은 그녀는 한숨을 크게 내쉬었다. 놀란 가슴은 아직도 쾅쾅거리고 혈압이 오르는지 뒷골이 뻐근해왔다. 이제 어떡한다? 지난 몇 년 동안 남편의 폭력으로부터 자신을 지켜주었던 좁은 장롱 속을 그녀는 아쉬워했다. 동시에 절망감이 밀려들었다. 남편은 결코 개선의 여지가 없는 인간이라고 고개를 내저었다.

60

가게에서 막 집에 돌아와 현관문을 여는 순간 그녀는 남편의 살기 어린 눈빛과 마주쳤다. 그녀는 직감적으로 그가 술에 취한 상태임을 알아차렸다. 그녀의 남편은 트집 잡을 기회만 노리고 있는 듯, 안절부절못하고 방과 거실 사이를 반복해서 왕복하고 있었다. 그녀는 말없이 욕실에 들어가 몸을 씻는 척하며 남편의 움직임에 촉각을 곤두세웠다. 그가 잠시 안방으로 들어간 틈을 타 살금살금 몸을 움직였다. 밖으로 나간 것처럼 현관문의 잠금 장치를 풀어놓고 살짝 아지트로 숨어든 것이다. 잘못 어물거리거나 마주 앉아 말대꾸를 했다가는 죽지 않을 만치 얻어맞을 판이었다. 남편의 행패를 잘 알고 있기 때문에 잠시도 긴장을 늦출 수 없었다. 아지트로 숨는 과정은 지난 사 년간 몸에 익힌 동작으로 아주 익숙하고 자연스러웠다. 그 아지트, 유학 간 딸아이 방에 있는 낡은 장롱 속에서 그녀는 숨을 죽이고 가슴을 졸였다.

니가 잘났으면 얼마나 잘났냐? 이 씨발년이 금방 어디로 꺼졌어. 이년아, 니가 숨으면 내가 못 찾을 줄 아냐? 찾기만 해봐, 요절을 내고 말 테니까.

그녀가 사라진 걸 알아챈 남편은 거친 숨소리를 내며 큰방과 작은방, 그리고 베란다에 있는 창고까지 샅샅이 뒤지느라 쾅쾅 문을 여닫는 소리가 났다. 금세 장롱 문을 열어 제치고 자신의 목덜미를 움켜쥐고 끌어낼 것만 같았다. 그녀는 얼굴을 이불 더미에 묻고 두려움에 떨었다. 온몸이 땀으로 흠뻑 젖었다. 그저께만 해도 이렇게 불안하지는 않았다. 눈치 빠르게 몸을 숨긴 뒤 그가 이내 곯아떨어졌기 때문에 좁고 더운 공간에서 오래 고생하지 않고 곧 나올 수 있었다. 또한 그녀가 밖으로 도망친 줄 알고 찾으려고 집 안을 뒤지지도 않았다. 그런데 오늘은 아무래도 이상했다. 처음부터 무슨 낌새를 알아챈 것이 틀림없어 보였다.

남편의 발소리가 베란다에서 거실을 가로질러 자신이 숨어 있는 방문 앞으로 다가온다 싶었는데 뚝 끊겼다. 그녀는 몸을 웅크리고 주먹을 쥐었다. 손바닥은 물기로 축축했다. 가슴속에서 커다란 덩어리, 고통과 울분이 꽁꽁 뭉쳐서 만들어진 덩어리가 목울대를 치받고 울컥울컥 올라왔다. 이불자락으로 입을 틀어막았다. 숨소리와 엉켜진 울음소리가 이불솜 사이로 조용히 스며들었다. 그때 느닷없이 장롱 문이 열리고 남편의 손이 우악스럽게 그녀의 머리채를 낚아챘다. 그녀는 비명소리와 함께 장롱 밖으로 나동그라졌다. 머리 가죽이 벗겨지는 듯하고 엉덩이는 바스러지는 것만 같았다. 이어서 옆구리며 등허리 할 것 없이 닥치는 대로 걷어차였다. 정신이 아득해진 가운데서도 윤자가 일러준 대로 우선 도망쳐야 한다는 생각밖에 없었다.

사람 살려요! 사람 살려요!

비명소리에 남편이 잠깐 주춤하는 틈을 타서 아파할 겨를도 없이 냅다 튀었다.

그녀는 쓰게 웃었다. 이 나이에 어디서 그렇게 빨리 뛸 힘이 나올까. 주위를 두리번거렸다. 혹시 남편이 여기까지 쫓아오는 건 아닌가 싶어 마음이 놓이지 않았다. 그러나 가까이 다가오는 인기척은 없었다. 손으로 바지 호주머니를 더듬어보았다. 휴대폰이 손에 잡히자 안도하는 마음으로 긴장을 조금 누그러뜨렸다. 이런 경우에 대비해서 그녀는 항상 휴대폰을 호주머니에 넣어두고 있었다. 이럴 때 휴대폰은 아주 요긴하게 쓰였다. 만약 남편이 현관문을 잠그고 잠이 들었을 경우엔 아들한테 연락해서 문을 열어줄 것을 부탁할 수 있었다. 그리고 윤자와 이야기할 수도 있었다. 그러니까 아무 일도 없는 것처럼 천연덕스럽게 말하는 것이다. 그녀에게 사실을 말하고 도움을 요청하면 금세 달려와 줄 수 있으련만, 그런 폐는 끼치고 싶지 않았다. 다만 혼자 있는 외로움을 조금 달래보려는 심사일 뿐이었다. 그 외에도 이것은 천군만마를 손에 넣기라도 한 것처럼 마음을 든든하게 만들어주었다. 만약의 경우, 이것만 있으면 누구에게든 곧바로 도움을 청할 수 있다는 생각이었다.

가만히 앉아서 맞지만 말고 도망가란 말야. 무조건 도망가고 봐야 된다구. 그리고 사람 살리라고 소리쳐서 이웃에 알려야 해. 알았지?

그녀는 윤자가 한 말을 다시 떠올렸다. 사 년 전, 남편에게 구타를 당해 전신이 시커멓게 멍이 든 모습을 목격한 그녀가 탄식 끝에 일러준 대처 방안이었다. 그 뒤로 몇 년 동안 그녀의 말대로 도망치는 요령을 익혀서 무지막지한 구타를 일단 피할 수 있었다. 하지만 윤자 자신은 뭐 별수 있나. 분이는 다시 쓴웃음을 지었다. 자신처럼 무서운 폭행을 당하고 살지는 않는다고 해도 그녀 역시 남편의 무분별한 주사로 밤새 고통을 당하며 살기는 매한가지였다. 자신과 다른 점은 남편을 병원에 자주 입원시키고 있다는 거였다. 윤자의 남편은 몇 달씩 병원에 입원해서 술을 끊고 있다가 퇴원하면 다시 마시는 알코올 중독자였다. 남편들이 똑같이 알코올 중독자

라는 공통점은 그녀와 마음을 트고 가까이 지내게 된 동기가 되었
다. 분이는 다른 사람에게는 결코 자신의 처지를 말하지 않았다.
자존심이 허락하지 않았거니와 또한 부끄러웠기 때문이었다. 남편
의 지독한 폭행을 소리 한 마디 지르지 않고 입을 악물고 견뎌냈
다. 그것부터가 큰 실수였다고 윤자는 말끝마다 되짚곤 했다.

언제까지 이렇게 참아야 하나. 그녀는 넘어설 수 없을 것만 같은
벽을 느끼며 한숨을 길게 내쉬었다. 어릴 적 생각을 했다. 위로 아
들만 다섯을 낳고 막내로 그녀를 본 부모님은 '공주, 공주' 하면서
애지중지 키웠다. 비록 지방에서 여학교를 나오고 말았지만, 시골
에서 천석꾼으로 불렸던 친정의 살림은 풍족한 편이어서 아쉬움
없이 자라났다. 결혼하기 전까지 매는 물론 눈 흘김 한번 받아본
일 없는 그녀는 성품이 어머니를 닮아 예의 바르고 온순했다. 생전
에 그토록 자신을 사랑했던 어머니 앞에서 그녀는 남편의 포악한
성품에 대해 곧이곧대로 털어놓을 수 없었다.

그래도 정 서방만 한 사람이 어디 있냐? 돈 버는 재주가 없어서
그렇지 무던한 사람이니 니가 참어라. 미워지려고 하면 주님께 기
도하고. 참고 견디면 복을 주신다고 하셨잖니.

어쩌다 그녀가 작은 불만이라도 꺼내는 성싶으면 신실한 기독교
신자인 어머니는 미리 입막음을 해서 흉 같은 건 아예 뻥긋하지도
못하게 했다. 남편 흉을 보기 시작하면 버릇이 되고 흉은 점점 더
커져서 힘들어진다고, 나쁜 점도 좋게 보고 살라고 그녀를 보기만
하면 당부했었다.

오늘 밤은 그 어머니가 몹시도 그리웠다. 까마득하게 먼 과거로

만 기억하고 있던 그 따뜻하고 부드러운 품이 간절했다.

어머니의 가르침대로 분이는 참았다. 자신만 참으면 자식들이 불행하지 않을 것이고 집안도 조용할 것이라고 여겼다. 그것은 사실이었다. 남편은 주로 자신의 아내인 분이만을 괴롭힘의 대상으로 삼았다. 이웃 사람들로부터는 법이 없어도 살 사람이라는 찬사까지 받을 정도로 희생적이었다. 그의 철저한 이중성은 아무도 알지 못했다. 그것이 같은 신앙인의 입장에서 가증스럽게 보이기도 했지만, 한편 그것 또한 자신에 대한 열등의식에서 비롯된 거라고 여겨져 인간적인 연민마저 일었다. 결혼 초에 경영하던 자영업이 힘없이 망하고 아내에게 생계며 아이들 교육, 심지어 자신의 용돈까지 의존하고 살아온 사람이었다. 그 열등감을 희석시켜줄 묘책을 궁리한 끝에 그녀는 자신이 세탁소를 하며 억척스럽게 일해서 마련한 아파트를 남편의 명의로 해주었다. 그러나 그의 태도는 변함이 없었다. 그는 오히려 자신이 벌어 마련한 재산인 양 기세만 등등해졌다. 때때로 함께 살고 있던 딸에게 내 집에서 나가라고 갖은 폭언을 퍼부었다. 그녀는 조용히 공부에 전념하고 싶어 하는 딸이 가엾었다. 좋지 않은 환경 속에서도 무엇 하나 속을 썩여본 적이 없는 아이였다. 남매를 대학원까지 가르치고 가진 것은 세탁소로 쓰는 가게 하나뿐인데 그걸 믿고 딸을 미국으로 보냈다. 형편은 안 되었지만 딸이 간절히 원하던 일이었다.

경비가 순찰을 도는지 플래시를 비추며 다가왔다. 후미진 곳을 눈에 잘 띄는 곳보다 자주 살펴보는 건 당연한 일임에도 자신을 더욱 궁색하게 만드는 것만 같아서 그가 밉살스러웠다. 갈 곳도, 있을 곳도 없었다. 그녀는 얼굴을 두 손으로 감싸고 몸을 구부렸다. 그는 플래시를 아래위로 몇 번 비추더니 내키지 않는 듯한 걸음걸이로 돌아섰다.

시간이 꽤 지난 듯싶었다. 분이는 자리에서 몸을 일으켰다. 아아, 소리가 자신도 모르게 터져 나왔다. 남편의 발길에 걷어차인 부분에 통증이 왔다. 그녀는 별로 대수롭잖게 넘겼다. 결혼 생활 내내 구타를 당하며 살아온 그녀는 이제 매 맞는 일엔 이골이 났다고 해도 과언이 아니었다. 하느님이 자신에게 튼튼한 몸뚱이를 선물로 주셨다고 생각하니 그나마 감사하는 마음이 일었다. 남편에게 얻어맞고 허구한 날 앓아누웠다면 이미 세상에 존재하지 못했을 거라고. 하지만 수시로 심장이 두근거리고 불안증세로 진정제를 들고 다녀야 하는 점을 감안하면 장담할 수만은 없었다.

고통을 참느라 얼굴을 찡그리고 걸음을 옮겼다. 아파트 건물 사이로 보이는 큰길에는 자동차들의 통행이 줄어들고 밤의 적막이 짙게 뒤덮고 있었다. 단지 안은 모두 잠 속으로 빠져든 듯 더욱 가라앉아 보였다. 이쯤이면 남편도 잠에 곯아떨어졌겠지. 혹시 아직도 잠들지 않았으면 어쩌나. 분이는 조심조심 자신의 집 현관문을 비틀어보았다. 그러나 문은 열리지 않았다. 그가 현관문을 잠그고 밖에서 열지 못하도록 누름 장치를 눌러놓은 모양이었다. 참으로 난감했다. 이런 땐 아들에게 전화하는 것도 어려웠다. 망설여지지만 어쩔 수 없이 휴대폰을 꺼내 번호를 눌렀다.

어머니, 또 나와 계신 거예요? 지금 12시가 다 됐는데.

미안하지만, 네가 아버지한테 전화해서 현관문 좀 열어주라고 해라.

전화는 할게요. 그런데 어머니, 맨날 그렇게 나와서 서성거리지 말고 그냥 집에 계세요. 설마 아버지가 죽이기야 하겠어요?

순간 자식도 야속했다. 어쩌면 저렇게 자신의 입장을 몰라줄까. 어미는 이제 심장이 터져 죽을 것만 같은데, 아니, 여기서 얼마나 더 참으라고? 딸애가 그리웠다. 그 애는 그렇지 않았다. 얼마나 오근자근 아픈 마음을 쓰다듬어주었던가. 딸이라서 아들과는 다른 점이 있지만, 어려서부터 제 아버지보다 어미인 자신의 마음을 더 이해해주었고, 고통을 헤아려줄 줄 알았다. 그래서인지 남편은 딸을 늘 못마땅해했다. 시집가면 그만인데 유학이 가당키나 하냐고, 어서 시집이나 보내라고, 마주치기만 하면 들볶았다. 그 애는 유학을 떠나면서도 어머니가 안쓰럽고 걱정이 되어서 애간장을 태웠다. 그 애가 있을 적에는 남편도 눈치를 보느라 멈칫거렸다. 그 애는 자신을 위한 방패가 되어주었다. 성인이 된 딸 앞에서 힘을 쓸 수 없었기 때문에 남편은 딸애가 없는 시간만 골라서 괴롭혔다. 그 딸이 유학을 가겠다고 했을 때, 그녀의 가장 큰 걱정은 학비 부담보다 든든한 울타리를 잃게 된다는 점이었다. 그러나 아들은 아버지에 대해 딸만큼 불쾌한 이미지를 가지고 있지 않았다.

아버지야 술을 드시면 주사가 좀 있어서 그렇지, 본래 나쁜 사람은 아니잖아요.

어머니는 가게가 있어서 속상한 일이 있어도 일을 하시면 잊을 수가 있지만 아버님은 가셔서 속 풀 곳이 없잖아요.

일찍 결혼해서 분가한 아들은 주말에 가끔 아버지와 마주하게 되지만, 대낮의 맑은 정신일 때라서 두 얼굴의 뒷면을 대하지 못한 셈이었다. 어릴 적의 희미한 기억이 있긴 했지만, 그 애가 그만한 애정을 갖게 된 데에는 물론 그녀의 배려가 있었기 때문이었다. 험한 꼴을 보이면 어린 마음에 행여 상처가 되지 않을까 감추고 노심초사했기에 웬만큼 밝게 키울 수 있었다. 결과 그들 두 사람은 서로 평범한 부자지간이었다. 아니, 아버지에게 있어 아들은 세상에 유일한 분신이었고 아들 또한 아버지가 긍정적으로 인식되었다. 며느리 역시 유년기에 친정아버지를 여의었기 때문에 부정에 대한 환상을 가지고 있다 해도 과언이 아니었다. 남편은 아들 내외 앞에선 체면이 깎이는 언행은 삼가서 했다. 그들은 서로를 이해하는, 마음이 잘 맞는 가족이었다.

분이는 절망의 나락에서 이젠 분노도 일지 않았다. 할 수만 있다면 윤자의 남편처럼 병원에 입원을 시켜보았으면 하는 바람이 있었다. 그러나 그것도 아들이 반대하니 뜻대로 되지 않았다. 언젠가 그런 뜻을 밝혔던 적이 있었다.

전 그렇게까지 하려는 어머니를 이해할 수 없어요.

아들의 목소리에는 그녀에 대한 반감마저 깔려 있었다. 결국 그 한마디로 계획은 무위로 돌아가고 말았다. 그녀는 아버지의 난폭한 성미를 모르는 아들이 답답하게 느껴졌다. 숨긴다고 이렇게 깜깜할 줄이야. 이럴 줄 알았으면 진즉 맞아서 시커멓게 멍든 곳을 보여주고, 고통을 숨기지 말 것을. 자식들 마음에 행여 구김살이 생길까 이를 악물고 독하게 참아낼 필요도 없었다고, 서러운 마음에 후회가 일었다. 그러나 이제 와서 어찌하랴. 만약 강제로 병원에 넣었다가 나중에 보복이라도 하면 어떡하겠는가. 뒷일이 현실보다 더 두려웠다. 그녀는 남편의 폭력에 대처할 아무런 능력이 없었다. 그것에 대해서만큼은 한없이 물러 빠지고 바보같이 순하기만 했다. 참는 것만이 방법이고 하느님의 뜻에 부합하는 거라고 믿었다.

아들이 뭐라고 설득했는지 남편은 현관문을 순순히 열어주었다. 그동안 술기운이 어느 정도 가셨는지 문 안으로 들어서는 그녀를 쏘아보기만 할 뿐 더 이상 손찌검을 하려는 의도는 없어 보였다. 그녀는 말없이 자신의 침실로 들어갔다.

윤자와 약속한 시간은 아직 많이 남아 있었다. 오늘은 종일 개미 새끼 한 마리 얼씬하지 않았다. 불황이 깊어지면서 세탁물도 많이 줄었다. 분이는 딸에게 학비를 보내려면 세탁물을 더 받아와야 한다는 압박감에 시달렸다.

컴퓨터의 스위치를 올리고 둔탁한 손놀림으로 더듬더듬 인터넷에 접속했다. 딸애가 떠난 뒤로 거의 매일 채팅방에 들락거렸지만 아직도 손놀림은 둔하고 키보드를 치는 손가락은 독수리 발톱이라는 딸애의 놀림을 면하기 어려울 듯했다.

딸은 유학을 떠나기 직전 그녀에게 인터넷을 가르쳤다. 이메일을 주고받거나 채팅을 이용하면 모녀간에 실컷 대화를 나누고도 통신료가 전화보다 적게 들 거라는 계산에서 짜낸 아이디어였다. 딸은 자신이 없는 사이 아버지에게 시달림을 당할 어머니를 생각하고 안타까워했다. 어떻게 하면 조금이라도 위로할 수 있을까 궁리했다. 분이는 그런 딸아이의 마음이 기특하고 한편 고마웠다. 그녀는 딸에게 컴퓨터를 배우던 기억을 잠깐 떠올리고 입가에 엷은 미소를 지었다. 손놀림이 둔하고 마우스 사용이 어색해서 잘 못할라 치면 딸은 어리광을 반 섞어 자신에게 짜증을 부렸다. 그 순간에는 딸의 그런 밉지 않은 성깔을 받아주는 것까지도 행복했었다. 그토록 섬세하고 부드러운 딸이 시도 때도 없이 그리웠다. 그때마다 그녀는 채팅방을 기웃거려 딸의 ID가 보이는지 살피곤 했다. 떠난 직후에는 채팅방에서 딸의 이름을 자주 발견했는데 요즘은 학교생활이 많이 바쁜지 일주일에 한 번 꼴로 만나기도 힘들었다. 오늘은 유난히 궁금해서 아침부터 채팅방을 기웃거렸으나 딸은 없었다. 방 이름은 다솜방, 주제는 이바구, 그들 모녀간의 암호였다. 그녀는 마음이 조급해졌다. 이번에도 그 애가 들어온 기미는 보이지 않았다. 그녀는 실망감에 눈물까지 글썽거렸다. 채팅이 이루어지면 어젯밤에 있었던 남편의 횡포와 구타를 하소연해보련만. 그러나 이내 마음을 바꾸었다. 행여나 그 얘기를 딸에게 하면 안 된다고 속으로 손사래를 쳤다. 멀리서 얼마나 속을 끓일 것인가. 공연한 소리를 해서 걱정만 시킬 뻔했다고 그녀는 생각했다.

심심한데 연습 삼아 딸이 즐겨찾기에 올려준 홈페이지에 접속해보았다. 야후로 들어갔다. 커서는 무슨 말이든 검색하라고 재촉하듯이 깜박이고 있었다. 그녀는 장난스레 '이혼소송' 이라고 써넣었다. 그러고 나서 역시 장난스럽게 '검색' 을 클릭했다. '이혼할 수 있을까' 그녀는 이 문장을 보고 소스라쳐 놀랐다. 그 문구는 마치 자신에게 큰 소리로 묻고 있는 것 같았다. 아니야! 그녀는 중얼거리며 서둘러 컴퓨터를 껐다.

윤자가 가게로 뛰어 들어왔다. 그녀는 오자마자 분이의 손목을 잡아끌고 동네에서 멀지 않은 교회로 향했다. 그들이 들어간 곳은 교회 지하실에 있는 제법 넓은 홀이었다. 그곳에서는 알코올 중독자 모임이 시작되고 있었다. 말은 알코올 중독자 모임이었는데 알고 보니 알코올 중독자는 거의 없는 듯싶었고, 모인 사람들은 모두 알코올 중독자를 둔 가족들이었다. 알코올 중독자가 남편이거나 부모이거나 형제이거나 자식인 경우들이었다. 가족 안에 한 사람의 중독자가 있음으로 해서 나머지 많은 가족들이 황폐하게 될 수 있다는 사실을 확인할 수 있는 장소였다. 그럼에도 불구하고 그곳의 분위기는 상당히 편안한 느낌을 주었다. 모임을 이끄는 사람은 교회 신자로 알코올 중독에 빠졌던 경험이 있다고 자신을 소개했다.

알코올 중독증은 하나의 강박충동이라는 질병입니다. 육체적·정신적·영신적인 질병임을 우리는 깨달아야 합니다. 강박충동적인 음주는 알코올 중독자의 내적인 고통을 밖으로 표출하는 것이며, 만약 계속된다면 그것은 파괴적인 악순환이 됩니다. 죄책감과 부끄러움 때문에, 자기 자신에게 화가 나서 술을 마신다고 그들은 말합니다. 그러나 그들의 마음속 깊이 쌓인 진정한 이유를 우리는 알아낼 수 없습니다. 우리가 환자를 치료할 수 없는 것처럼 알코올 중독이라는 질병을 고치지 못합니다. 우리는 그들을 고치기 위해서 여기에 모인 것이 아니라 바로 우리 자신을 치료하기 위해서 왔습니다. 분노와 비난들, 잔소리나 눈물, 히스테리, 독선 등은 살인적인 무기와 같습니다. 이런 것들은 생활을 개선하려는 그들의 열망을 말살시킵니다. 문제는 우리 자신들의 반응입니다. 이 모임의 목적은 알코올 중독자들이 술을 끊게 하는 것이 아니라 여기 모인 여러분들이 마음의 평화와 분별력을 갖도록 하는 것입니다. 여러분, 잘 생각해보십시오. 여러분은 알코올 중독자에 대해서 비합리적인 태도로 반응을 보였다는 것을 시인해야 합니다. 그 반응은 어디에서 온 것일까요? 그것은 바로 우리가 태아였을 때나 또는 유년기에 우리 자신도 모르게 받은 상처에서 비롯됩니다. 그 상처는 우리의 감정을 조정하고 그들에 대한 잘못된 반응을 증폭시킵니다. 모두가 내 탓입니다. 우리는 회개하고 기도해야 합니다.

그의 강의가 끝나자 곧바로 기도가 이어졌다.

하느님 아버지, 저희는 크신 도우심을 간곡하게 요청하러 왔습니다. 육체적 질병과 정서적 불안과 영성적 죄악과 인간관계에 얽힌 어려움에서 저희를 도와주소서.

그녀는 그들을 따라서 고개를 숙이고 기도를 드렸다. 그러나 기도는 흉내를 내는 것일 뿐, 그녀의 머릿속에서는 일대 반란이 일어나고 있었다. 모든 것이 내 탓이라고? 그녀는 자신의 유년시절에 받았을 거라는 상처에 대해 납득할 수 없었다. 자신은 고명딸로 부모나 오빠들로부터 지극한 사랑을 받고 자라났다는 자부심밖에 달리 받은 서러움은 기억되지 않았다. 또한 술에 취한 남편에게 험하게 반응한 일도 없었다. 내 탓이라고 도저히 받아들일 수가 없었다. 그녀는 말 한 마디 안 하고 미련스럽게 참아온 잘못밖에 없노라고 속으로 항변했다. 갑자기 그녀의 가슴속에는 반항심이 불길처럼 일었다.

주님, 당신은 이제까지 저의 고통을 외면하고 계십니다. 왜 저의 눈물을 씻어주지 않으십니까? 수많은 저의 기도들을 듣지 못하셨나요?

분이는 억울함 때문에 울었다. 기도는 두 시간가량 계속되었다. 그녀는 곤혹스러운 기도 시간이 끝나자 서둘러 그곳을 벗어났다. 시계는 열 시를 넘기고 있었다.

내일 전화할게.

정신이 든 그녀는 윤자에게 인사할 겨를도 없이 버스정류장을 향해서 마구 달렸다. 남편의 시뻘겋게 번뜩이는 눈빛이 눈앞에 확대되어 다가오는 것 같았다.

어느 놈하고 있다가 이제 오는 거냐? 어떤 놈이냔 말야!

예상대로 남편은 현관으로 들어서는 그녀를 향해 물건을 집어던지며 소리 질렀다. 그의 음주 주기가 이삼일 거푸 마시고 하루 쉬고 다시 이삼일 동안 계속해서 마시는 식이라 어제 시작된 술은 내일이나 모레가 지나야 하루쯤 숨을 돌릴 참이었다. 그걸 아는 그녀는 윤자의 권유에 망설였었다. 하지만 그 모임은 일주일에 한 번뿐이니 기왕 참석하기로 한 걸 길게 기다릴 수 없었다.

그녀는 다시 튀어 나오는 수밖에 달리 방법이 떠오르지 않았다. 이번에는 신발을 벗지도 못한 채 되돌아섰다. 밤은 깊은데 그녀는 갈 곳이 없었다. 피로가 밀려와 다리는 천근인 듯 무거웠고 눈꺼풀은 자꾸만 풀어져 내렸다. 이런 때 지친 몸과 마음을 쉴 편안한 공간이 있었으면 얼마나 좋을까, 그녀는 소망해보았다. 언젠가 혹독하게 추웠던 겨울에 윤자는 잠시 대피할 방을 한 칸 마련하는 것이

어떠냐고 했었다. 처음에는 꽤나 그럴싸한 아이디어로 들렸는데 숙고한 결과 행동에 옮길 수 없는 걸로 결론짓고 말았다. 행여나 남편이 알면 그러잖아도 의처증 증세를 보이는데 외박했다고 또 다른 트집을 잡을 게 분명했다. 공연히 꼬투리 잡힐 일만 하나 더 보태지 말자고, 모진 추위에도 지금처럼 집 주변을 배회하며 시간을 보냈었다.

주차장 한쪽 구석에 숨겨놓듯 세워둔 자동차에 올라앉아 시동을 걸었다. 기름 값을 절약한다고 여러 날 그대로 세워두었다. 어디든 가서 눕고만 싶었다. 막상 자동차에 시동은 걸었지만 어디로 가야 할지 막막했다. 그녀는 무조건 달리면서 소리를 질렀다. 이런 식으로라도 하지 않으면 정신이 돌아버릴 것 같이 혼란스러웠다.

자동차를 타고 가면서 욕을 하고 맘껏 소리를 지르는 거야.

윤자는 모임에서 배운 거라며 분노가 끓어오를 때 해소하는 방법을 몇 가지 알려주었다. 땅바닥에 구멍을 파는 것, 종이에 욕을 써서 발기발기 찢고 발로 밟는 것, 잡초를 뽑는 것 등이 그것이다. 그녀가 야생화를 가꾸는 것도 따지고 보면 일종의 스트레스를 해소하기 위한 방편의 하나라고 볼 수 있었다.

그녀가 도착한 곳은 겨우 자신의 가게였다. 가게가 있는 상가 건물은 몇몇 간판을 제외하고는 깜깜했다. 바로 옆 가게의 간판은 불빛이 훤해서 글씨가 선명하고 모양새도 산뜻했다. 자신의 가게는 간판에 불빛 한 점 없는 게 을씨년스러워 보였다.

문을 열고 들어간 그녀는 소파에 부리듯이 엎어졌다. 몸은 극도의 피로감에 지끈대는데 소파에 엎드리는 순간 정신은 오히려 선명해져서 온갖 잡념들이 머릿속을 헤집었다.

　내가 죄를 많이 지어서 남편이 알코올 중독이라고? 분이는 머리를 가로저었다. 아니야, 하느님은 그런 분이 아니야. 죄 없는 엉뚱한 사람에게 죄를 묻는 그런 분이 아니야. 하느님은 억울한 사람의 눈물을 닦아주는 신이라고 했어.

　그녀는 두 팔로 머리를 감싸 쥐었다. 아주 멀리 남편이 없는 곳으로 도망치고 싶었다. 어딘가에 이 무거운 짐을 던져버리고 평화를 만끽하며 쉬고 싶었다. 그러나 누군가 그것은 바로 네 십자가라고 말하고 있었다. 그것은 자신 안에 있는 또 하나의 목소리였다. 자신의 십자가가 너무 무겁다고 해서 다른 십자가로 바꾸었는데 그건 전의 것보다 더 크더라고, 그 목소리는 말했다.

　소파에서 벌떡 일어나 컴퓨터를 켜고 인터넷으로 곧장 들어갔다. 딸에게서 온 이메일은 없었다. 편지 쓰기를 클릭하고 그녀는 키보드를 두드려 문장을 만들었다.

　경아야, 왜 소식이 없는 거니? 궁금하구나. 엄마는 너와 대화를 하고 싶어. 너와 얘기하면 모든 문제가 해결될 것 같아. 경아야, 엄마는 이제 지쳤단다. 내 삶은…….

　여기까지 글자를 만든 그녀는 보내지 않고 그대로 지워버렸다. 딸이 이 글을 읽고 자신을 걱정하게 되는 것이 싫었기 때문이었다. 고통은 자신 하나로 충분하다고 생각했다. 자신이 자식들에게 바람막이가 되어주어야 한다고 입술을 깨물었다.

　아침에 잠깐 스쳤던 사이트로 다시 들어가 보았다. 커서는 검색할 단어를 빨리 써넣으라고 종용하고 있었다. 호기심에 끌리듯이

'이혼소송'이라고 단어를 써넣자 이혼에 관한 사이트가 열렸다. 그녀는 다시 이혼할 수 있을까 물었고, 컴퓨터는 이혼의 방법을 알려주었다.

우리나라에는 협의 이혼과 재판상 이혼의 두 가지 이혼 방법이 있고, 그 조건과 절차 등은 서로 다릅니다. 당사자들은 자신이 원하는 이혼 방법을 고르는 것이 아니라 각자 부부의 상황에 따라 어느 방법이 가능한지 결정되는 것입니다. 다음 질문에 답하여 방법을 정하십시오.

그녀는 눈이 번쩍 뜨였다. 마우스를 쥔 손가락이 가늘게 떨렸다. 마른침을 삼키며 '다음'이라고 쓴 곳을 눌렀다. 질문은 시작되었다.

당신의 남편도 이혼을 원합니까? 남편이 다음 항목의 하나 이상에 해당됩니까? 당신에게도 해당되는 항목이 있습니까?

컴퓨터는 즉시 결과를 문자로 보여주었다.

재판상 이혼 청구가 가능합니다. 이혼 청구에 앞서 남편의 잘못을 입증할 증거자료의 확보가 우선되어야 합니다.

그녀는 컴퓨터를 껐다. 그리고 벽에 머리를 기대앉은 채 도리질을 쳤다. 그것은 절대로 안 되는 일이라고. 자신이 가진 종교 때문이 아니었다. 결혼은 남편과의 약속 이전에 하느님과의 약속이었다. 이혼이라는 단어가 그녀에게 아주 생소한 건 아니었다. 그동안 머릿속에서 수없이 맴돌았던 단어였다. 그녀는 첫 단추를 잘못 끼웠다고 판단되던 결혼 초기부터 지금까지 여러 번 이혼에 대해 숙고했었다. 진정 사람답게 살고 싶었을 때, 인간 대접을 받고 싶었을 때, 자신의 정체성을 찾고자 고민하며 넘긴 사십 고개 때 그녀는 남편으로부터 벗어나고 싶은 욕구 때문에 하느님께 기도하며 밤을 하얗게 지새우곤 했었다. 그때 하느님께 투정을 부리듯 스스로 조건을 내걸었다. 저 사람이 잘 살게 되면 이혼할래요. 무능력함을 이혼의 빌미로 삼았다는 말은 결코 듣고 싶지 않았다.

갑자기 가슴이 벌렁거리고 답답해왔다. 자신이 어떻게 될 것 같은 불안감과 함께 진땀이 배어 나왔다. 이런 증세는 꽤 오래전부터 나타났다. 그녀는 서랍을 뒤져 진정제 한 알을 삼켰다. 그리고 소파에 누워 애써 머릿속을 지우고 잠을 청했다. 건강을 지탱하기 위해 스스로 터득한 방법이었다.

평소보다 일찍 집에 돌아온 분이는 베란다에 있는 많은 화분들을 닦고 물을 주었다. 그녀는 야생화를 좋아해서 꽤 많은 종류를 수집해 가꾸고 있었다. 종류가 많아 이름을 모두 기억하기 어려워 일일이 이름표를 만들어 꽂아 놓았다. 복수초, 양지꽃, 노루발풀, 일명 초롱꽃이라 불리는 은방울꽃, 붓꽃, 엉겅퀴, 매발톱, 패랭이꽃 등 종류만 오십여 종이 넘는다. 키가 커서 건물 밖의 화단에 옮겨 심은 것도 많았다. 그녀는 야생화들에게 감사했다. 꽃을 가꾸는 취미가 없었다면 자신은 지금껏 견뎌오지 못했을 거라고 생각했다. 생활이 삭막하고 고통스럽게 느껴질수록 그녀는 잡념을 줄이기 위해 꽃 가꾸기에 매달렸다.

그녀는 꽃이 피기 시작한 노루발풀을 한참 동안 가까이서 쳐다보았다. 이 꽃은 작년 여름에 윤자와 둘이서 야외에 나갔다가 발견하고 가져와 심었다. 긴 꽃대에서 흰색의 꽃잎이 아래를 향해 다소

곳이 피어 있는 모습이 마음에 들었다.

분이는 윤자의 말을 떠올렸다. 그녀는 퇴근 무렵에 가게로 찾아와 불쑥 자신의 얘기를 털어놓았다.

이건 비밀 얘긴데 사실은 나 수속 중이야. 곧 떠날 것 같아. 그 인간하고 더 이상 살기 싫어서 병원에 놔두고 떠날 거야. 자기도 이혼하고 자신의 삶을 찾았으면 해. 우린 신앙인이기 이전에 한 인간이야. 인간 대접을 받고 나야 신앙도 찾을 수 있다고 생각해.

윤자의 말은 뜻밖이었다. 자신보다도 더 교회모임에 쫓아다니고 굳은 신앙심으로 사는 사람이라고 생각했는데 뒤로 그런 계획을 진행하고 있었다니, 그것은 충격적이었다. 하지만 그녀는 윤자를 이해할 수 있었다.

어디로 갈 거야?

그 인간이 없는 곳이면 아프리카라도 좋아.

어디로 가려는 걸까. 분이는 그녀가 간다는 곳을 짐작해보았다. 그녀는 아마 호주에 있는 도시 시드니를 염두에 두고 하는 말이지 싶었다. 그곳에 친척이 살고 있다고 한 말이 생각났다. 어쨌든 그녀는 윤자를 말리지 않았다.

사위가 어두워졌는데도 남편은 돌아오지 않고 있었다. 그녀는 야생화를 돌보며 마음속 가득히 짧은 행복감을 느끼고 있었다. 마치 태풍의 눈처럼 자신의 생활 속에서 유일하게 보내는 평화로운 시간이었다. 그러나 밤이 되도록 돌아오지 않는 남편을 의식하면 가슴 한구석에서 불안감이 꿈틀거렸다. 그녀에게 평화는 스쳐가는 바람처럼 돌발적으로 찾아왔다가 이내 떠나버리곤 했다. 그녀에게

와서 정착하지 않는 헛된 꿈에 지나지 않았다.

그녀는 화분 정리를 끝내고 혼자서 저녁을 한술 떠먹었다. 그리고 자신의 침실에서 잠시 텔레비전을 보고 있으려니 잠이 몰려들었다. 얼마나 잤을까, 누군가 느닷없이 멱살을 잡아 일으켰다. 코에 술 냄새가 훅 끼쳤다. 동시에 남편의 주먹이 얼굴로 날아들었고 두 눈에 불이 번쩍 일었다. 자다가 웬 날벼락인지 그녀는 황당해서 말조차 잘 나오지 않았다.

왜…… 왜 그래요?

남편은 대꾸도 안 하고 씨근거리며 발길질과 주먹질을 해댔다. 그녀는 기가 막혔다. 매를 맞더라도 이유를 알아야 하지 않겠나. 고통에 신음하면서 원망스러움과 분노가 함께 치밀어 큰 소리로 악을 썼다.

이유가 뭐냐고요!

넌 날 무시하고 어젯밤엔 외박까지 했어.

이성을 잃은 남편의 얼굴은 인간의 모습이 아니었다. 자신은 이제 죽을지도 모른다는 위기감이 들었다. 도망을 쳐야 할까, 그러나 언제까지 이렇게 살 수는 없다는 생각이 순간적으로 뇌리를 스쳤다.

어디 죽이려면 죽어 봐. 나도 이제 이렇게 맞고만 있지는 않겠어.

빌어도 시원찮은데 되레 대들어? 이년이 죽으려고 환장했구먼.

그래, 죽으려고 환장했다. 당신 같은 개망나니한테 이왕 맞아 죽는 거 반항이라도 한번 해보고 죽을 거야.

그녀는 마치 미치광이처럼 소리를 지르며 대들었다. 남편은 더욱 사정없이 후려쳤다. 그녀는 넘어지면서 남편의 다리를 냅다 잡아당겼다. 남편이 그녀와 함께 방바닥에 나동그라졌다. 그녀는 지쳐서 소리도 나오지 않았다. 남편이 재빨리 일어나 발로 닥치는 대로 걷어찼다. 그녀는 악 소리를 지르며 이리저리 뒹굴었다. 입에서 피가 흘렀다. 이러다가 정말 죽을 것만 같았다. 거실로 튀어 나와 벽에 걸린 인터폰을 들었다. 남편이 인터폰을 쥔 손을 비틀었다. 인터폰은 그녀의 손에서 빠져나가 바닥으로 매달렸다. 그녀는 있는 힘을 다해서 살려달라고 소리쳤다. 남편의 주먹이 다시 얼굴과 가슴으로 날아들었다. 그녀는 정신이 혼미해지면서 쓰러졌다. 이상한 일이었다. 눈앞에 마치 영화 필름처럼 어린 시절의 그림들이 선명하게 펼쳐지고, 그녀는 오십 년 전의 먼 과거 속으로 돌아가 있었다.

네댓 살짜리 계집아이가 있다. 그 계집아이는 한 살 터울의 오빠와 함께 방죽 길 위에 서 있다. 방죽의 둑에는 이름 모를 들꽃들이 피어 있다. 계집아이는 둑 중턱을 손가락으로 가리킨다. 오빠에게 그 꽃을 꺾어달라고 조른다. 오빠는 거긴 위험해서 안 된다고 말한다. 계집아이는 떼를 쓰며 울어댄다. 한 살 위의 그 오빠는 난처한 얼굴로 그녀를 바라본다. 계집아이는 더욱 떼를 쓰며 꽃을 꺾어주지 않는 오빠는 밉다고 말한다. 오빠는 계집아이에게 꽃을 꺾어주겠다고 달랜다. 오빠는 조심조심 둑을 기어 내려간다. 꽃에 손이 닿으려는 찰나 그는 둑 아래로 미끄러져 내린다. 오빠는 계집아이의 이름을 부르며 물속으로 빠져버린다. 계집아이는 오빠를 부르며 운다. 오빠는 죽은 시체로 건져진다. 엄마가 땅을 치며 운다. 너무나 슬프게 운다. 엄마는 비를 맞으며 오빠의 무덤으로 가서 운다.

엄마의 치마는 항상 흙이 묻어서 돌아온다. 엄마는 술을 마신다. 술을 마시고 나면 으레 눈물 콧물 범벅이 되어 운다. 계집아이는 이제 학교에 간다. 엄마는 여전히 술을 마시고 운다. 계집아이는 술을 마시고 우는 엄마가 창피하다. 계집아이는 우는 엄마를 부축하고 집으로 온다. 그녀는 엄마에게 술을 먹이는 아주머니들이 밉다. 엄마에게 술을 파는 가게도 싫다. 술을 파는 가게가 없어야 한다고 생각한다. 계집아이는 가게에 불을 지른다. 불이 활활 타오른다. 어머니는 울면서 기도한다. 또한 어머니 옆에 다소곳이 앉아 기도하는 소녀를 본다.

어머니, 정신 좀 차리세요.

분이는 눈을 뜨고 아들을 바라보았다. 인터폰으로 상황을 알아차린 경비가 뛰어들어 폭행을 말리고 아들에게 연락한 모양이었다. 그녀의 귀에 아들의 말은 들어오지 않았다. 조금 전의 그 꿈이 선명하게 뇌리에 그려졌다. 곤궁한 삶 속에 묻혀 의식의 밑바닥에 깊이 가라앉아 있던 기억. 그녀는 자신이 까맣게 잊고 살아온 어린 날의 그 상처를 떠올리고 전율했다. 어쩌면 자신의 망각은 유년기의 아픈 상처를 지우고 아름답게 포장함으로써 현재의 고통에 대한 위안으로 삼으려는 심리현상에서 온 것일지도 몰랐다. 그녀는 차츰 두려움에 휩싸였다. 그것은 이혼한 뒤에 더 큰 고통으로 닥칠지도 모르는 미지의 어떤 것에 대한 두려움이었다. 자신은 남편과 악연으로 꽁꽁 묶인 공동 운명체, 서로의 숨이 끊기는 날까지 할퀴고 집어 뜯어야 용서받을 수 있는 오빠와 어머니의 가슴에 맺힌 응어리라고. 모진 고통을 이를 악물고 견뎌내야 하는 또 다른 이유를 그녀는 어렴풋이 알 듯했다.

어머니, 전 아버지가 이 정도인 줄 몰랐어요. 이제 어머니가 하시고 싶은 대로 하세요. 어머니의 선택은 바로 어머니의 권리예요.

아들은 흥분해서 소리쳤다. 그러나 그녀는 보일 듯 말 듯 고개를 저었다. 가슴속 깊은 곳으로부터 알 수 없는 덩어리가 목 줄기를 타고 쑥 올라오는 것을 꿀꺽 삼켜버렸다. 그러나 다시 더 빠른 속도로 전신을 고무풍선처럼 팽팽하게 부풀리며 차올라왔다. 금방 턱까지 차서 도저히 자신의 의지로 어찌해볼 수 없는 상태가 되었을 때, 마치 수압을 견디지 못해 터져 나오는 물줄기처럼 그녀는 왈칵 울음을 토해냈다. 그녀의 울음소리는 덫에 걸린 야생동물의 그것처럼 처절하게 집 안을 울렸다.

사람들은 나를 방아코라고 불렀다. 방아코라는 말의 의미를 나는 잘 모르지만 어렴풋이 어머니의
한 같은 것이 서려 있는 이름이라고 생각했다. 모두들 나를 방아코라고 부르면서, 제발 남동생을
보렴, 하는 소망을 함께 빌어주었다.

까치밥

내가 대여섯 살 무렵, 내 외가엔 감나무가 몇 그루 있었다. 감이 붉게 익으면 나는 심심하거나 군것질거리가 생각날 때마다 감나무 아래를 어슬렁거렸다. 가을바람이 불어오면서 발갛게 익기 시작한 감이 벌레 먹으면 지레 물러서 떨어지기 때문이었다. 그날도 낮잠에서 깨어난 나는 졸리는 눈을 비비며 토방을 통해 집 모퉁이를 돌아 뒤란으로 갔다.

감나무는 뒤꼍에 한 그루가 있고 대문간에 또 한 그루, 그리고 바깥마당 옆 텃밭 가운데에 두 그루가 있었다. 그런데 대문간에 있는 것은 이제 늙어버려서 몸통이 쩍 갈라져 텅 빈 속을 드러낸 채 있었다.

나는 종일 감나무 아래를 서성거려도 수확이 전혀 없을 땐 방법을 쓸 줄도 알았다. 그 시절, 나는 어른들이 지겨워할 만큼 울보였다. 내가 공연한 트집을 잡아 으앙 울어버리면 외할머니는 살강 위 주발 속에 숨겨둔 감을 꺼내 오곤 했다. 외할머니는 텃밭에 갔다 올 땐 으레 손에 두어 개의 감을 들고 왔다. 그것은 내 몫이었다.

고개를 젖히고 감나무 꼭대기를 올려다보았다. 동서남북으로 길게 가지를 뻗어 붉은 감을 다닥다닥 매달고 서 있는 감나무 아래서면 언제나 흐뭇했다. 잠깐 동안 그렇게 서 있었다. 불긋하니 물든 감잎도 보기 좋았고, 그 위에서 영롱하게 빛나는 햇빛이 신비스러웠다.

한가위가 며칠 뒤로 다가왔다. 외할아버지는 벌써 차례 상에 올릴 감을 따두었다.

나는 잃어버린 물건이라도 찾듯이 여기저기 눈알을 굴렸다. 그러나 누군가 이미 밟아버려 뭉개졌거나 떨어지면서 이내 먹을 수 없게 망가진 것뿐이었다. 곧 체념한 듯 그대로 앞마당으로 앙감질해 뛰어나왔다.

대문을 나서면서 앞을 가로막고 버티어선 아미산을 보고 공손하게 두 손을 모았다.

"아미산에는 하얀 수염이 달린 산신령이 살고 있대. 우리 할머니가 그랬단 말야."

언젠가 이웃집 용이가 한 말이었다.

보름달은 늘 아미산 꼭대기로 떠올랐다. 나는 용이로부터 산신령이 있다는 말을 듣기 전까지는 둥근달을 만져보려고 언제든 한 번 아미산 꼭대기에 올라가겠다는 꿈을 가졌었다. 그러나 그 말을 들은 뒤론 아쉽지만 꿈을 포기할 수밖에 없었다.

아미산 발부리에는 거울처럼 맑은 시냇물이 흘렀다. 그 시냇물은 동네를 빙 돌아서 흐른 끝에 두내받이에서 또 다른 한 줄기의 냇물과 만나 큰 내를 이루어 남쪽으로 빠져나간다. 두내받이는 유별나게 금실 좋았던 두 내외가 빠져 죽어서 복사꽃이 되어 떠올랐다는 전설이 있는 못이었다.

대문간에 있는 늙은 감나무의 벌어진 몸통에 들어앉아서 가지 사이로 내다보면, 앞쪽으로 비스듬히 효자문이 보였고, 효자문과 내 외가를 구분하며 왼쪽으로 구부러져 올라간 고샅길 끝에 용이네 집이 보였다. 용이네 집과 내 외갓집은 두 채가 나란히 산기슭에 초가지붕을 이고 있었다. 외갓집 아래로도 대여섯 채의 집들이 더 있었고, 중간쯤에 공동우물이 있었다. 외갓집 마당가로 도랑물이 도란도란 흘렀는데 어머니는 우물물보다 도랑물이 좋다며 새벽 일찍 퍼다 쓰곤 했다.

배가 출출했다. 그러고 보니 해가 서쪽으로 좀 더 기울어 보였다. 아마도 내가 점심을 거르는 줄도 모르고 낮잠을 잔 모양이었다.

나는 대문간을 흘깃거리며 부엌으로 갔다. 휑하니 넓은 부엌엔 무쇠 솥 세 개가 큰 순서대로 걸려 있고, 새까맣게 그을린 아궁이가 입을 벌려 불씨 없는 재를 물고 있었다.

나는 부뚜막 위에 엎어져 있는 닳아빠진 바가지를 들추고 검은 콩을 뭉쳐놓은 누룽지를 찾아냈다. 이 누룽지는 나와 막내외삼촌을 위한 거였다. 지금은 막내외삼촌이 학교에 가고 없으니까 몽땅 내 차지라는 생각에 입이 벌어졌다.

'그런데 할머니는 언제 올까?'

외할머니는 아침나절에 보리쌀 두 말을 이고 외산 장으로 나갔다. 대목이라서 사야 할 물건들이 많았다.

할머니는 장에 가기 전에 내 고무신과 막내외삼촌 신발을 뼘으로 쟀다. 내가 신고 있는 검정 고무신은 아직 구멍이 나지 않았는데 할머니는 발가락이 나오는 삼촌 신을 잰 다음, 내 발과 신을 여러 번 재고, 또 어림짐작하느라 눈여겨보곤 했다.

"그새 발이 자랐구나. 처음엔 헐렁했던 신발이 지금은 꼭 맞는 걸 보니."

나는 누룽지를 야금거리며 아미산 쪽으로 다가갔다. 아미산 아래 시냇가에서 풀을 뜯고 있는 우리 암소 누렁이가 가끔 음매- 하는 소리를 냈다.

커다란 회색구름 한 조각이 아미산 꼭대기에 걸려 있었다.

신작로를 가로질러 밭고랑을 타박타박 걷다가 까만 구슬 같은 까마중 열매를 발견했다. 용이와 나는 까마중 열매를 간장딸기라고 했다. 얼른 하나를 따서 입에 넣고 톡 터뜨리자 달큰한 국물이 목구멍으로 넘어갔다. 연거푸 따서 입안에 가득 물고 한꺼번에 아드득 씹어 터뜨리는 통쾌함과 맛을 즐겼다.

물가에 매어놓은 누렁이 쪽으로 가까이 가서 납작한 바위에 걸터앉았다. 여기서 산모롱이를 돌아 나오는 신작로를 바라보면 동네로 들어오는 사람들이 보였다. 사람들은 아침에 나갈 때처럼 보퉁이를 머리나 등에 이고지고 돌아왔다.

누렁이는 나를 보더니 반가운 듯이 큰 눈을 꿈벅거렸다. 나는 누렁이를 좋아했다. 우렁우렁하면서도 순박한 울음소리나 되새김질하며 졸고 있는 모습, 심지어는 드문드문 떨어뜨리는 똥까지도 더럽지 않았다.

"미정아, 여긴 왜 나왔니?"

외할아버지가 꼴을 베어 지게에 가득 지고는 나를 불렀다. 외할아버지는 나를 미정이라고 불러주었다.

미정이는 호적에 올라 있는 내 진짜 이름이었다. 난리 중에 피난 짐 꾸리다 말고 호적계에 가서 딸이라고 말하니까 미정이라고 별 생각 없이 써 넣더라는 말을 듣긴 했지만.

그런데 사람들은 나를 방아코라고 불렀다. 방아코라는 말의 의미를 나는 잘 모르지만 어렴풋이 어머니의 한 같은 것이 서려 있는 이름이라고 생각했다. 모두들 나를 방아코라고 부르면서, 제발 남동생을 보렴, 하는 소망을 함께 빌어주었다.

나는 방아코라고 불릴 때마다 언젠가 용이가 오줌 눌 적에 몰래 훔쳐보았던 그 애의 고추를 떠올리게 되었다. 그러면서 어른들의 소망은 분명 그런 고추일 게라고 속으로 생각했다. 하여튼 할아버지는 이런 나의 은밀한 상상을 아실 리 없지만 꼬박 미정이라고 했다. 아무리 고추를 바라기로, 계집애에게 방아코가 뭐냐고 나무라면서.

나는 그런 할아버지가 좋았다.

"할머니 오나 보려구."

"그래 오늘은 울지 않았니?"

나는 고개를 끄덕였다.

할아버지는 지게를 내려서 받쳐놓고는 나를 끌어안았다.

"거봐라. 울지 않으니까 좀 이뿌냐? 어젯밤에도 진작 그쳤더라면 깜깜한 밖에서 벌을 서지는 않았을 게 아니냐?"

나는 고집스럽게 울음 끝을 끌었다. 달래다가 지친 어머니는 화가 머리끝까지 올랐는지 나를 발가벗겨서 마루로 내쫓았다. 가을 바람이 제법 싸늘하게 느껴졌다.

"내 오늘은 버릇을 고쳐놓고 말텨."

어머니는 이를 악물고 결심했나 보았다. 문 앞에서 아무리 발을 구르며 숨이 껄떡 넘어갈 듯이 악을 쓰고 울어도 소용이 없었다.

동네를 둘러싸고 있는 산골짜기마다 어둠은 까맣게 밀려 내려와 어린 마음에 으름장을 놓았다. 곧 달걀귀신이 까만 보자기로 폭 뒤집어 씌워선 어딘가로 업어갈 것만 같았다. 지난여름 어느 밤에 막내외삼촌이 들려준 산모롱이 귀신이 사방에서 흐흐흐 웃는 것만 같았다.

"미정아, 너 또 울다가 야단맞고 있구나. 이리 오너라. 오늘은 할애비하고 자자."

그때, 아랫마을에 갔다가 밤늦게 돌아온 할아버지는 알몸으로 떨면서 울고 있는 나를 안고 사랑채로 가면서, 애 내복 내려 보내라, 하고 소리쳤다.

나는 할아버지 품에서 한참 동안 흐느끼다 잠이 들었다.

"어때, 할아버지가 업어줄 테니 다시는 울지 않겠다고 약속할래?"

할아버지는 내 대답을 듣기도 전에 벌써 등을 들이대고는 나를 넘겨다보았다.

"자꾸만 울고 싶은걸?"

나는 할아버지 등에 납작 엎드리면서 말했다.

"그래도 참아야 돼요. 네가 자꾸만 우니까 네 애비가 데리러 오지 않는 게야. 그래야 내년에 학교 가서 공부도 하지."

그렇지 않아도 사람들은 내가 울음 끝이 길어서 어머니와 아버지의 사이가 꼬이기만 한다고 혀를 차곤 했었다. 그런 소리를 들으면 나도 내 울음이 기어이 두 사람에게 불행을 가져오고야 말 듯한 불길함을 느꼈다. 그런데 모를 일이었다. 그 불길함이 두려워서 더욱 울게 되었으니까.

나는 할아버지 등에 얼굴을 기대고 산모롱이를 지켜보았다. 할아버지 등은 한없이 편안했다.

할머니가 장에서 돌아온 건 내가 집으로 오고 나서도 한참 뒤였다.

할머니와 동행했던 용이 할머니와 아랫집 성민네가 함께 우리 집으로 왔다.

"방아코는 참 좋것다."

용이 할머니는 내 등을 다독이며 말했다.

할머니는 보퉁이를 풀고 꽃신 한 켤레와 검정 고무신을 내놓았다. 꽃신을 신은 나는 갑자기 새색시가 된 기분이어서 얌전을 떨었다.

"잘 맞는구면."

할머니는 꽃신 코를 요리조리 눌러보았다.

"얘 엄닌 어디 갔대유?"

성민네가 뒤늦게 생각났는지 물었다.

"으응, 대목 본다구 아이들 옷가지 조금 이고 나갔어. 성민네두 구경 와."

어머니는 동이 틀 무렵, 머리에 커다란 봇짐을 이고 어둑한 동네를 빠져나갔다. 아버지와 별거를 시작하면서 이웃 보기에도 창피하고 뭔가 소일거리를 만들어야 막막한 세상 살아갈 성싶다고 시작한 일이었다.

동네 아낙네들은 옷 장사를 하며 드나드는 어머니를 보면서 서로 수군덕거렸다. 얼마 전에도 나는 우물가를 지나다가 떠들썩한 여자들의 이바구 속에서 내 어머니에 대한 얘기를 들었다.

"석재 누나가 어디가 어때서 소박맞았담? 인물 이뿌것다, 사람 똑똑허것다."

두레박으로 물을 퍼 올리던 여자가 말했다.

"아따, 이뿌고 똑똑허면 뭣 혀? 서방 복이 없는 걸."

바로 우물에서 몇 걸음 안 떨어진 호두나무집 여자 목소리였다. 눈두덩이 소복해서 심술이 가득하다고 용이 할머니가 말했던 여자였다.

"시집가던 날 가지고 가던 물병이 길바닥에 떨어져 박살났대."

"마가 낀 거여."

"그러니께 박색소박은 없어도 일색소박은 있다고 하잖는가베."

외할머니는 물을 바꿔 먹는다는 동네 풍속에 따라서 시집가는 어머니에게 물을 담아주었는데, 어머니는 실수로 물병을 깨뜨렸다고 했다.

"물병이 깨질 때부터 왠지 불길한 생각이 들었어."

어머니의 한숨 어린 넋두리를 들은 기억이 났다.

여기서 오십 리가량 떨어진 읍내에 살고 있는 삼대독자인 아버지는 손자 보기를 고대하는 내 친할머니의 성화에 못 이겨 어머니를 친정으로 보냈다. 잠시만 가서 있으면 할머니의 성미가 가라앉는 대로 곧 데리러 오겠다고 약속했다. 그러나 일 년이 지나도록 아버지에게선 아무 연락이 없었다. 기다리다 못한 어머니가 몸이 달아서 나를 데리고 쫓아가곤 했지만 내 친할머니의 냉대에 눈물 바람만 하고 돌아와야 했다.

"방아코야, 부엌에 가서 큰 소쿠리 하나 가져올런?"

저녁 할 즈음에야 용이 할머니와 성민네가 돌아가고, 할머니는 장에서 사온 물건들을 풀어놓았다.

"이건 네 에미 방에 들여놓아라."

할머니는 바늘 쌈지와 실타래를 나에게 주며 건넌방 문을 가리켰다.

어머니는 해가 지고 땅거미가 깔릴 즈음에야 돌아왔다. 봇짐은 아침에 나갈 때보다는 훨씬 작아 보였다.

지친 모습으로 저녁상을 물린 어머니는 서랍장을 열고 옷감을 꺼냈다.

"방아코야, 이리 가까이 와봐라."

어머니는 색동저고리 감을 내 몸에 감아보고 다시 방바닥에 펼쳐놓았다. 그리고 서랍장 귀퉁이에서 기다란 대자를 꺼내 내 조그만 몸을 재고 또 쟀다. 그런 다음, 손톱으로 눈금을 찍고 옷감에 눈금을 맞춰 가위로 살짝 집어 표시했다.

내 몸은 어깨넓이, 품, 소매 기장, 섶 길이와 맨 나중의 치마길이까지 모두 조각조각 치수로 나왔다.

다음엔 가위로 마름질을 했다.

나는 낮에 할머니가 건네준 실타래와 바늘 쌈지를 어머니 앞에 내놓았다. 어머니는 실을 풀어서 턴 다음 내 손목에 걸었다. 손목에 실타래가 걸린 나는 조심스럽게 뒤로 물러나 어머니와 간격을 두고 앉았다. 내가 양쪽 손목을 번갈아 돌려주면 실은 가닥가닥 풀려나가 어머니의 실패에 촘촘히 감겼다.

그런 때면 나는 언제나 그랬듯이, 곧 무료해지고 눈꺼풀이 무겁게 내려앉았다.

"저런, 저런! 실 엉킬라."

수차례 어머니의 주의를 들으면서도 꾸벅꾸벅 졸다 보면 마지막 실 꼬리가 사르르 내 손목을 빠져나갔다. 그리고 어머니는 밤이 이슥하도록 내 추석빔을 바느질했다. 내가 느꼈던 어머니의 나른한 손길은 한 땀 한 땀 옷감에 홈질자국을 만들어갔다.

나는 꽃신을 안고 잠이 들었다.

할머니와 어머니는 추석 차례 준비로 분주해졌다. 어머니는 큰 솥이 걸린 아궁이에 삭정이를 가득 쟁이고 불을 지폈다. 할아버지도 사랑채 가마솥에다 누렁이 먹일 여물을 끓였다. 나는 깨를 볶는 할머니와 전 부치는 어머니 사이를 오가며 말썽을 부렸다.

어머니는 연기에 기침을 콜록거리며 내게 일렀다.

"방아코야, 넌 용이네 집에 가봐라."

어머니의 말이 떨어지기가 무섭게 나는 매캐한 부엌을 얼른 빠져나와 용이네 집으로 가는 고샅길을 한달음에 달려 올라갔다. 검둥이가 먼저 나를 보고 꼬리를 흔들며 경중경중 뛰었다. 용이는 세 번이나 거푸 불러서야 방문을 삐거덕 밀고 나왔다.

"나 울 아버지 지켜야 돼. 아버지 정신이 오락가락하거든."

"정신이 오락가락하는 게 뭔데?"

“자꾸만 도망가려구 그러는 거.”

“어디루?”

“몰라.”

용이의 얼굴은 시무룩했다.

그즈음 동네엔 이상한 소문이 돌았다. 얼마 전에 그가 산모롱이에서 군인 귀신들을 만난 뒤로 그 귀신들이 붙었다는 말이었다.

용이 아버지가 전쟁에 나갔다 온 후유증으로 몇 년째 시름시름 앓아온 건 사실이었다. 동네 사람들은 그가 전쟁터에서 사람을 많이 쏴 죽여서 그렇다고도 했고, 대포 소리에 놀라 정신착란을 일으킨 거라고도 했다.

산모롱이는 굽이굽이 서너 겹을 돌아 닷새마다 장이 서는 이웃 동네로 나가고 들어오는 동네 어귀였다. 여름만 되면 아낙들은 모여 앉아 즐겨 산모롱이에 귀신이 출몰한다는 이야기를 오소소 소름 돋게 하곤 했다.

나는 고샅길을 다시 달려 내려와 집으로 왔다.

할아버지는 김이 솟아오르는 여물을 여물통에 퍼 담아 누렁이가 있는 외양간으로 옮기는 중이었다.

“할아버지, 용이 아버지가 정신이 오락가락한대.”

나는 알지 못하는 말뜻을 할아버지의 얼굴에서 찾아낼 듯이 표정을 살피며 말했다.

“더 심해진 게로구나.”

할아버지는 그저 담담하게 대꾸했다.

“전쟁이 죄지. 법 없이도 살 사람인디. 쯧쯧.”

불쏘시개를 안고 부엌으로 들어가던 할머니가 근심스런 얼굴로 혀를 찼다.

나는 할머니의 치마꼬리를 잡고 부엌으로 갔다. 어머니가 내 입에 호박전을 집어넣어 주었다. 전 부치기를 끝낸 어머니는 서쪽 산마루에 걸린 해를 바라보며 댓돌 가장자리에 놓인 다리미를 들고 마루로 올랐다.

"방아코야, 대접에 물 좀 떠올래?"

어머니는 바느질한 내 색동옷과 어머니의 비로드 치마 안쪽에 물을 뿌렸다. 빨강 치마에는 주름을 예쁘게 잡으려고 시침질을 해놓은 시침실이 그대로 있었다.

어머니는 주름에 힘을 주어서 다렸다. 다려진 옷들은 어머니 방 횃대에 가지런히 걸렸다.

저녁상을 치우고 난 어머니는 도랑물을 떠다 큰 솥에 붓고 아궁이에 또다시 불을 땠다. 잡목 가지를 무릎에 대고 꺾어서 욱여넣던 어머니는 소댕을 열고 손가락을 담가 물의 온도를 맞추었다. 그런 다음 내 옷을 벗겼다. 나는 금세 포동포동한 알몸을 드러냈다. 어머니는 발가벗긴 내 몸을 커다란 양철통에 담고 더운 물에 불려서 뽀독뽀독 닦아내었다. 내 입에선 초가을의 상큼한 냉기에 덜덜덜 잇소리가 났다. 나를 다 씻기고 나자, 어머니는 웃통을 벗고 자신의 가슴께며 팔과 목덜미를 문질러 씻었다. 어머니의 분이 오른 듯 뽀얀 속살이 어둠침침한 김 서린 호롱불 아래서 전설 속의 여인같이 신비로웠다.

나는 오얏을 씹을 때처럼 입안이 신 것도 아닌데 눈을 찡긋하고 속치마 말기에 감싸인 어머니의 팽팽한 젖무덤을 흘깃거렸다. 내가 정말 어머니의 젖을 빨았는지 믿기지 않았다. 부엌문 틈새로 아미산 꼭대기에서 내려온 둥근달의 노란 미소가 수줍게 끼어들었다.

애들아 오너라, 달 따러 가자.

장대 들고 망대 들고 뒷동산으로.

밖에서는 아이들의 즐거운 노랫소리가 온 동리를 달뜨게 했다. 밥숟갈 놓고 초저녁에 나간 막내외삼촌도 그 아이들과 어울려 놀고 있을 것이었다.

잠자리에서 어머니는 나를 힘주어 안았다. 어머니 냄새는 향긋했다. 미닫이 창호지에 달빛이 노랗게 스몄다.

이튿날, 어머니는 나를 데리고 방앗간 집 트럭을 타고 아버지에게 갔다. 나는 어머니가 새로 지은 색동옷을 입었고, 어머니는 손에 정종 병과 외할머니가 정성껏 준비한 음식을 대소쿠리에 담아 들었다.

우리를 맨 먼저 맞이해준 사람은 머리를 곱게 빗은 앳된 여인이었다.

나는 눈을 깜박거렸다. 뭔가 벌어지려는 찰나였다. 분위기가 마치 폭풍이 몰아치기 직전처럼 팽팽했다. 짧은 침묵 사이로 곧 숨이 멎을 듯한 긴장감이 휘돌았다.

순간, 어머니의 손에서 튕겨져 나간 음식 소쿠리가 마당으로 내동댕이쳐졌다. 알 수 없는 아버지의 울화가 우리 모녀에게 쏟아졌다. 어머니는 분노로 치를 떨었다. 그러고는 마당으로 버선발을 내딛나 싶더니, 내 눈길은 빠르게 어머니의 행동을 쫓아 부엌문 옆에 세워놓은 절굿공이에서 장독대로 옮겨갔다.

어른들이 그 다음에 무슨 일을 벌였는지 나는 기억하고 싶지 않았다. 내 머릿속에선 오래도록 산산조각 나던 옹기 조각의 환영이 맴돌았고, 그것들이 내지르던 비명이 이명이 되어 들리곤 했었다. 담장 밖으로 둘러쌌던 동네 사람들의 얼굴과 쑤군거림도.

깨진 장독만큼이나 어른들의 일은 엉망이 되어버렸다. 어머니와 나는 겹겹이 내려쌓이는 어둠 속을 지척거리며 외가로 돌아왔다. 그 밤엔 앞산 뒷산에서 부엉이가 유난스럽게도 울었다. 부엉이 울음소리를 들으며 다시는 우리 세 사람이 한 가족으로 살아갈 수 없음을 나는 감지했다.

나는 그 일을 잊으려고 여러 날을 뒤꼍으로 마당으로 어딘지 모르게 떠돌았다. 뭔지 몰라도 납덩이같이 무거운 것이 내 명치 끝을 누르고 있어서 걸핏하면 울컥 목구멍을 넘어왔다가 내려가곤 했다.

감나무 꼭대기엔 빨간 연시 몇 개가 찔레꽃 열매마냥 앙상한 가지를 지켰다. 할아버지는 내게 그것은 까치밥이라고 일러주었다.

어머니는 추위가 오면서 아버지에 대한 기대는 체념한 듯 묵묵히 장사에만 전념했다.

첫 얼음이 얼던 날, 그동안 넋이 나가 멍하니 먼 산만 바라보며 지내던 용이 아버지가 두내받이에 빠져 죽었다. 그가 들어간 자리에는 신었던 고무신 두 짝이 나란히 놓여 있더라고 했다.

사흘 동안 두내받이 못가에선 둥둥 북이 울렸다. 넋을 건지는 굿이 시작되었다. 밤엔 활활 타오르는 횃불 아래에서 무녀가 춤을 추었다. 무녀는 물가에서 요령을 흔들고 주문을 외었다. 그러곤 다시 북소리에 맞춰 경중경중 허공으로 솟았다. 물속 어딘가에 가라앉아 있을 혼백을 향해 달래는 듯, 위협하는 듯 리듬 있게 움직였다. 떡시루에선 가느다란 김이 서리서리 피어올랐다. 쪽배가 서걱거리는 얼음 속을 헤집고 다니며 넋 건지는 작업을 계속했다.

무녀의 동작을 하나하나 주시하던 나는 어머니의 얼굴을 돌아보았다. 너울대는 횃불에 붉게 물들 때마다 어머니의 얼굴은 물기로 반짝였다. 아랫입술을 꽉 깨물고 있기도 했다. 눈길은 망연해서 초점을 알 수 없었다. 어머니는 쪽배가 맴도는 두내받이 못 한가운데에 초점을 맞추고 있는지 몰랐다. 아니, 가슴으로 삼키는 분노의 덩어리에 꽂고 있는지 몰랐다. 어머니의 설움이 무녀의 춤사위와 둥둥거리는 북소리에 따라 왈칵 북받쳐 오르는 듯했다. 어머니의 눈에선 굵은 눈물이 줄줄이 흘러내렸다.

나는 으스스 냉기에 몸을 떨었다.

용이 아버지 시신은 아미산 중턱에 묻혔다. 사람들은 용이 아버지 넋이 새가 되었다고 했다. 나는 늘 어딘가로 가고 싶어 했던 용이 아버지가 이제 어디든 맘대로 날아다닐 거라고 생각했다.

용이는 풀이 죽어 지냈다. 매일 드나들던 우리 집에도 발길이 뜸했다.

어머니는 장사를 나갔다가 가끔 돌아오지 않는 밤이 있었고, 그런 날, 이른 저녁을 먹고 나면 나는 할머니를 졸랐다.

"할머니, 효자문 얘기해줘."

"효자문 얘기해주면 잘껴?"

“응.”

할머니는 나를 토닥거리며 얘기했다.

“……산신령이 말하기를, 네 어머니는 사람고기를 먹어야 살 수 있느니라, 했디야. 그려서 아홉 살 먹은 아들이 서당에서 돌아와 인사하는 걸 덥삭 안아다 큰 가마솥에 넣고 푹 삶았더란다. 그런데 저녁나절에, 서당에 다녀왔습니다, 하고 소리치면서 진짜 아들이 들어오더라.”

“아들은 죽었는데?”

나는 이 대목에서 항상 감고 있던 눈을 동그랗게 뜨고 같은 질문을 하곤 했다.

“그래서 얼른 부엌으로 달려가서 소댕을 열어 봤대지. 그랬더니 거기엔 큰 산삼이 동동 떠 있더란다. 바루 산신령이 그 사람의 효심에 감동해서 아들을 닮은 동자삼을 보내준 거지. 그래서 어머니랑 아들이랑 오래오래 잘 살았고, 나라에서는 소문을 듣고 효자문을 내린 거란다.”

나는 언제나 끝부분을 듣지 못했다.

밤은 할머니 이야기처럼 새록새록 깊어갔다.

“웬 눈이 이렇게 소담스럽게 내린담.”

할머니의 스산스런 목소리에 나는 눈을 반짝 떴다. 어쩐지 새벽녘에 오줌이 마려워 잠이 깼을 때, 꼭 바깥에 반가운 손님이 온 것만 같더라니 싶었다.

나는 단발머리에 새집을 얹은 채로 마루로 달려 나왔다.

어머니는 벌써 큰 방 아궁이에 장작을 쟁이고 군불을 땠다. 그런데 댓돌 위, 토방을 여기저기 살펴도 내 신발은 보이지 않았다.

"네 신발을 그만 태웠구나."

어머니는 앞부리에 동그란 구멍이 뚫린 내 검정 고무신을 들고 나왔다. 발을 들이밀자 오른쪽 엄지발가락이 쏙 나왔다. 그래도 신발은 따끈했다. 신발이 흰 눈 속에 박힐 적마다 눈은 하얀 김을 올리며 파스스 녹았다.

먼저 뒤꼍으로 갔다. 부엌문 앞에서 장독대까지 장을 뜨러 다닌 어머니의 발자국이 움푹움푹 찍혀 있었다. 가을 내내 감을 주우러 다녔던 감나무 아래에 감꽃 무늬를 만들었다. 그리고 아무도 침범한 흔적이 없는 새하얀 눈을 심술궂게 정복하며 바깥마당으로 나갔다. 고개를 뒤로 젖히고 눈을 맞으며 맴을 돌았다. 쪼그만 계집애의 흥이 눈송이로 날리는 걸 보았다. 아— 하고 소리 지르면 아미산에 부딪쳐 되돌아왔다. 동네는 하나의 커다란 울림통이 되었다. 전설들, 옛 이야기들이 먼 나라로 날아가지 않고 눈송이와 함께 소리 없이 내려 쌓였다.

점심때가 지나서 눈발이 잦아들자 용이 할머니와 성민네가 길쌈 함지를 들고 건너왔다. 눈 때문에 장사를 쉬게 된 어머니는 오랜만에 어울려 이야기했다. 용이 할머니는 용이 아버지 생각에 연신 눈물을 찍어내었다.

"그러게 부모는 죽으면 청산에 묻고 자식은 죽으면 가슴에 묻는대지."

할머니도 검정 무명치마로 눈물을 닦았다.

“방아코 엄닌 왜 당하고만 있대유? 죽기 살기루 한번 해보지유.”

성민네가 불쑥 어머니 이야기를 꺼냈다.

내 가슴이 덜컥 내려앉는 소리가 났다. 그동안 기억의 틈서리에 살짝 비껴 앉았던 옹기조각의 환영이 코앞으로 튀어나온 듯했다. 어머니의 눈치를 살폈다. 어머니는 의외로 남의 이야기를 하듯 의연하게 대꾸했다.

“나두 살아보려구 별짓 다 해보았는걸. 모두가 내 팔잔가 봐.”

어머니는 가볍게 한숨을 토해냈다.

“일이 안 되려니께 짐승들두 돌림병으루 죄다 죽구. 복살머리 없는 년이 들어와서 그렇다는 거여. 쟤 애비는 어머니 말이라면 죽는 시늉까지 하는 사람이구.”

“아무리 효자래두 그럴 수가 있대유?”

“방아코야, 넌 우리 용이하고 놀아라. 썰매 갖구 저쪽 논으루 가더라.”

용이 할머니는 치마로 콧물을 닦아내다 말고 슬며시 내 등을 밀었다. 나는 용이가 있는 논으로 단걸음에 내달았다.

아이들이 모여서 놀고 있는 얼음판은 우리 집에서도 대문만 나서면 내다보였다. 방앗간 집 아래 논이었다.

아이들은 추위도 아랑곳없이 놀이에 빠져 함성을 질러댔다. 썰매 타는 아이들, 팽이 돌리는 아이들, 연 날리는 아이들이 패를 지어 동동거렸다.

용이는 토끼털로 만든 귀싸개를 머리에 두르고 자신보다도 크게 보이는 썰매를 제법 능숙한 솜씨로 지쳐 나갔다. 바로 작년 겨울에 아버지가 만들어주었다고 자랑했던 썰매였다. 빙판 위엔 수없는 금이 갈래갈래 그어져 돌아갔다.

용이는 나를 보더니 말없이 앞에 와서 멎고는 몸을 앞으로 당겨 앉았다. 내가 뒤에 매달려도 좋다는 뜻이었다. 나는 얼른 뒤에 올라서서 용이의 목을 두 팔로 감고 매달렸다. 처음엔 힘이 달리는지 꼬챙이가 자꾸만 미끄러지는 바람에 썰매는 두어 번 균형을 잃고 비틀거리다가 겨우 중심을 잡아 나아갔다. 그러나 곧 익숙해졌고 나중엔 아예 몸을 엉거주춤 일으켜서 무릎을 굽혔다 폈다 하며 신바람이 나는 모양이었다. 용이의 목을 감고 있던 내 팔은 그 애의 몸놀림에 맞추어서 허리께로 옮겨 잡고는 떨어질세라 있는 힘을 다해 붙잡고 늘어졌다. 용이는 얼굴이 벌겋게 달아올라 씩씩거리며 빙판을 빙빙 돌았다.

나는 손과 발이 꽁꽁 얼어서 감각이 없었지만 돌아가고 싶지 않았다. 밤이면 얼어버린 손과 발이 부어오르고 가려웠다. 어머니는 양말에 얼린 콩을 넣어 내 손발에 씌워주었다. 용이와 나는 겨우내 눈과 얼음을 친구 삼아 놀았다.

얼었던 도랑물이 다시 도란거리고 아지랑이가 논두렁 위로 가물가물 피어올랐다. 나와 용이는 돌담 아래에서 소꿉놀이를 시작했다.

그동안 용이네는 또 한 번 돌풍이 휩쓸고 지나갔다. 용이 어머니가 도망간 일이었다. 그냥 도망간 게 아니고 온 동네 돈을 쓸어 갖고 갔다고 한바탕 난리가 일었다. 하지만 속내가 빤한 살림이라 빚을 주었다는 사람들이 몰려왔다가 소란만 피우고 그대로 돌아갔다. 식구가 몇 달 사이에 반으로 줄어버린 용이네 집은 초라하고 적막하기만 했다.

"용아, 너 작은 엄마 얻을래?"

"아니."

용이는 고개를 저었다.

"그럼 두내받이에서 빠져 죽을래?"

"아녀!"

용이 목소리는 커졌다.

"넌 좋은 아버지구 난 좋은 엄마다, 그치?"

이번에는 용이가 다짐을 주었다.

"너 우리 엄니처럼 도망갈 껴?"

"아니."

"정말여?"

"응. 정말여."

돌담 아래 좁은 뜰은 햇볕이 따사로웠다.

날씨가 풀리면서 어머니는 전처럼 장사에 열중했다.

어느 날 어머니는 외상값 수금을 나가는 길에 나를 데리고 나섰다. 아버지와의 그 일이 있었던 이후로 처음의 나들이였다. 어머니와 나는 아미산 아래로 흐르는 시냇물을 따라서 걸었다. 한낮이 기울은 햇볕이 뺨에 따스하게 와 닿았다.

어머니는 검정 비로드 치마와 흰 저고리를 입었다. 어머니의 하얀 얼굴은 갓 피어오른 버들눈처럼 톡 터질 듯이 신선해 보였다.

시냇물 가장자리에 아직 녹지 않은 얼음 조각이 천연의 조각 전시회를 여는 듯 기기묘묘한 형상으로 이어졌다. 햇빛이 얼음 조각에 반사하여 금강석처럼 반짝거렸다. 종달새가 재재거리며 허공을 날았다. 얼었던 진흙이 녹아서 신발에 달라붙어 내 발걸음은 무거웠다.

나는 시냇가의 물오른 버들개지를 보았다.

"버들피리 만들어줄까?"

어머니는 가방 속에서 주머니칼을 꺼내 곧고 매끈한 버들개지를 골라 잘라내어 시냇가 양지쪽 바윗돌에 걸터앉았다. 나는 어머니 옆에 앉아 어머니의 손놀림을 열심히 지켜보았다. 어머니는 먼저 가지를 살살 비틀어 껍질을 속대와 떼어놓았다. 그리고 적당한 길이를 잡아 껍질만 잘라지도록 가지를 돌리면서 금을 그었다. 어머니는 익숙한 솜씨로 피리를 만들어갔다.

"자, 잡아당겨 봐."

어머니가 시키는 대로 가지를 조심조심 당기자 가지는 허옇게 속살을 드러내면서 껍질을 벗어놓았다. 어머니와 나는 아버지 일도 잊어버린 듯이 마주 보며 웃었다.

어머니는 자신의 몫으로 하나 더 만들었다. 우리는 피리를 불면서 걸었다.

시냇물은 까르르 자지러지며 흐르고 있었다.

해가 산등성이에 걸릴 때까지 우리 모녀는 질척거리는 길을 걸어서 기차역이 있는 한적한 마을에 닿았다. 어머니는 자꾸 뒤처지는 나를 재촉해가며 역사 앞을 지나쳐 장터거리로 내려갔다. 팔리지 않은 삭정이 서너 짐을 놓고 두 여자가 나무꾼과 큰 소리로 실랑이질을 벌이고 있었다. 봄이라고는 해도 해가 진 시골 장터엔 겨울 그림자의 한 자락이 낮게 깔려 장꾼들이 사라진 빈자리는 싸늘한 바람만 일었다.

삼거리에 이르자 어머니는 내 손목을 잡아끌고 유리문에 창호지로 무늬를 오려 붙인 국밥집으로 들어갔다.

“아이구, 동생. 오랜만이네.”

주인인 듯이 보이는 중년 여자가 머리에 흰 수건을 쓰고 광목 치마 위엔 광목 앞치마를 두르고 반갑게 달려 나왔다.

긴 나무 탁자와 의자가 두 줄로 놓인 가게 한쪽에는 서너 명의 남자들이 막걸리를 앞에 놓고 불콰해진 얼굴로 피곤한 하루 장사를 달래고 있었다.

“방아코야, 이모님께 인사 드려야지.”

나는 어머니가 시키는 대로 머리를 숙여 인사했다.

“니가 방아코냐? 그래 얼릉 남동생을 봤으면 좋았을 걸.”

이모라는 여자는 찡그린 얼굴로 내 노랑머리를 쓰다듬었다.

우리는 곧 이모를 따라 방으로 들어갔다. 아마도 혼자 사는 모양이었다. 우리를 아랫목으로 앉게 한 이모는 부엌에서 일하는 아낙에게 국밥 두 그릇을 들여오라고 했다. 아랫목은 종일 국물을 고느라고 불을 땠는지 뜨끈뜨끈했다.

국밥을 먹고 난 나는 반나절을 넘게 걸어온 노곤함으로 곧바로 졸음에 빠져들었다.

한잠 잘 자다가 불현듯 잠에서 깨어난 건 어머니와 이모가 나누는 이야기 때문이었다. 밤이 꽤 깊어진 모양이었다. 어머니와 이모는 아랫목에 나란히 누워서 소곤소곤 이야기하고 있었다.

나는 자는 체 가만히 누워 있었다.

"그 사람은 애지녘에 글렀당께. 내 말대루 혀. 아주 놓치기 아까운 자리여. 아들이 하나 있다구 혀두 그만헌 사람 만나기 어렵다니께. 재산 있것다, 배운 게 읍긴 혀두 사람 착실허면 됐지. 많이 배웠다구 호강시키는 거 아니잖여. 방아코 애비를 보믄 몰러? 아뭇 소리 말구 호적정리 혀. 방아코는 지 애비헌티 보내구."

이모는 내가 깰세라 목소리를 낮추고 조근조근 말했다. 나를 아버지한테 보내라는 말에 갑자기 온몸이 굳어지는 것 같았다.

숨을 죽이고 두 사람의 이야기에 귀를 기울였다.

"어린 것이 불쌍해서……."

어머니는 말끝을 흐렸다.

"그렇다구 저걸 보구서 평생을 살 수는 읍잖여? 팔자를 고치려면 일찍 고쳐야지."

어머니는 말없이 한숨만 쉬고 이모는 잠시 간격을 두었다가 다시 말했다.

"하여튼 간에 더 생각헐 거 읍시 내가 시키는 대루 혀. 낼이래두 당장 그 집에 사람을 보낼 테니께."

말소리가 끊기고 방 안엔 침묵이 흘렀다.

나는 방 안에 가득 찬 어둠이 두려워지면서 가슴이 답답해왔다.

'어머닌 왜 나와 둘이선 살 수 없는 걸까?

나는 슬그머니 이불을 머리까지 끌어올렸다.

어둠 속에서 깨진 옹기조각이 빛을 발하고 다가왔다. 횃불 앞에

서 소리 죽여 흐느끼던 어머니의 모습이 머릿속을 어지럽게 휘저
었다. 그리고 어머니가 자주 입에 올리던 '팔자' 라는 말이 가슴으
로 파편처럼 날아와 박혔다.

어머니의 팔자가 아버지와 살 수 없는 것이듯이, 어머니와 살 수
없게 되는 것이 또한 내 팔자일까?

내 손바닥은 땀으로 끈끈했다.

이모 집에서 돌아온 후로 어머니에겐 뭔가 수선한 움직임이 일
기 시작했다. 내 마음에도 조금씩 변화가 있었다.

우는 버릇을 감쪽같이 고쳤다. 어른들은 울지 않는 나를 오히려
이상하게 여겼지만 나는 아무 말도 하지 않았다. 그건 나 혼자만의
비밀이었다. 나는 서서히 어머니를 잡고 있던 손을 놓고 있었다.

아미산을 비롯해서 동네를 둘러싸고 있는 산들은 온통 진달래꽃
으로 붉게 물들었다. 나는 날마다 용이와 뒷산에서 진달래꽃을 꺾
어 수술 싸움을 하거나 숨바꼭질을 하면서 놀았다. 그동안 어머니
는 아버지가 있는 읍에 몇 차례 다녀왔다.

"도장을 찍기로 했어요."

저녁상을 물린 어머니가 할머니에게 결심이 굳어진 듯 말했다.
할아버지하고는 이미 의논이 된 눈치였다. 할머니는 물기 어린 눈
으로 나를 바라보았다.

그리고 며칠 뒤에 어머니는 큰 외삼촌과 함께 아버지를 만나러
갔다. 앞서 말한 도장을 찍으러 갔음이 분명했다. 그날은 온종일
아무 일도 할 수 없었다. 용이와 하던 수술 싸움이나 숨바꼭질 그

리고 소꿉장난도. 나는 집 안에서만 뱅뱅 돌았다. 그러다가 안개가 자욱한 아미산 꼭대기를 바라보거나 외양간 앞에서 되새김질하는 누렁이를 지켜보았다. 그러면서도 내 마음은 아버지와 어머니에 대한 궁금증에 사로잡혔다.

문을 닫고 사랑방에서 나오지 않는 할아버지에게 갔다. 할아버지는 말없이 곰방대에 연초를 재워 물었다. 할아버지의 얼굴은 주름살이 유난히 깊어 보였다. 그리고 언제나 부리부리하던 눈매도 힘이 없어 보여서 젊은 시절 꼿꼿한 선비였다던 모습은 찾아볼 수 없었다. 할아버지는 나직이 나를 불렀다.

"미정아, 미정이가 몇 살인가?"

"일곱 살."

"올핸 학교에 가겠구나."

할아버지의 눈은 깊었다. 나는 그 깊은 눈에서 할아버지 마음을 보는 것 같았다. 말로는 표현할 수 없는 아픔이 가득 고여 있었다.

"할아버지, 내가 남동생을 못 봐서 엄마하구 아버지하구 이혼하는 거야?"

나는 사실 내가 하는 말의 의미를 알지 못했다. 다만 이혼이라는 말을 주위에서 여러 차례 주워들었을 뿐이었다. 또한 자신만 보면 사람들이 고추 달린 동생 타령을 하는 걸로 미루어 내가 남동생만 보았더라면 지금까지의 모든 불행한 일을 몰고 온 나쁜 팔자는 생기지 않았을 거라고 생각했다. 그러고 보면 모든 불행이 내 탓이라고 생각되었다. 앳된 여자가 아버지와 사는 일이나, 어머니가 장독을 깬 일, 그리고 어머니가 이혼하게 된 일 따위.

나는 국밥집 이모의 말을 떠올렸다. 국밥집 이모의 말로 미루어 짐작하면 이혼은 바로 내가 어머니와 헤어져 아버지에게로 가는 일이었다.

"할아버지, 나 울지 않을게. 남동생을 보면 되잖아? 나 아버지한 테 보내지 마. 응?"

내 마음은 다급해졌다.

할아버지는 망연히 천정을 쳐다보다가 담배 연기와 함께 푸우 하고 한숨을 내뿜었다.

"나 엄마하구 살 거야, 그리구 할아버지랑 할머니랑."

마침내 곰방대를 재떨이에 걸쳐놓은 할아버지는 나를 무릎에 들 어 올려 안았다.

"네겐 아무 잘못이 없단다. 모두 어른들 잘못이지. 넌 어른들의 잘못을 이해하기엔 너무 어리구나. 미정아, 사람은 그렇게 크는 거 란다. 고통을 겪으면서."

"고통이 뭔데?"

나는 할아버지의 말을 도무지 알아들을 수 없었다.

"뭐냐면, 나무에 불어 닥치는 거센 바람 같은 거란다."

나는 대문간의 늙은 감나무를 생각했다. 언젠가 거센 바람이 불 어왔을 적에는 가지가 찢겨 나간 일도 있었다. 바람에 뿌리까지 뽑 힐 뻔하지 않았는가. 몸통이 텅 비고 흉하게 갈라져버린 것도 오랜 세월 동안 모진 바람에 시달린 때문임을 이제야 알 것 같았다. 그 러나 나는 고통이 확연히 잡히지 않았다. 그냥 어머니의 목소리로 팔자라는 말이 머릿속을 차지하고 있었을 뿐이었다.

할아버지는 수염이 꺼칠한 턱을 내 볼에 문질렀다. 나는 할아버지를 똑바로 쳐다볼 수 없었다. 눈을 맞추고 쳐다보면 할아버지를 버티고 있는 무엇인가가 사정없이 무너져 내릴 것 같아서였다. 다만 얼핏 본 할아버지의 눈가에 물기가 어리었다고 생각되었다.

아버지를 만나고 오후 늦게 돌아온 어머니는 입을 굳게 다문 채 분홍색 옷감을 꺼내 내 옷을 만들기 시작했다. 나는 단번에 그 옷이 내가 입고 갈 옷임을 알았다. 나는 시무룩이 어머니가 하는 일을 바라보았다.

등잔불이 파르르 떨 때마다 어머니와 내 그림자가 벽에서 깃발처럼 나부꼈다. 나와 어머니 사이엔 도랑처럼 건너뛰어야 할 침묵이 흘렀다.

한참 뒤에야 홈질한 솔기를 인두로 문지르던 어머니가 비장한 목소리로 말을 걸어왔다. 나는 어머니가 하게 될 말에 대해 두려움을 느끼면서도 차라리 숨통이 트이는 듯했다. 어쩌면 내게 닥쳐올 운명에 대한 포용력이 이미 조그만 내 가슴속에 형성되어 오히려 어머니의 부담감을 덜어줄 만한 여유가 생겼는지도 몰랐다.

"미정아, 높은 학교에 가고 싶지?"

어머니는 보통 때와는 달리 미정이라고 불렀다.

"응."

"엄마하고 살면 높은 학교에 갈 수 없을 거야. 이다음에 높은 학교에 가려면 아버지한테 가야 해."

어머니는 말에 힘을 넣어 또박또박 끊었다.

"엄마, 나 높은 학교 안 갈래. 엄마랑 살고 싶어. 응?"

내 소망이 허사임을 알면서도 마음과는 달리 어머니에게 애원하듯 말했다.

"너는 공부해야 돼."

나는 더 이상 떼를 쓰지 않았다.

어머니는 새벽녘까지 내 옷을 만들었다. 잠결에 어머니가 부스럭거리고 화롯가에 인두 부딪는 소리가 내 귀에 어렴풋이 들리곤 했다.

운명의 날은 너무도 빨리 다가왔다. 어른들은 내 입학 날짜가 빠듯하다고 서둘렀다. 이틀 정도 걸려서 어머니는 내 옷을 완성했다. 그리고 아침 일찍 그 옷을 입혀주었다. 나는 용이와 진달래꽃이 만발한 뒷산에서 숨바꼭질할 때처럼 분홍색에 둘러싸였다.

외할아버지는 새벽바람에 누렁이를 몰고 나가서 돌아오지 않았고, 외할머니는 등을 돌리고 앉아 치마로 눈물을 훔쳤다.

"엄마가 보고 싶으면 거울을 봐."

사람들은 내가 어머니를 쏙 빼닮았다고 했다. 하지만 나는 거울 속의 내 모습을 보고 어머니를 본 것으로 만족할 수 없다는 걸 알고 있었다.

할머니는 내가 쓰던 수저를 보따리에 찔러 넣어주었다. 성미가 까다로운 내가 내 수저로만 밥을 먹었기 때문이었다.

나는 전날 저녁 생각이 났다. 할머니는 나를 위해서 검정콩을 섞어 밥을 지었다. 부엌 문지방에 걸터앉은 나는 공연히 심사가 뒤틀려서 칭얼거렸다. 콩밥이 좋다고 했다가 싫다고 했다가 변덕을 부리니까 할머니는 주문에 맞추어 콩을 주발에 담았다 떠냈다 하다가 그만 주발을 깨뜨리고 말았다. 나는 할머니에게 미안한 생각이 들었다.

어머니는 내 손목을 잡고 산모롱이를 향해서 걸었다. 조금 걸어 나가서 버스를 타려는 요량이었다.

"방아코야!"

방앗간집 앞을 지나려는데 나를 부르는 소리가 들렸다. 용이었다.

용이는 나와 놀던 뒷산에서 산모롱이 언덕배기로 달려왔다. 그러나 나는 어머니의 손아귀에 손목을 잡혀 끌려갔다.

"방아코야!"

아미산의 메아리가 나 대신 대답했다.

깍깍깍.

아직 이파리가 연한 감나무 가지 끝에서 까치가 날개를 퍼덕이며 울었다. 나는 햇살에 눈을 찡그리며 감나무 가지를 바라보았다.

내 앞에서 아내의 위세는 하늘을 찌를 듯 당당해서 나는 절로 기가 꺾였다. 아람이 놈의 발전도 그랬다. 유치원에 가자마자 나는 제대로 흉내 내기도 어려운 영어 발음을 미국 아이처럼 발음했다. 그러더니 혀가 돌아가지 않는 내 발음을 흉보기까지 했다.

연

분명한 목적지는 없었다. 다만 나도 모르게 한인타운을 향해서 발걸음을 옮기고 있었다. 관자놀이를 타고 흘러내리는 땀을 손바닥으로 훔쳤다. 네바다 사막에서 건조하고 더운 바람이 불어와 가장 덥다는 구월이었다. 서쪽 하늘 끝에 걸린 불덩이가 마지막 빛을 한 점 구름 사이로 내려 그으며 빌딩 윗부분을 붉게 물들이고 있었다. 빌딩 꼭대기에 걸려 있는 깃발이 바람에 날리고 있었다. 그 깃발이 마치 나뭇가지에 걸린 연 같다는 생각을 했다. 그러나 이내 시선을 아래로 내렸다. 알티디 버스 정류장이 보였다. 버스를 타면 나도 혼자가 아니라는 생각이 들었다. 하지만 서둘러 그곳으로 잠입하고 싶지 않았다. 잠시 쉬었다 가려고 정류장 벤치에 걸터앉았다. 버스 한 대가 달려와 세 명의 승객을 내려놓고 갔다. 그중 맨 뒤에 내린 동양인 남자가 내게로 쑥 다가섰다. 나는 흠칫 놀랐다. 순간, 나를 아는 한국인일지도 모른다는 생각이 한 줄기 불안을 몰고 왔다. 그러나 남자는 무심한 얼굴로 내 옆에 있는 쓰레기통에 신문지 뭉치를 쑤셔 넣고 갔다. 나는 안도의 숨을 쉬며 쓰레기통을 들여다보았다. 한글로 인쇄된 신문지가 반짝 빛을 발하며 눈에 들어왔다. 반가운 이웃을 만난 듯 나는 재빨리 신문을 꺼내 들었다.

‘불법 체류자 자살미수’라는 기사가 눈에 띄었다. 옆에는 작은 글씨로 ‘아무도 찾아주는 이 없이 쓸쓸히 죽어가는 박영일 씨 온정이 아쉬워’라고 덧붙여 씌어 있었다. 나는 죽어가고 있다는 박영일이라는 사내를 상상했다. 사내는 세상에 대해서 어떤 감정을 가진 상태일까. 자살을 시도하기까지는 세상이 자신을 버렸다고 생각했을지도 모른다. 자살을 기도한 뒤, 그러니까 죽지는 않았고 서서히 죽어가고 있는 지금은 자신이 세상을 버린 상태가 아닌가. 사내는 이제 여유를 가지고 있을 것이다. 여유. 어디서 얻는 것일까? 체념에서? 아니다, 지금쯤 그는 자신의 행위를 후회하고 있을지도 모른다. 그리고…… 자살미수로 죽어간다는 사내의 심리 상태에 대한 내 상상은 이내 한계에 부딪치고 말았다. 하지만 나는 곧 상상의 방향을 잡았다. 그도 연을 만들었을까. 그도 어쩌면 연을 만들었을지 모른다는 데까지 상상이 미치자, 내 머릿속은 전깃불을 켠 것처럼 환해졌다.

분명 만들었을 거야. 나처럼 연싸움을 즐겼을 테지. 그와 나는 친구이었는지도 몰라. 그래. 태어나기 전부터 우리는 친구였을 거야.

나는 연을 만들면서 하루해를 보냈다. 연을 만들고 있는 동안 내 마음은 넉넉했다. 나도 희망을 가질 수 있었다. 내가 실직자라는 의식이나 아내 앞에서 느끼는 열등감 따위가 사라졌고, 곧 행운이 내 앞에 툭 떨어질 듯이 마음이 뿌듯했다. 연은 나를 이국 생활의 고통을 넘어서 동심으로 환원해놓았다. 한술 더 떠서 그런 기분을 빌미로 나는 무위도식하는 일에 익숙해졌다.

“당신 지금 정상이야?”

의아스러운 눈으로 내가 하는 모양을 지켜보던 아내가 뱉어낸 말이었다. 그러나 나는 아랑곳하지 않았다. 내가 만든 연은 집 안 곳곳에 쌓였다. 벽면은 크고 작은 갖가지 연들로 가득 채워져 있었다. 방패연, 가오리연, 십자연, 홍어연, 고래연, 치마연, 반달연, 오색연, 나비연…… 나는 짓궂게도 현관에서 가장 눈에 잘 띄는 곳에 원앙새 그림을 그려 넣은 원앙새 연을 걸어놓았다. 아내와 나의 사이가 원만했던 과거를 떠올리면서 한 가닥 거미줄 같은 정일망정 희망을 갖고 싶었다. 나는 마음이 흐뭇했다. 마치 인간문화재라도 된 듯한 기분으로 연 전시회를 방불케 하는 장관을 그윽이 감상했다.

밤늦게 가게에서 돌아오던 아내는 현관문을 들어서며 버럭 소리를 질렀다.

"미국생활 십 년이면 정신병자가 된다던데 당신은 오 년 만에 완전히 돌았군. 당신의 정신병 증세는 한두 가지가 아니야. 나까지 미치게 할 작정이야? 그래도 남편이라고 뼈 빠지게 벌어서 거두고 용돈을 쥐어 주었더니, 뭐 하는 짓거리야? 원앙새? 흥!"

아내는 그야말로 미친 사람처럼 내가 정성 들여 만든 연들을 창밖으로 집어 던졌다. 그리고 쫓아나가 발로 밟아 부서뜨린 다음 쓰레기통에 넣고 불을 붙였다. 연들은 삽시간에 재로 변했다. 나는 아무 말도 못하고 그대로 방구석에 털썩 주저앉고 말았다.

일은 거기서 끝나지 않았다. 정신병원 구급차가 들이닥친 건 이튿날 오후였다. 아내의 행동에서 내게 닥쳐올 심상치 않은 낌새를 감지하고 촉각을 세워 살폈으니 망정이지 하마터면 나는 정신병원에서 허송세월할 뻔했다. 여기까지 와서 그럴 수는 없었다. 그래도 나는 가끔 꿈을 펼쳐볼 날을 기대하기도 했다. 아내가 돈을 좀 대준다면 조그맣게 무역업을 해보고 싶었다. 아무튼 나는 재빨리 구급차를 피해 도망쳐 나왔다.

아내와 나 사이에 이젠 어떤 계산도 남아 있지 않다는 결론에 도달했다. 동시에 아내가 아침마다 화장실에서 내는 드라이어 소리를 떠올렸다. 그 소리는 드라이어가 단순히 물기를 말리는 기구가 아닌, 무엇인가를 부풀리는 것으로 착각하게 만들었다. 머리를 부풀리기 시작하면 온몸이 풍선처럼 부풀고, 마침내 허공으로 두둥실 떠오를 것 같았다. 나는 아내의 몸이 부풀어서 허공에 떠 있는 장면을 상상했다. 속이 텅 빈 아내 모양의 풍선이란……, 인격부재의 풍선이란……, 나를 슬프게 했다. 나는 진짜 정신병자처럼 한바탕 웃어댔다.

이런 상상 끝에 나는 또다시 연을 생각했다. 항상 연이 하늘 높이 날아오르는 생각을 하며 시간을 보냈다. 그 장면을 생각하면 정말 가슴이 후련했다. 답답하기만 한 세상사가 풀리는 것 같았고 나도 연처럼 세상을 훨훨 날아다니는 느낌이 들었다. 가라앉기만 하는 존재가 아니라 높이 떠오르는 존재의 그윽한 우월감을 맛볼 수 있었다.

아내가 이제 더 이상 두려운 존재가 아니라는 생각을 하며 미소 지었다. 하지만 나의 노력에도 불구하고 아직도 나보다 강하고 유능하다는 사실에는 변함이 없었다. 나는 아내와 나의 관계에서 비롯되는 모든 것을 포기하기로 했다. 한 가지 마음에 걸리는 것은 아람이 놈이었다. 나는 그놈에게 연을 만드는 방법을 가르치고 싶

었다. 그러나 그놈은 연보다는 전자오락과 컴퓨터 게임을 더 재미
있어했고, 스케이트보드 타기를 즐겼다. 제 어미와 한통속이 되어
덩달아 아비인 나를 무시하려 들지만 않았더라도, 어릴 적에 할아
버지가 내게 가르쳐주었던 그것을 진작 그놈에게 전수해주었을 것
이다.

　"까짓 거 집어치우고 미국으로 가자구요. 미국에 가면 할 일도
많고 일한 만큼 대가를 톡톡히 받을 수 있다는데. 부지런히 일하면
몇 년 안에 금방 일어선다고 하잖아요."
　아내는 미국에만 가면 만사형통할 듯이 늘 의기양양해서 말하곤
했다. 솔직히 말하면 나 역시 다니던 회사가 부도나서 문을 닫게
되었어도 별반 근심하지 않았다. 아내가 먼저 건너와 자리 잡고 있
는 처형을 통해 이민 신청을 해두었던 것이다. 우리는 곧바로 비행
기에 오를 수 있었다. 그때에 내가 느낀 우월감이란 어릴 적에 내
연이 가장 높이 떠올랐을 때의 그것과 견줄 만했다. 친지들과 실업
자가 된 회사 동료들은 우리를 선망의 눈으로 전송해주었다. 비행
기를 타고 구름 위를 날면서 나는 어린 시절에 연을 날리던 기억
속에 빠져들었다. 연에 실어 날리던 소망이 아메리칸 드림으로 이
루어지고 있다고 생각하니 신에게 특별히 선택받은 사람인 양 생
각되었다. 내게 탄탄대로의 앞날이 열리는 듯했다. 나는 이 땅의
광활함과 아름다움에 감탄했다. 또한 새 생활에 만족했고 충실했
다. 행운의 여신이 언제까지나 나를 향해 미소 지을 것 같았다. 활
력이 솟았다. 그러나 그 모든 꿈과 감탄은 일 년이 못 가 사막의 신

기루처럼 허망하게 사라지고 말았다. 가까스로 구멍가게를 인수했으나 때마침 불황으로 가게 임대료도 내기 어려웠다. 어떤 교민은 임대료도 불황을 핑계로 깎았다는데 나는 집주인에게 세를 줄여달라는 말은 꺼내지도 못했다. 원래 타고나길 그랬다. 다부지지도 못했고, 용기도 없는 놈이었다. 고지식하면서 어울리지 않게 요행이나 바라는 사행심은 누구 못지않다고 비아냥대던 아내의 말이 그리 틀린 것은 아니었다.

"행운이 눈멀었나? 허구한 날 라더리 긁으면 뭐해? 그거 긁을 시간 있으면 청소나 하시지. 사는 덴 요령 부릴 줄도 모르는 사람이 혹시나 하는 요행심리는 둘째가라면 서럽지."

장사는 안 되는데 툭하면 즉석복권이나 긁고 앉아 있다는 핀잔이었다.

주 고객인 흑인들과 멕시칸들은 주인이 눈만 돌리면 훔치려고 들었다. 강도를 당한 일도 있었다. 하루 매상을 몽땅 털리고 목숨을 부지한 것만도 다행이었다. 미국까지 와서 억울한 죽음을 당하지나 않을까 불안했다. 차츰 미국 생활에 자신을 잃어갔다. 그러나 참으로 묘한 일은 내가 미국 생활에 힘겨워할수록 아내와 아람이 놈은 살맛나는 세상을 만났다는 투였다. 그들에겐 '꿈과 기회의 나라' 그대로였다. 구멍가게가 불황으로 빚에 쪼들리자, 아내는 알게 모르게 슬금슬금 나를 밀어내고 나서서 똑똑한 척 설쳐댔다. 그냥 설쳐댄 것이 아니라 빚을 수습하고 가게를 살려냈다. 아내는 드디어 구멍가게를 처분하고 그동안 사귄 친구와 동업으로 여성의류를 취급하더니 얼마 안 되어 가게를 배로 확장해나갔다. 나는 큰소리는커녕 작은 소리 한번 못 치게 되고 말았다. 아내는 놀랍게 맹렬 여성으로 변모해갔다. 모든 면에서 나를 앞지르며 능력을 발휘했다. 아람이 놈 학교에 관한 일이나 은행에 드나드는 일 등 전반적인 일들을 막힘없이 처리했고, 집주인도 나를 무시하고 아내만 상대하려고 들었다. 아내는 직장의 상사만큼이나 어려운 존재로 변해갔다. 내 앞에서 아내의 위세는 하늘을 찌를 듯 당당해서 나는 절로 기가 꺾였다.

아람이 놈의 발전도 그랬다. 유치원에 가자마자 나는 제대로 흉내 내기도 어려운 영어 발음을 미국 아이처럼 발음했다. 그러더니 혀가 돌아가지 않는 내 발음을 흉보기까지 했다. 이젠 그놈은 한국말은 아예 하기 싫어할 정도로 영어에 능숙해졌다. 한술 더 떠서 한국말을 쓰면 미국 아이들이 싫어한다고 한국말을 주로 쓰는 내게 짜증을 내곤 했다.

자동적으로 나는 아내에게 생계를 의존하게 되었다. 아침에 아내보다 일찍 가게에 나가 가게 안팎을 청소하는 일을 했다. 가고 오는 길에 아내의 옷을 세탁소에 맡기고 찾는 것도 나의 몫이었다. 그렇게 해서라도 소속감을 가져보자는 심산이었다. 그러나 청소나 하면서, 그것도 동업자인 아내 친구의 눈치를 봐가면서 주인 행세는 어림없는 일이었다. 내 존재가 불편하고 거추장스러워 보였다. 언제부턴가 나는 집 안에서 뭉개기 시작했다. 아내도 내심 잘됐다는 듯 아무 말이 없었다. 아람이 놈과 시간을 보내는 것 외에는 별로 할 일이 없었다. 아람이 놈도 학교 공부가 끝나면 특별활동에 참가한다든가 친구의 생일파티에 간다고 나름대로 분주했다. 웬

파티는 그렇게 많은지.

　잠깐 동안 자동차 공장에서 일한 적이 있었다. 그때 내가 했던 일은 자동차 앞좌석에 의자 두 개를 올려놓는 일이었다. 주어진 시간은 삼 분이었는데, 처음엔 아무리 헐떡거리며 부지런히 허리를 굽혔다 폈다 하며 동동거려도 시간은 턱없이 모자랐다. 그러나 곧 요령이 생겨서 그다지 힘들이지 않고도 시간이 남았다. 의자 등받이 부분을 탁 쳐서 제자리에 착 올려놓을 수 있게 되었던 것이다. 한창 일에 재미를 붙이려는데 극심한 불황의 여파로 내가 일하던 공장이 문을 닫게 되고, 나는 다른 공장에 배치되었다. 그러나 그 공장은 우리가 살고 있는 엘에이에서 북쪽으로 삼백 마일이나 떨어진 곳에 있었다. 물론 나는 갈 수 없다는 의사를 표하고 좀 더 기다렸다. 그러나 다시 발령이 난 곳은 지난번보다 더 불편한 조건이었다. 이사를 한다는 것은 불가능했다. 아내가 힘들여 닦아놓은 가게 일과 아람이 놈 학교 문제가 달린 일이었다. 혼자 떠나는 일은 가능했지만 마음이 내키지 않았다. 헤어지는 결과를 초래할 것 같은 불길한 예감 때문이었다. 모처럼 얻은 직장을 포기할 수밖에 없었다. 나는 할 일이 없었다. 시간은 짐처럼 나를 짓눌렀다.

　"밥값을 해, 밥값을. 하다못해 잔디 깎는 일이든, 아니면 화장실 청소든, 무엇이든 하라구. 그 알량한 삼류 대학 졸업장이 뭐 그리 대단하다고 막일을 못해? 이 기회 많은 미국 땅에서 놀고먹다니 말이 돼?"

　아내는 말끝마다 삼류 대학을 물고 늘어지며 자존심을 긁어댔다. 하지만 무식한 멕시코 놈들과 어울려 막노동자나 화장실 청소원으로 전락한다는 건 내 자존심이 허락하지 않았다. 아내에 대한 미안한 마음과 불쑥불쑥 솟아오르는 열등감은 나 자신을 괴롭혔다. 술은 자연스럽게 친구가 되었다. 술은 열등감을 없애주고 용기를 갖게 해주었다. 평소엔 주눅이 들어서 잔뜩 움츠러들다가도 어깨가 펴지고 거리낌 없이 행동할 수 있었다. 무엇보다도 아내 얼굴을 똑바로 바라볼 수 있었다. 그러나 술에서 깨어나면 더욱 비굴해지고 내 몸뚱어리는 자꾸만 왜소해지는 것 같았다.

그녀의 잔소리는 차츰 신경질로 발전했다.

"그렇게 밥이나 축내면 없느니만도 못하지. 어유, 못살아. 남편이 돈을 척척 벌어다 주고 호강시켜 주어도 어려운데 이건 허구한 날 술타령이나 하고 빈둥거리니, 내가 돈 버는 기계야? 차라리 나가버려. 없어지면 체념하고 살 테니까."

나가라는 말을 노골적으로 했다. 처음에 한두 번은 예사로 넘겼는데, 악다구니를 써댈 때에는 그 말이 예삿소리가 아니구나 싶었다.

그녀와 얼굴을 마주 대하는 시간이 가시방석에 앉아 있는 것만큼이나 불편해졌다. 그녀가 돌아오면 아람이 방으로 건너갔다가, 거기서도 쫓겨나면 거실로 나와 혼자 우두커니 앉아 있곤 했다. 마침내 거실은 내 침실이 되어버렸다.

나는 연을 다시 생각해냈다. 연을 만들고 날리던 시절이 그리웠다. 할 수만 있으면 아람이 놈과 함께 연을 만들어 날리고 싶었다. 그러나 아람이 놈은 언제나 바쁘다는 핑계로 나의 요구를 묵살했다. 그뿐만이 아니라 하루는 제 어미보다도 더 무섭게 나의 무능을 추궁하고 나왔다.

"대디는 그깟 연을 만들어서 무얼 하겠다는 거야? 대디면 대디의 책임을 해야지. 왜 마미한테 짐이 되는 거야? 그렇게 하고 이다음에 나하고 살 생각은 하지 마. 여기는 미국이야. 난 내 와이프하고 살아야 하니까, 대디한테 머니 줄 수 없어."

아람이 놈은 올해 열 살이다. 나는 그놈의 당돌한 말을 들으며 미국이란 벽을 또 한 번 실감해야 했다. 제 어미와 모종의 공모가 이루어지고 있다는 생각도 들었다. 그렇지 않고야 어찌 저리 당차게 나온단 말인가. 나는 서운한 마음을 혼자 삭이며 마음속으로만 연 만들기를 가르칠 수밖에 없었다. 조금 전에도 나는 길을 걸으면서 아들에게 연 만드는 방법을 가르쳤다.

"아람아, 그렇게 아무렇게나 만들면 뜨지 않아. 창호지의 크기는 가로와 세로를 2대 3으로 하고, 한쪽 끝을 접어서 머리 살을 붙이고, 방구멍은 연 길이의 삼 분의 일쯤 되는 지름으로 한가운데를 오려내어 뚫어야지. 살은 가로로 머리 살을 먼저 붙인 다음, 세로로 한가운데를 내려붙이고 다음은 허리 부분에, 그리고 교차하여 이렇게 붙이는 거야."

나는 그놈이 바로 곁에 있는 것처럼 말했다. 내 마음속에서 그놈과 나는 얼마나 다정한 부자지간인가. 사랑스러운 놈.

"연은 모든 액운을 날려 보내고 소망을 갖게 한단다."

이 말까지도 할아버지가 내게 한 그대로 빼놓지 않고 말해주었다.

아내는 웬만큼 지쳤는지 나에게 무관심해졌다. 나도 아무 할 말이 없었으니 그렇게 하거나 말거나 연 만드는 일에만 몰두했다. 그녀의 무관심은 오히려 내 마음을 편하게 했다.

어느 날 나는 아내의 가게 앞을 우연히 지나치다가 무심코 안을 들여다보게 되었다. 아내와 어떤 남자의 모습이 눈에 들어왔다. 한눈에 가게 주인인 미스터 첸의 얼굴을 알아볼 수 있었다. 나는 몸을 안에서 보이지 않게 옆으로 비켜서서 슬금슬금 안을 훔쳐보았다. 아내의 동업자는 보이지 않고, 분명 첸이 내 아내와 다정스럽게 붙어 앉아 있는 게 아닌가. 나는 눈이 뒤집힐 지경이었다. 가게세를 내는 월말도 아닌데 시도 때도 없이 가게에 와서 시시덕거리는 건 뭔가. 내 머릿속은 두 사람에 대한 온갖 잡스러운 상상으로 뒤죽박죽이 되었다. 아내의 잔소리나 신경질은 얼마든지 참을 수 있었지만, 그녀가 다른 사내와 만난다는 건 도저히 견딜 수 없었다. 그렇지만 쉽사리 아내에게 따지거나 경고할 처지가 아니었다. 혼자서만 속을 끓일 수밖에. 그러다가 나는 그 말을 기어이 꺼내고 말았다. 그날은 아내의 기분이 썩 좋아 보였기 때문이었다. 나를 보고도 신경질을 부리지 않았고, 떨어진 식품을 사다 놓으라면서 돈도 넉넉하게 내놓았다.

"저 말야, 가겟세를 안 주었어? 미스터 첸은 왜 그렇게 자주 오는 거야?"

나는 징검다리를 건너가는 기분으로 조심스럽게 더듬거리며 물었다.

"당신 지금 나를 의심하는 거야? 이젠 의처증까지 생겼군. 미스터 첸이 오든 말든 무슨 상관이야? 당신이 어디 남편이냐구. 당신이 제구실을 못하니까 나라도 살아보려구 발버둥치는 것을 가지고 함부로 사람을 의심해? 내가 당신을 내쫓을 줄 몰라서 지금까지 참아온 줄 알아?"

잠자는 호랑이를 건드린 것 같았다. 느닷없이 잡아먹을 것처럼 으르렁거리는데 어찌나 무섭던지 쥐구멍에라도 들어가고 싶은 심정이었다.

자리에서 벌떡 일어났다. 그리고 지나가는 택시를 세웠다. 비로소 목적지가 정해지고 마음이 분주해졌다. 나도 거리를 질주하는 차량들 틈에 섞여서 달리는 명분을 찾았음이 유쾌했다. 나를 밀어낸 차량들 속에 비집고 들어갔다. 운전기사는 속력을 내어 육십 번 고속도로로 진입했다. 속으로 나는 자신을 비웃었다. 달리는 자동차 속의 사람들이 모두 고개를 빼고 어디 가냐고 물을 것 같았다. 그러면 뭐라고 대답하나? 병원에 문병 간다고? 변명이 궁색할수록 자신의 마음을 쓰다듬었다. 사람들과 섞여서 달리고 목적지가 있지 않느냐고. 달리는 명분만은 기분 나쁘지 않았다. 택시는 다시 십 번 고속도로 서쪽 방향으로 달리다가 카운티병원 표지판을 따라서 나갔다. 잠시 후에 하얗고 큰 병원 건물이 보이고 현관으로 오르는 계단 아래에 나를 내려놓았다.

병원 건물은 늙은이모양 추레한 모습으로 석양을 바라보며 앉아 있었다.

알티디 버스가 턱 밑까지 들어와 멕시칸과 흑인들 몇을 떨어뜨리고 갔다. 나도 그들 속에 끼어 계단을 올라갔다. 계단 양쪽엔 올리브나무가 열을 지어 서 있었다. 올리브나무 아래를 통과해 계단 꼭대기에 있는 낡은 현관문을 밀고 건물 안으로 들어섰다. 정면에 방문 시간 안내문이 붙어 있었다. 안내문 아래 창에 난 조그만 구멍을 통해서 환자 이름을 말하고 병실을 물었다. 안내원은 컴퓨터를 두들겨 병실을 찾아 알려주었다.

"감사합니다."

생각지 않게 크게 나온 내 목소리에 나는 흠칫 놀랐다. 입원실로 올라가는 좁은 문 앞에 몰려 서 있던 방문객들이 내게로 얼굴을 돌렸다. 경찰관 두 명이 입구에서 방문자들을 살폈다. 일 년 전에 이 병원에서 문병객으로 위장한 범인의 무차별 난사로 인해 십 수 명의 인명피해가 발생했다는 뉴스를 기억해냈다. 그 뒤로 병원 당국은 방문객의 방문 시간을 제한했고 신원을 철저하게 확인했다. 내가 방문자들을 뒤따라 입구로 들어가자 옷소매를 잡았다. 나는 칠층의 환자를 찾아간다고 말했다.

"검은 선을 따라 가세요."

그가 잡았던 내 옷소매를 놓아주었다.

나는 복도 바닥에 그려진 선을 따라 걸었다. 빨강, 노랑, 검정, 갈색과 흰 선이었다. 선들은 오른쪽으로 꺾였다가 다시 왼쪽으로 돌아갔다. 검정색 선은 갑자기 오른쪽으로 빠져 엘리베이터 문 앞에 멎었다. 나는 검은 선이 지시하는 대로 엘리베이터 안으로 들어갔다. 엘리베이터에서 내리자 박영일의 병실이 바로 눈앞에 나타났다.

박영일은 의식불명의 상태로 침대에 누워 있었다. 그의 입엔 산소마스크가 씌워져 있었다. 그의 여린 숨결과 심박동이 옆에 놓인 기계들의 바늘을 힘겹게 움직여 그래프를 그리고 있었다. 몸과 기계를 얼기설기 연결한 줄이 그의 목숨을 지탱하고 있음을 한눈에 알 수 있었다. 그는 사십 대 초반쯤으로 보였다. 내 상상이 무색하리만치 그는 평화로운 표정이었다. 무슨 꿈을 꾸고 있는 것일까. 무한한 우주를 비행하고 있을까.

한국인 간호사가 다가와 친절하게 인사하고 나서 환자와는 어떤 관계냐고 물었다. 삼십 대 중반을 넘겼음 직하고 푸근한 인상이었다.

"고향 친구지요."

대답과 동시에 머릿속에 연을 떠올렸다.

"이 환자 분을 찾아오는 사람은 없었어요. 가족이나 그밖에 누구도. 그래서 우리는 이 사람에 대해 아는 바도 없지요. 약을 먹었다는 것 외에는."

그녀는 말미를 흐리고 나를 넘겨다보았다. 눈빛이 내 마음속을 꿰뚫듯 파고들어 왔다.

"우리는 오랫동안 만나지 못했어요. 제가 알기로는, 늘 고향으로 돌아가고 싶어 했지요. 아내도 떠나버린 모양이고……."

나는 더듬거리면서 아무 말이든 되는 대로 지껄였다. 그녀의 눈빛이 나를 곤혹스럽게 만들기 때문이었다. 시선을 발등으로 떨어뜨렸다.

"그런데 왜 돌아가지 못했나요?"

"자, 잘 아실 텐데요. 여기에서 뿌리내리기가 어려운 만큼 다시 고향으로 돌아가기도 어려운 현실을. 빈손으로야 돌아갈 수 없지요. 나름대로 노력을 많이 했어요. 하지만 뜻대로 되는 것은 아무 것도 없었어요. 불황은 갈수록 심화되고. 아무도 이해하지 못하지요. 이 친구가 버릴 수 없었던, 몸에 밴 것들…… 이질적인 구조랄까…… 근본적으로 융화될 수 없는…… 그런 거죠."

내 목소리는 떨렸다. 짧은 순간 둘 사이에 무거운 침묵이 흘렀다.

"자식들은 없나요?"

그녀가 침묵을 조심스럽게 걷어버렸다.

"아들이 하나 있는데 아내가 데리고 갔나 봅니다. 모두 그를 버렸어요."

제기랄, 내가 지금 무슨 말을 하고 있는 건가. 나는 한숨을 쉬었다.

"어릴 적부터 함께 자라셨으면 좋은 추억도 많으시겠네요?"

내 한숨을 의식했음인지 가벼운 어조로 물었다.

"우리는 연 날리기를 했었죠. 특히 연싸움은 동네에서 저 친구를 당할 사람이 없었어요."

내 눈앞에는 옛날 고향의 풍경이 펼쳐지는 듯했다. 이제야 나는 가슴을 짓누르고 있던 압박감에서 헤어났다.

"연싸움을 아시지요? 떡줄에 유리 가루나 사기 가루를 풀에 타서 먹입니다. 그러면 상대편 연줄을 끊기는 시간문제예요. 연줄을 걸어서 살짝 잡아당기면 줄이 끊긴 연은 공중에서 뺑뺑이를 돌다가 멀리 날아가 버리죠. 정말 기분이 통쾌했어요."

그때 생각만 하면 나는 넋이 다 달아날 지경이었다. 우리 동네에서 나만큼 연을 잘 만드는 아이는 없었다. 연싸움에서도 나를 이겨본 아이는 없었다. 연에 관한 한 나는 자부심을 가졌다. 가난한 유복자인 내가 우월감을 가질 수 있는 시간은 연을 만들고 날릴 때뿐이었다.

우리 동네에서 제일 부잣집 아들이었고 주먹이 센 재복이도 내가 만든 연을 얻기 위해서 귀한 눈깔사탕을 한 움큼씩 호주머니에 넣고 몰래 나를 찾아오곤 했었다. 다른 아이들 앞에선 그 애가 띄우는 방패연을 만든 사람이 나라는 걸 비밀에 부치기로 약조했다. 그 점이 좀 서운했지만 나는 마음속으로 연을 나보다 더 잘 만드는 아이가 없다는 걸 늘 자랑스러워했다.

"말씀 고마웠어요. 더 앉아 계시다 가시죠."

눈을 가느스름하게 뜨고 회상에 잠기는 나를 물끄러미 바라보던 간호사가 잊고 있던 일이 생각났다는 듯이 급하게 몸을 일으켰다. 나는 퍼뜩 정신을 차렸다. 그냥 떠날 수 없다는 생각이 빠르게 뇌리를 스쳤다. 호주머니를 뒤져 백 불짜리 두 장을 그녀에게 건네주었다. 나의 전 재산인 셈이었다.

"약소합니다만, 이 친구를 위해서 써주십시오."

"좋은 친구시군요. 그렇게 하겠어요."

그녀는 흔쾌히 받아 쥐고 방을 나갔다.

나는 그녀가 나간 문을 멍하니 바라보다 내 눈앞에 누워 있는 사내를 내려다보았다. 사내는 눈동자를 먼 곳에 고정시키고 있었다. 코와 팔다리엔 얼기설기 연결된 투명한 튜브가 그를 꽁꽁 묶어놓은 것 같이 보였다. 링거액이 방울방울 떨어져 튜브를 타고 그의 혈관으로 흘러들었다.

살아 있는 걸까? 살아 있는 걸까? 나는 고개를 가로저었다. 살아 있는 걸까? 그가 살아 있는지가 몹시 궁금해졌다. 확인해보고 싶었다. 링거액이 흘러들어 가고 있는 그의 팔을 꼬집어보았다. 아무 반응이 없었다. 다시 한 번 힘껏 꼬집었다. 이번에도 그는 무표정했고 아무런 움직임도 없었다. 움직이는 건 소리 없이 그의 혈관으로 흘러드는 링거액뿐이었다. 이 방에 살아 있는 사람은 없어. 나는 하늘 높이 날아오르는 연을 머릿속에 그렸다. 아니, 하늘을 날고 있는 것은 그 사내라고 생각했다. 그는 자유롭게 날아야 한다고. 아마 순간 나는 그런 생각에 휩싸여 있었을 것이다. 나는 그의 입에서 산소마스크를 떼어냈다. 그리고 링거액이 흐르는 주사 바늘도 빼냈다. 그 밖의 모든 생명줄도 그의 몸에서 떼어냈다. 그리고 방을 나왔다.

남은 잔돈을 모두 털어서 연 재료를 샀다. 면도칼과 풀, 떡줄까지 준비해서 공원을 찾아갔다. 공원의 벤치에 앉아 연을 만들기 시작했다. 그리고 언제나처럼 아들놈에게 연 만들기를 가르쳤다.

"아람아, 방패연은 아빠가 가장 많이 만든 연이란다. 아빠가 만들 적마다 가르쳐주는데도 너는 매번 틀리더구나. 이렇게 방구멍을 뚫고 머리 살을 붙이지. 대살은 미리 얄팍하게 다듬어야 돼. 그리고 중살을 붙이고 허리살을 붙인다. 장살은 서로 교차하여 붙이고. 이젠 벌이줄을 거는데, 활처럼 휘게 팽팽히 당겨서 매야 한다. 활벌이줄이라고도 하지. 그리고 예쁜 모양의 색지를 오려 붙이거나 직접 그림을 그려 넣어서 여러 종류의 연을 만들 수 있단다. 마지막으로 연줄을 맨다. 아빠는 어릴 적에 연줄에 사기 가루로 가미를 먹여서 연싸움에 이기곤 했단다. 오늘은 자새를 만들지 못하겠구나. 아빠는 마음이 급해요. 하지만 질긴 떡줄을 이렇게 큰 덩어리로 샀으니까 연을 날리는 덴 지장이 없을 게다. 이젠 연 만들기는 문제없겠지?"

나는 연 만드는 걸 가르칠 때만 아람이 놈 앞에서 근엄한 아버지의 모습을 할 수가 있었다. 이때만큼은 그놈도 내 앞에서 공손할 수밖에 없었다. 그놈 얼굴이 자꾸만 눈앞에 어른거려서 마음이 많이 아팠다.

공원에는 조용히 땅거미가 지기 시작했다. 공을 차거나 개를 데리고 산책하던 사람들도 하나 둘 사라졌다. 까맣게 우뚝우뚝 솟아 있는 빌딩에서 새어나오는 오색찬란한 불빛을 보며 나는 막연한 그리움에 젖어들었다. 서쪽 하늘에 붉게 번져 있는 노을과 까만 빌딩과 그 안에서 새어나오는 노란 불빛이 절묘하게 조화를 이루고 있었다. 그리움 때문인지 그 절묘한 색의 조화 때문인지, 나는 얼마 동안 멍하니 앉아 있었다. 어둠은 온 땅을 덮고 위로 스멀스멀 기어올라 마침내 불그레하던 노을빛과 빌딩을 삼키고 세상을 겹겹이 에워쌌다.

완성된 연을 조심스럽게 들고 버몬에베뉴로 나왔다. 그리고 북쪽을 향해서 걸었다.

거리는 항상 바쁜 사람들로 차 있었다. 한글 간판이 밀집해 있는 이 거리가 낯설게 느껴졌다. 모두가 공모해서 나를 낭떠러지로 밀어 떨어뜨리고 있다는 생각이 들었다. 이마와 등줄기에 끈끈하게 땀이 배었다. 그리피스 공원이 길 건너에 보였다.

공원을 가로질러 천문대 방향으로 계속 발걸음을 옮겼다. 길은 왕복 이차선 도로가 산마루로 이어졌다. 차들이 전조등을 켜고 내 곁을 지나쳐 올라갔다. 희뿌연 불빛 가운데 걷는 이도 간간이 눈에 들어왔다. 천문대 주차장 옆에 있는 스낵코너에는 간단한 음료나 샌드위치, 햄버거를 먹는 사람들이 들락거렸다. 내 위가 공명음을 냈다. 연을 들지 않은 다른 손으로 배를 쓸어 공복감을 달래며 망원경이 설치된 가장자리로 갔다. 눈앞에 엘에이 시가지의 찬란한 야경이 펼쳐졌다. 잠시 공복감을 잊어버리고 환상적인 빛의 파노라마에 감탄했다.

하늘을 올려다보았다. 하늘엔 별이 보이지 않았다. 발아래에서 별처럼 빛나는 불빛들. 하늘의 별들이 모두 지상으로 쏟아진 것 같았다. 나는 하늘에 남아 있을 진짜 별을 안타깝게 찾았다. 멀리, 아주 멀리에서 희미하게 빛나는 작은 별을 하나 발견했다. 그 별이 보고 싶었다.

망원경은 이십오 센트짜리 동전을 넣으면 삼 분 동안 볼 수 있었다. 바지 주머니를 뒤졌다. 하나도 없었다.

금발머리의 여자아이가 동전을 넣고 망원경에 눈을 갖다 댔다. 렌즈를 이리저리 돌리더니 그대로 가버렸다. 나는 얼른 그 망원경을 차지하고 오른쪽 눈을 렌즈에 밀착시켰다. 그러나 별이 아닌 엘에이 시가지의 거리가 확 다가왔다. 택시가 서쪽 방향으로 달리고 가방을 든 여자가 인도 위를 걸어갔다. 나는 렌즈를 좀 더 정확하게 그 여자에게 맞췄다. 여자는 머리가 검고 짧았다. 살집 좋은 몸매가 거리를 꽉 메운 듯했다. 아니, 아내가. 순간 나는 놀라 렌즈에서 눈을 뗐다. 아내가 틀림없다는 판단에 가슴이 두근거렸다. 아내가 나를 감시하는지도 모른다는 의혹이 생겼다. 제기랄, 다시 확인하려고 망원경에 가까이 다가갔다. 그러나 망원경은 깜깜했다. 아내를 피할 수 없다는 망상으로 내 머리는 혼란스러웠다. 아내가, 세상이 두려워졌다. 어찌할 바를 모르고 잠시 먼 허공을 응시했다.

아까 망원경에 동전을 넣고 그대로 떠났던 금발머리가 중년 부인의 손을 잡고 천문대 옥상을 향해서 계단을 오르고 있었다. 나도 그들을 뒤따라 계단을 올라갔다. 나는 여전히 연을 조심스레 들고 다녔다. 금발머리가 내 손의 연을 힐끗 돌아보았다. 연은 날개처럼 내 어깨에서 엉치 부분까지 덮고 있었다.

금발머리는 중년 부인과 기다랗게 늘어선 줄 끝에 섰다. 나도 금발머리 뒤에 섰다. 내가 무엇을 기다리고 서 있는지 모르는 채 줄은 터널로 사라지는 기차처럼 조그만 문으로 들어갔다. 문 앞에 바싹 다가가서야 조그만 문 안에 천체 망원경이 있다는 걸 알아차렸다. 사람들은 한 명씩 조심스럽게 문 안으로 사라져갔다. 나는 천체 망원경에 잡힐 물체에 대한 기대로 약간의 흥분을 느꼈다. 금발머리가 문 안으로 들어감에 따라 나도 어둑한 방에 발을 들여놓았다. 방 안엔 위로 올라가는 또 하나의 계단이 있었고, 계단 끝에 거대한 천체 망원경이 있었다. 나는 계단 아래에서 기다렸다. 금발머리가 내려오고 내가 계단으로 올라갔다. 망원경에 오른쪽 눈을 갖다 댔다.

렌즈에 잡힌 건 허연 달이었다. 달의 한쪽 부분이 따개비 모양의 분화구를 달고 손에 잡힐 듯 렌즈 끝에 다가와 있었다. 흥분으로 가슴이 뛰었다. 그래, 드디어 발견했다. 하마터면 감격으로 소리칠 뻔했다. 뛰는 가슴을 가까스로 억누르고 망원경에서 내려왔다. 옥상으로 나와 도시의 현란한 야경을 바라보며 가장자리에 섰다. 바람도 알맞게 불었다. 떡줄을 슬슬 풀어주며 연을 위로 올렸다. 연은 마침내 밤바람을 타고 위로 떠오르기 시작했다. 연이 떠오르는 속도에 맞추어 떡줄을 빠르게 혹은 천천히 풀어주었다. 삽시간에 연은 까마득히 날아올라 밤하늘에서 여유 있게 춤을 추었다. 하늘을 가득 채우고 별처럼 빛을 발했다. 와와, 옥상에서 야경을 감상하던 사람들이 환성을 질렀다. 나는 어린 시절의 그 꿈에 젖어들었다. 마침내 내 몸도 연과 함께 하늘로 떠올랐다. 비로소 고향에 돌아가고 있다는 감격에 달떴다. 연은 나를 태우고 지구를 떠나 우주 공간을 날아가기 시작했다. 지구가 발아래에 내려다 보였다. 나는 먼 곳을 향해서 빠른 속도로 날아갔다.

"날아가게 해줄게."

나는 새에게 속삭였다. 그리고 빨갛고 파란 연속무늬의 선을 손바닥으로 마구 문질러댔다. 그러나 무늬는 지워지지 않았다. 오히려 더욱 뚜렷이 되살아나는 듯했다.

연속무늬 지우기

사내는 초점 없는 눈을 껌벅이며 혀를 내밀었다. 물을 세 컵이나 마시고도 사내의 혀끝에는 몇 알의 알약이 그대로 남아 있었다. 김씨는 사내가 내민 컵에 네 번째 물을 따랐다. 그는 감정을 억제하느라 얼굴을 심하게 일그러뜨렸다.

"삼켜, 삼키라구!"

그의 목소리에는 어쩔 수 없이 짜증이 배어났다.

사내는 그의 성화에도 전혀 아랑곳하지 않았다. 부자유스러운 몸놀림으로, 다만 그가 시키는 대로 부스스한 머리를 두어 번 뒤로 채는 시늉을 했다. 가까스로 약을 넘긴 모양이었다. 김씨가 고개를 한 번 끄덕이자 사내는 슬리퍼를 신은 한쪽 발을 끌며 비실비실 오락실 쪽으로 발걸음을 옮겼다.

내 차례가 되었다. 김씨는 앞서와 같은 동작으로 주전자를 들어올려 내가 들고 있는 컵에 물을 따랐다. 그는 큰 키에 체구도 우람해서 환자들에게 은근히 위압감을 주었다. 가끔 약을 먹지 않으려고 거칠게 거부하는 경우도 없진 않지만, 대부분의 환자들은 그 앞에서 고분고분했다.

"여기에 도장을 눌러. 이혼 서류야."

좀 전에 김씨가 삼키라고 소리친 말이 내겐 도장을 찍으라는 말처럼 들렸다. 나는 머뭇거리고 서 있었다.

"당신은 나를 속이고 결혼했어. 나를 속였어, 나를 속였어. 나를……."

인국의 목소리는 끈질기게 내 기억의 표면을 맴돌았다. 아무리 멀리 쫓아버리려고 애를 써도 소용이 없었다. 내 의식은 도장이라는 단어를 명령어로 삼아 그 기억의 디렉토리 안으로 빨려 들어갈 참이었다.

"뭐하고 있어?"

김씨가 나를 구출하려는 듯이 재촉했다. 나는 찬물을 뒤집어쓴 것처럼 깜짝 놀라 정신을 추슬렀다. 앞의 사내처럼 입을 벌렸다. 하지만 고개를 뒤로 젖히며 혀를 말아 올렸다. 김씨는 말아 올린 내 혀 밑에 두 알의 알약을 떨어뜨렸다. 나는 재빨리 혀를 아래로 붙여 알약을 숨기고 물을 삼켰다. 내가 혀를 길게 빼내며 입을 벌려 보이자, 김씨는 '됐어, 다음' 하고 말했다. 나는 만족스러운 미소를 지었다. 간호사실 문 앞을 떠나 곧장 긴 터널 모양의 서쪽 복도로 향했다. 내 병실은 복도의 왼쪽 중간쯤에 있었다. 내 침대로 돌아온 나는 서너 겹으로 접은 휴지에 두 알의 알약을 뱉었다. 그리고 휴지를 꼭꼭 접어서 오른쪽 양말목에 끼워 숨겼다. 이틀 전에 양이 적어서 약효가 없다고 진 간호사에게 생떼를 써서 한 차례 더 얻어낸 것까지 여덟 알째의 수면제였다.

김씨의 눈을 속이고 주치의 닥터 윤과 간호사들의 눈을 피해 수면제를 모으는 일은, 요즘 나의 가장 흥미로운 게임이 되었다. 나

와 의료진들 사이의 신뢰에 먹칠을 하는 일은 하나의 날갯짓이라
고 생각되었다. 그것은 내가 연속무늬를 지우기 위해 까만 색칠을
하는 행위와도 같았다. 또한 나의 뇌리를 점령한 인국의 목소리를
털어내는 작업이기도 했다. 이 병동 안에서 환자들과 의료진들 사
이에 하나 둘 싹트는 신뢰감, 그것은 일정한 틀에 의해 나를 비도
덕적인 여자로 낙인찍어버린 인국의 목소리에 못지않은 또 하나의
연속무늬라고 나는 생각했다. 나를 옥죄고 있는 것들은 모두가 연
속무늬인 셈이었다.

언제부터인지 나는 연속무늬만 보면 견딜 수 없었다. 일정한 규
격의 획일적인 무늬는 나를 숨 막히게 했다. 그것들은 나를 가두고
있다고 생각되었다. 나는 연속무늬를 지우기 시작했다. 나를 해방
시키는 작업이었다. 내 주변 곳곳에서 나는 연속무늬와 마주치곤
했다. 어딜 가나 만나게 되는 연속무늬 때문에 나는 넌덜머리를 앓
았다.

일곱 시-아침식사, 여덟 시-약 복용, 아홉 시-회진 시작, 열한
시-면담, 열두 시-점심식사, 오후 두 시까지 휴식, 그리고 이후에
는 오락 또한 작업, 여섯 시-저녁식사, 여덟 시-약 복용, 아홉 시-
취침.

환자들에게 강요되는 일정표도 또 다른 연속무늬를 이루고 있음
을 나는 발견했다. 하루라는 시간의 일정표 안에 갇히는 꼴이다.
나는 무력하나마 나를 옥죄어오는 규칙들을 깨기 위해서 싸워야
했다. 드문드문 이탈의 시간을 갖지 않고는 견딜 수 없었다. 이 병
동 안에서, 나는 원하는 이탈의 시간을 그다지 어렵지 않게 즐길

수 있다는 것을 알았다. 참으로 다행스러운 일이었다. 다른 환자들의 낯설고도 은밀한 미소를 통해서, 또는 옆 침대의 김영실이 감정 변화에 따라 예측불허로 질러대는 괴성을 통해서.

아직도 두어 명의 환자들이 약을 받아먹으려고 서 있는 모습이 비죽이 열려진 문틈으로 어른거렸다. 김씨는 마지막 환자까지 일일이 컵에 물을 따라주고 환자가 약을 확실히 삼키는지 확인했다. 이곳 폐쇄 병동 안의 근무자가 필히 갖추어야 하는 덕목을 그는 이 일을 통해서 잘 보여주고 있었다. 참으로 끈기 있고 인내하는 장면이었다. 마지막으로 약을 먹은 환자의 슬리퍼 끄는 소리가 오락실 쪽으로 사라져갔다. 이어서 간호사 휴게실 문이 철컥 닫히는 소리를 끝으로 복도는 침묵 속에 잠겼다.

옆 침대의 김영실은 수면제 효과로 이미 잠들어 있었다. 그녀는 수면 중에도 가끔씩 자지러지는 웃음소리를 냈다. 나는 이제 그녀의 괴성이나 기행에 익숙하다 못해 즐기는 여유까지 생겼다. 그것은 앞서 말한 이탈과 무관하지 않았다. 병원 규칙이 내 숨통을 죄는 것에 비해 그녀의 그것들은 차라리 내게 쾌감과 안도감을 느끼게 했기 때문이었다.

나는 창가에 있는 내 침대로 기어올랐다. 창밖엔 심해와 같은 어둠이 고여 있었다. 어둠은 으레 세상과의 단절감과 황량한 느낌을 몰아다 주었다. 이런 때면 나는 어렴풋한 그 기억 속에 빠져들곤 했다.

다섯 살이었던가, 어느 날 나는 비어 있는 사랑방에 들어갔다.

방에 들어서자마자 나를 빨아들일 듯 압도해오는 선명한 무늬에 잠시 넋을 잃었다. 그 방은 전날 새로 벽지를 바른 방이었다. 바로 연속무늬가 그려진 벽지였다. 빨간색과 파란색의 교차로 만들어진 연속무늬의 발견은 내게 신비감마저 불러 일으켰다. 자세히 보면 연속무늬의 가운데엔 또 다른 무늬가 들어 있었는데 그것은 새 모양이었다. 나는 손끝으로 무늬를 흉내 내어 그려보았다. 가로 선과 세로 선의 교차는 일정한 공간들을 만들고 그것들은 질서정연하게 반복되었다. 얼마간의 시간이 지나자 나는 그 놀이에 싫증이 났다. 똑같은 무늬의 반복이 싫었다. 더구나 가운데의 새 모양은 나를 답답하게 만들었다. 조그만 방에 갇힌 새가 가엾어 보였다.

"날아가게 해줄게."

나는 새에게 속삭였다. 그리고 빨갛고 파란 연속무늬의 선을 손바닥으로 마구 문질러댔다. 그러나 무늬는 지워지지 않았다. 오히려 더욱 뚜렷이 되살아나는 듯했다.

나는 아주 영리한 궁리를 해냈다. 할아버지가 쓰는 벼루와 먹을 가져다가 먹을 갈아서 벽에 칠했다. 연속무늬는 드디어 지워졌다. 어두워질 무렵, 사랑방에서 나를 찾아낸 어른들에게 나는 호되게 꾸지람을 듣고 그 방에서 벌을 섰다. 방은 곧 캄캄해졌고 나는 어두움 속에서 두려움에 떨다가 잠이 들었다. 꿈속에서 나는 술래가 되어 연속무늬의 벽을 헤매었다.

한 주일 전 나는 신경정신과 외래 창구 앞에 있었다. 심한 현기증으로 구토 증세를 느끼면서 검사용지에 적힌 질문사항들을 메워 나갔다.

140

자살하고 싶었는가?‥‥‥‥ □

네모 칸 안에 나는 망설임 없이 갈매기 표시를 그려 넣었다. 그
것은 습관적으로 수면제를 복용해온 나에게는 거의 장난에 가까운
행동이었다. 그러니까 결과에 대한 의료진의 반응을 즐기자는 속
셈이었다. 그리고 '자살 가능성'이라는 왜곡된 진단의 결과를 보
며 의료진을 비롯한 주위 사람들의 관심을 비웃기로 했다. 좀 더
정확하게 말하면 관심 쪽보다는 내 인격에 대한 조소와 동시에 인
국과 시댁 식구들을 함께 비웃고 싶었던 것이다. 나는 분열증을 일
으킨 것처럼 히죽히죽 웃어보았다.

"미애 씨, 혼자서 무슨 생각을 하세요? 아직 시간이 이른데 오락
실에 가서 텔레비전이라도 보시다 주무시지 그러세요?"

진 간호사의 목소리가 나를 그 연속무늬로부터 끌어냈다. 그녀
는 잠시도 잡념의 틈을 주지 않으려고 했다. 마치 레이더망이라도
설치해놓은 것처럼 그녀의 눈알은 나의 행동을 쫓곤 했다. 나는 그
녀의 반듯한 외모가 달갑지 않았다. 긴 생머리를 곱게 틀어 올린
위에 핀으로 고정시킨 캡과 눈부시게 하얀 유니폼, 위에 덧입은 감
색 스웨터. 그런 것들이 나의 비위를 뒤틀리게 만들었다. 그녀의
반듯한 외모는 빨간색과 파란색의 선명한 선들이 만들어내는 연속
무늬의 네모반듯한 공간과 같은 것이라고 생각되었다. 나는 연속
무늬를 부수듯이 그녀의 의견에 거부하기 위해서 마음속으로 궁리
했다. 으음, 나는 낮은 신음 소리를 냈다. 그녀는 내 얼굴을 살폈
다. 저녁마다 두 알의 수면제를 복용하고 있음에도 불구하고 계속
되는 불면에 대해서 의아스럽게 생각함이 분명했다. 나는 속으로

코웃음을 쳤다. 통쾌했다. 아무리 심리학이나 정신분석에 관해서 조예가 깊다손 치더라도 나의 음모를 알아낼 수 있으랴. 그녀는 재차 나에게 오락실로 갈 것을 종용했다.

"닥터 윤은 퇴근했나요?"

나는 엉뚱한 말로 그녀의 권유에 반대 의사를 표했다.

"미애 씨가 잠들었는지 확인하기 위해서 나중에 들를 거예요."

역시 참을성 있는 대답이 돌아왔다. 폐쇄 병동에서 근무하는 간호사다웠다. 닥터 윤은 내 담당 의사였다. 그는 내가 입원한 후로 줄곧 내 불면증을 세심하게 관찰했다. 나는 어젯밤에도 그가 밤늦게 나를 살펴본 사실을 알고 있었다. 어둠 속에서 주시하는 시선에 계면쩍은 나는 담요를 끌어 올려 얼굴을 가렸다. 그는 안타까운 듯 돌아섰다. 나는 양말목에 숨겨져 있는 알약을 생각하고 다시 한 번 은밀한 미소를 지었다.

"닥터 윤이 운동량을 줄였으면 좋겠다고 했는데요."

내 억지에 그녀는 난감한 표정을 지었다. 마침내 종용을 포기하고 돌아갔다. 나는 승리감에 다시 한 번 히죽거렸다.

김영실의 서랍장 위에 있는 먹다 만 빵 조각에서 형광등 불빛이 싸늘하게 떨었다. 스위치를 내리고 침대에 누웠으나 뱉어버린 수면제의 효과가 있을 턱이 없었다. 몇 날 며칠을 그랬던 것처럼 내 머릿속은 또다시 와글거렸다. 수많은 상념의 파편들이 무질서하게 기억의 표면으로 떠올랐다가 사라지곤 했다. 그것들은 한참 동안 내 머릿속을 헤집고 돌아다녔다. 이윽고 나는 정해진 순서에 맞추듯 양어머니의 말을 생각해냈다.

"미애야, 엄마가 바라는 것은 네가 좋은 남자 만나 시집가서 잘 사는 모습을 보는 거란다. 그리고 그 길이 생모에 대한 보답이야."

양어머니는 내게 늘 이렇게 말해왔다.

"엄마, 좋은 남자가 어떤 사람인데요?"

"첫째는 우리 미애를 아껴주는 사람이어야지. 욕심으로는 학벌과 경제력, 그리고 인물도 웬만큼 갖췄으면 더 좋겠구."

그럴 때 그녀의 얼굴은 꿈에 부풀어 환하게 밝아졌다. 그녀의 바람은 정말 내 행복뿐인 듯이 보였다. 나는 철이 들면서 양어머니에 대한 보답으로라도 그녀가 원하는 것을 이루리라고 생각했다.

"신랑감은 아주 똑 떨어지게 잘났더라. 내가 벌써 먼발치서 봤는데 놓치기 아깝더구나. 사람이 성실한 데다 머리꺼정 좋다고 하더라. 부친이 사업도 이 아들한테 물려주려고 한대요."

삼 년 전, 양어머니는 인국의 사진을 내 앞에 내놓았다.

양어머니의 결혼관에 전적으로 찬성하는 건 아니었지만 굳이 반대하고 나설 이유도 없었다. 그녀의 권유에 나는 고분고분 따랐고 양가의 합의가 이루어졌다. 하지만 나는 인국의 집안에서 내 출생에 대해 모르고 있다는 점 때문에 속으로 고민했다.

나의 생모는 장애를 가진 여자였다. 팔과 다리가 멋대로 돌아가고, 걸을 적엔 심하게 어기적거리던 모습을 뚜렷이 기억하고 있었다. 동네 아이들은 병신이라고 놀렸었다. 자식이라곤 하나밖에 없는 외가에서는 그리 많지 않은 재산 중에서 논 몇 마지기를 떼어주고 떠돌이 광부를 사위로 맞아들였다. 내가 태어나고 외할아버지가 세상을 뜨자, 아버지는 기다렸다는 듯이 논을 팔아 가지고 도망가 버렸다. 내가 일곱 살 되던 해, 외할머니는 나를 이웃 면의 청상과부에게 양녀로 주었다. 그녀는 살림을 서울로 옮기면서까지 내게 정성을 쏟았다. 나는 생모와 내 출생에 대한 모든 것을 거의 잊어버리고 자랄 수 있었다.

"걱정하지 말고 모든 걸 내게 맡겨라. 그리고 비밀로 할 건 비밀로 하자. 너의 출생에 관해서 아는 사람은 나밖엔 없다."

양어머니는 자신 있게 말했다. 그 뒤 양어머니의 장담대로 결혼은 순조롭게 진행되었다. 물론 내 출생은 비밀로 묻히게 되었다. 우리는 그런대로 신혼 초에 보통 부부가 그렇듯이 행복한 시간을 보내기도 했다. 그러나 내 마음속 밑바닥에선 늘 불안이 꿈틀거렸다. 혹시나 실수로 발설하지나 않을까 하는 염려로 언제나 긴장했다. 때론 인국을 속이고 있다는 양심의 가책 때문에 스스로 주눅이 들기도 했다.

"나나니벌은 애벌레를 잡아와선 그 위에 알을 까놓고 자나 깨나 닮아라, 나 닮아라 하고 빈 끝에 자신을 닮은 나나니벌을 탄생시킨단다."

내가 어릴 적에 양어머니는 내 머리를 빗기며 나나니벌 이야기를 들려주곤 했었다. 약삭빠른 나는 그 말의 의미를 이내 알아들을 수 있었다. 나는 장애를 가진 생모를 닮지 않고 건강한 양어머니를 닮으려고 노력했다. 그리고 노력했던 대로 나나니벌로 변신한 줄 알고 살아왔다. 그러나 나는 완전한 나나니벌로 탄생하지 못했다는 것을 깨닫게 되었다. 내가 임신이 된 사실을 알고 난 뒤였다. 인국은 유태인식 육아법과 태교에 관한 책들을 사들고 와서 자신을 닮은 2세에 대한 기대로 부풀어 있었다. 하지만 나는 그럴수록 불안감이 커졌다. 내가 장애 여인의 피를 받았으니까 내게서 태어나는 아기도 그 피를 이어받았을지도 모른다고 생각했다. 그 생각만 하면 견딜 수 없었다. 결국 나는 남편 몰래 아기를 유산시키고 말았다. 그가 이 사실을 알고 받을 충격에 대해서는 아무런 준비도 하지 않았다. 두려움은 오직 내 핏줄 속에 흐르다가 환생하여 나타날 생모의 모습이었다. 아기를 유산시킨 일은 숨기거나 변명할 수 있는 문제가 아니었다. 사실을 알고 난 그는 나에 대해서 의심하기 시작했다. 자신에 대한 나의 애정과 인생관을 의혹의 눈으로 다시 보기 시작했다.

"전 신혼기간을 단축하고 싶지 않을 뿐이에요."

고작 이런 말로 그의 의혹을 풀기는 불가능했다. 인국과 나의 사이는 급속도로 벌어졌다. 인국은 마시지 못하는 술을 입에 대는 날이 많아졌고, 회사 일을 핑계로 외박을 자주 했다.

머리가 지끈거렸다. 나는 혼란스러운 상념에서 빠져나오려고 고개를 흔들었다. 내 안으로 곤두박질쳐 들어가려는 자신을 또 다른 내가 저지하기 위해 안간힘을 썼다.

복도로부터 노랫소리가 들려왔다. 길영훈이었다. 그는 밤마다 복도에서 노래를 부르곤 했다. 나는 노랫소리를 따라 복도로 나왔다. 지친 듯 굴절된 불빛에 눈이 부셨다. 김씨가 의자에 앉은 채로 나를 쳐다보았다. 왜 나왔느냐는 표정이었다.

길영훈은 자신이 부르는 노래에 맞춰 팔을 내두르며 복도를 왕복했다. 얼굴은 벌겋게 상기되어 있었다. 그의 왼쪽 목과 어깨는

임파선암 수술로 꺼져 있었다.

"미칠 것 같아서요."

회진 시간에 의사가 밤마다 노래하는 이유를 물으면 그는 이렇게 간단히 대답했다. 그는 더 이상 어떤 설명도 덧붙이지 않았다. 나는 그 말의 의미를 알 것 같았다. 이 폐쇄 병동에서 스스로 그런 표현을 할 수 있는 환자는 아마도 그 사람뿐일 것이었다. 노랫소리와 그 소리에 잠겨 있는 두 사람이 아득하게 느껴졌다. 기구를 타고 떠다니는 것 같았다. 내가 땅에 발을 딛지 못하고 있다고, 이 세상이 아닌 아득한 곳에 있다고 생각되었다. 슬그머니 일어섰다.

복도 끝에는 남자 병실 네 개가 마주 보고 있었고, 남자 병실과 여자 병실 사이에는 칸막이 문이 설치되어 있었다. 칸막이 문은 사람 몸뚱이 하나가 드나들 만큼 열려 있었다. 복도 끝에서 칸막이 문을 비켜서 왼쪽으로 꺾으면 화장실과 욕실이 나타났다. 욕실로 들어가서 샤워기가 연결된 수도꼭지를 틀었다. 물줄기가 쏟아져 내렸다. 나는 그 속으로 몸을 디밀었다. 머리가 젖고 환자복이 젖었다. 환자복이 젖으면 환자복에 찍힌 'ㅇㅇ대학교의과대학부속병원'이라는 글씨가 씻겨 내릴 것처럼 생각되었다. 나는 글씨들을 지우려고 샤워기의 손잡이를 돌려서 물줄기를 더욱 세차게 만들었다.

심리검사를 맡은 유 선생은 버릇인지 몇 분에 한 번씩 안경테를 밀어 올렸다. 그는 아직 삼십 대 초반을 벗어나지 않아 보였다. 그의 태도는 매우 침착하고 신중했다. 나는 여러 장의 검사용 사진을 뒤져 고르는 유 선생의 지시를 기다렸다.

"이 사진을 보시고 어떤 내용일까 한 번 추리해보세요."

그는 몇 장의 흑백 사진 중에서 한 장을 골라 내 앞에 밀어놓았다. 대여섯 살쯤으로 보이는 소녀가 두 개의 선이 맞닿은 곳에 혼자 앉아 있는 사진이었다. 나는 정신이 퍼뜩 들었다. 그것은 연속무늬를 지우는 내 모습을 닮았다고 생각되었다. 나는 그에게 내면을 들켜버린 기분이 되었다. 어이없어서 히죽히죽 웃음이 나왔다.

"쉽게 생각나는 대로 말하세요."

유 선생은 내 웃음을 쓸어내듯 가볍게 재촉했다.

"무엇인가를 지우고 있어요."

나는 다시 웃었다. 그래도 속을 조금은 숨겨보려는 의도였다.

"무엇인가를 구체적으로 말해보세요."

유 선생의 성격은 집요해서 대충 넘어갈 것 같지 않았다. 이 병동에 들어온 이상 나라는 인격체는 조각조각 해체될 수밖에 없는 것이라고 나는 생각했다. 닥터 윤이나 진 간호사 앞에선 상투적인 억지가 웬만큼 통한다 싶었는데, 유 선생 앞에선 달랐다.

"기억 같은 거예요. 지우고 싶은 기억."

나는 연속무늬라는 단어를 기억이라고 바꾸어 말했다. 그러나 곧 기억이나 연속무늬나 별 차이가 없다는 걸 스스로 깨닫고 말았다. 어쨌든 나는 발가벗겨지고 말 참이었다.

"좋습니다. 다음은 이걸 보십시오."

그는 다른 사진 한 장을 더 보여주었다. 스무 살 안쪽으로 뵈는 해맑은 청년의 모습이었다. 그 사진을 보면서 내 머리 속에는 윤식이 떠올랐다. 기억 속에 아직도 생생히 살아 있는 윤식의 모습이 눈앞의 화면과도 같이 쑥 다가왔다.

아이를 유산시킨 뒤로 우리는 윤식이 살고 있는 아파트로 옮겨왔다. 공교롭게도 나는 할머니와 지내는 그와 현관문을 마주 보며 살게 되었다. 나는 그를 보는 순간 잘못 이사했다는 후회가 일었지만 그렇다고 금세 다시 옮겨갈 수도 없는 일이었다.

그는 바보 청년이었다. 동네 아이들이 따라오며 놀리면 그는 화를 내지 않고 되레 웃었다. 웃으며 아이들에게로 달려들곤 했다.

"나하고 놀자, 놀자."

자세히 들어보면 자신과 놀아달라는 하소연이 분명했다. 아이들이 그와 놀아주는 일은 절대로 없었다. 그의 가치를 아이들은 쉽게 알고 있었다. 그는 아이들에게 화를 낼 줄 몰랐으며 그가 웃음을 보이는 때 역시 아이들이 놀려댈 때뿐이었다. 나는 아이들이 진정한 의미를 외면하는 그 웃음이 보기 싫었다. 그 웃음 속에서 나는 그의 외로움뿐만이 아니라 내 생모의 그것까지 볼 수 있었기 때문이었다. 또한 그를 볼 때마다 내 과거가 핏줄 속에서 꿈틀꿈틀 되살아나 거짓의 탈을 벗기려는 것만 같아 괴로웠다. 나는 될수록 그를 피해 다녔다.

지난봄이었다. 봄볕이 무르익으면서 아파트 단지는 벚꽃으로 뒤덮였다. 바람이 불면 만발한 벚꽃 잎이 함박눈 송이처럼 하얗게 휘날렸다. 그날, 꽃잎 속을 지나오면서, 나는 왠지 아름답다는 느낌보다 스산하다는 생각이 들었다.

현관 계단을 오르다가 나는 다시 그와 마주쳤다. 그는 나를 잠시 동안 바라보았다.

“이쁘다 이뻐, 색시. 흐흐흥.”

그가 마치 괴성과도 같이 내지른 어눌한 말이었다. 나는 약간의 당혹감을 감추면서 어색하게 웃어주었다. 방에 들어와 거울을 본 나는 그가 소리친 이유를 비로소 알았다. 내 머리 위엔 벚꽃 잎이 하얗게 얹혀 있었다.

그때 내가 웃어준 탓인지 그는 나를 따라다니기 시작했다. 또한 그는 나를 ‘꽃’이라고 불렀다. 그런 행동이 그에겐 단순했겠으나 나에겐 여간 괴로운 일이 아니었다. 하지만 누구도 그를 설득해서 행동을 저지시키지 못했다. 내가 골머리를 앓자 그의 할머니는 눈물을 그렁거리며 말했다. 할머니는 사과를 하면서 동시에 부탁을 해왔다.

“새댁 미안허우. 그렇지만 그 애가 해치지는 않힐 테니 조금만 참아주구랴. 콩팥꺼정 망가져서, 얼굴이 요즘 들어 바짝 부석거리능 게 앞으루 을매나 더 살지 모르것어. 그래두 스물세 해나 산 건 내가 저헌테 쏟은 정성 덕이지.”

나는 차마 냉정할 수 없었다. 그의 할머니의 애절한 당부 때문만은 아니었다. 그것은 한 가닥 혈육에 대한 연민의 정에서 비롯되었다고 함이 옳았다. 아무리 내가 지우려고 해도 내 안에 버티고 있는 생모. 내가 완전한 나나니벌로 탄생하는 것을 방해하는 그녀의 혼 때문이었다. 윤식에게서 생모의 모습을 보았을 때, 나는 비로소 가식 없는 나를 발견한 것인지도 몰랐다. 나는 더 이상 그를 싫어하지 않았을 뿐 아니라 차츰 위안을 받기까지 했다. 그 앞에선 불안해할 필요가 없었다. 인국과 시댁 식구들로부터 거부당하고 있다고 생각할수록 나는 그에게서 휴식을 얻고자 했던 것 같았다. 어쩌면 무의식중에 나 자신도 불구자라고 생각했는지도 모르겠다.

인국과 시댁 식구들에게서 나는 연속무늬를 발견했다. 내 눈에 그들은 일정한 틀을 이루고 있는 연속무늬와 다를 바 없었다. 자신들이 만든 틀에 알맞게 들어맞을 때 그들은 한 가족임을 인정할 것이었다. 나는 윤식과 있을 때에 연속무늬로부터 탈피해 나올 수 있었다.

본격적인 무더위가 시작되던 유월 둘째 토요일은 그와의 마지막 날이 되고 말았다. 그날 인국은 보통 날보다 일찍 귀가해서 집을 비운 나를 기다렸다. 아마도 윤식과 함께 돌아오는 것을 본 모양이었다.

"더는 못 참겠군. 대체 언제까지 저 바보를 떠받들어 모시고 다닐 거야?"

인국은 현관문을 막 들어서는 내게 경멸하는 투로 불만을 쏟아냈다.

"떠받들어 모시고 다니다니요? 전 그냥 따라다니는 걸 내버려두고 있을 뿐이에요."

나는 인국의 경멸에 찬 말투가 귀에 거슬렸다.

"차라리 제비족과 어울려 다니는 꼴이 낫지 않겠어? 그렇다면 오히려 덜 창피하겠어."

"어떻게 그렇게 말을 할 수가……."

내 입술이 마구 떨렸다.

이미 아이를 유산시킨 일로 우리 사이는 금이 가 있던 터라 인국은 막말을 서슴없이 뱉어냈다. 나는 절망했다. 어찌 돌이켜볼 여유도 없이 파국으로 치닫고 있음을 나는 직감했다. 인국과 나는 껄끄러운 생활이 계속되었고, 그날 이후로 나는 밖에 나가는 일을 삼갔다. 현관문에 부착된 작은 렌즈를 통해서 밖의 동정을 살펴보았다. 윤식은 문 앞에 앉아서 종일 나를 기다리는 모양이었다. 사흘쯤 지나자 그의 모습은 보이지 않았다. 그가 일어나지 못하고 있다는 소식을 들은 건 훨씬 뒤의 일이었다. 불길한 생각이 들었다. 나는 죄책감으로 잠을 이루지 못했다. 몇 번이나 그의 집 문 앞에서 서성이다 돌아섰다. 한편으로는 인국이 그런 내 심중을 눈치챌까 봐 불안했다. 그러면서 하루하루 시간만 보냈다. 그러던 중에 길에서 꽃을 한 다발 사들고 오는 그의 할머니와 마주쳤다.

"윤식이가 갑자기 꽃을 찾길래 사오는 길이우. 아무래두 메칠 못 넘길 것 같애서, 낼 아침에 지 애비 에미헌테 보내기루 혔다우. 지 애비 에미헌테 가서 죽어야지. 어이구 불쌍헌 것. 그동안 고마웠수. 그 애 생전에 처음으루 사람대접 받은 거유."

그의 할머니는 내 손등을 토닥이며 눈물을 흘렸다.

나는 그길로 약국에 가서 수면제 몇 알을 샀다. 그리고 이튿날 그것을 먹고 내내 깊은 잠에 빠졌다. 그 뒤로 그가 떠오를 적마다 수면제를 복용했다. 그는 그렇게 떠났고, 나는 다시 일상의 생활로 돌아왔다. 하지만 나는 더 이상 건강한 시댁의 일원은 아니었다. 계속 연속무늬 안에 갇혀서 부와 안락함을 누리고 싶지 않았다. 나는 다만 장애 여인의 딸이었고, 어릴 적에 연속무늬를 지우느라 안간힘을 쏟던 계집아이일 뿐이었다. 내 안엔 생모 이외에 또 하나의 영혼이 살기 시작했다. 나는 자신을 파괴하지 않고는 견딜 수 없는 상태로 변해갔다. 그의 영혼은 내 안에서 발작을 일으키듯 나를 흔들어댔다. 인국이 없는 낮 시간엔 상습적으로 수면제를 복용했다. 수면제에 의한 억지 수면으로 내 자신을 조금씩 조용하게 파괴했다. 인국은 그런 나를 이해하지 못했다. 나 역시 그와는 몸과 마음이 융화될 수 없는 이질적인 생리구조를 가졌음을 깨달았다. 수면제를 이용한 파괴. 그것은 나를 겹겹이 둘러싼 연속무늬로부터의 이탈이었다. 나는 이탈을 시작한 것이었다. 연속무늬를 부수는 작업부터, 그 부서지는 소리가 나는 통쾌했다. 내 삶이 깨지는 소리가…… 아니, 인국을 중심으로 만들어진 연속무늬 부서지는 소리가 그렇게 가슴 후련할 수 없었다.

인국은 나를 신경정신과에 입원시켰다. 내게 붙은 주치의의 소견은 우울증으로 인한 수면제 과다 복용과 자살미수였다.

실제로 연속무늬가 부서지는 시원스런 소리가 들리는 듯해서 나는 마구 웃기 시작했다. 실컷 웃고 또 웃었다.

"무엇을 하는 그림입니까?"

유 선생이 내 대답을 끈질기게 요구했다. 나는 여전히 웃었다.

"당신은 고씨 집안에 양녀로 들어왔더군. 당신의 출생에 대해서도 알아냈지. 떠돌이 광부와 정박 장애자 사이에서 태어났다는 사실. 우리 집안을 얕잡아 본 것이겠지? 당신은 나와 우리 집안을 속이고 결혼했어. 긴 말 하고 싶지 않아. 자, 여기에 도장을 눌러. 이혼서류야."

인국의 목소리는 내 웃음을 눌렀다. 나는 심리검사를 계속하고 싶지 않아서 자리에서 일어났다. 그가 나를 잡지 않을 것을 나는 알고 있었다.

당구를 치는 팀이나 바둑판을 사이에 두고 앉아 있는 팀이나 모두가 무표정했다. 저들이 혹시 로봇들은 아닐까, 나는 그런 생각을 해보았다. 아니면, 꿈을 꾸고 있는 것은 아닐는지, 현실이 아닌 것만 같았다. 창밖으로 눈을 돌렸다. 늦가을 오후의 햇볕을 즐기는 세상이 저만치 내려다보였다. 병원 건물이 언덕배기에 위치한 데다 병동이 맨 위층에 있었기 때문에 밖을 내다보기에는 좋았다. 높은 곳에서 내려다보는, 아무렇게나 열려진 세상이란 음험하기 짝이 없었다. 마치 온갖 잡균을 보유한 괴물과도 같다고 생각되었다. 이곳 병원과는 떨어져 있어서 그곳에서 나는 갖가지 소음들이 아련하게 들려왔다. 병원 건물이 서 있는 언덕 비탈엔 퇴색해가는 불긋한 나뭇잎들을 드문드문 달고 오리나무, 플라타너스, 포플러, 느티나무, 굴참나무 등이 제법 빽빽이 들어차 있었다.

불현듯 나는 세상으로부터 유배되었다는 생각이 들었다. 정신병동은 세상 밖에 있어서 계절마저도 스며들지 못하고 창밖으로 비켜 간다고 생각되었다. 내가 기억하고 있는 세상은 환영일지도 몰랐다. 논 몇 마지기에 팔려온 아버지나, 나를 떼어준 후 죽은 생모란 존재들도 그랬다. 애초에 존재하지도 않았던 가상인물들이 아닌가 싶었다. 끝내 논을 팔아 가지고 달아나버린 생부에게 난 박수를 보내고 싶었다. 기어이 딸에게서 혈육을 받아내고야 만 외조부모들의 인습을 핑계 삼은 이기심에 냉소를 보낼망정, 인습에 얽매인 욕망을 난 이기심이라고 단정 지을 수밖에는 없었다. 그것은 나의 고통을 저당 잡혀서 얻어낸 결실이었기 때문이었다.

인국과 살아온 지난 삼 년 동안도, 한 마디 농담이었는지 몰랐다. 한순간 몽상에 빠져 있다가 전화벨 소리 따위에 퍼뜩 정신을 차리고 일상으로 돌아온 것은 아닐까. 그만큼 부질없는 이야기 정도. 나는 농담을 한 귀로 흘려버리듯, 그가 뒤늦게 내 과거를 추적하고 나서 들고 온 서류에 쉽게 도장을 눌렀다.

나는 혼란스러운 머리를 두 손으로 감쌌다.

"미애 씨는 어딘지 성아와 닮았어요."

길영훈이 갑자기 내 머릿속의 잡념을 깨고 끼어들었다.

"네?"

나는 그의 말을 미처 알아듣지 못하고 물었다.

그는 말 대신 손가락으로 오락실 앞쪽 벽에 붙어 있는 흑판을 가리켰다. 거기엔 '김성아'라고 큼지막하게 씌어 있었다. 그가 사랑하는 사람일 것이라고 짐작되었다. 그의 얼굴이 불안과 고통으로 일그러졌다. 나는 그의 이마와 굵은 선의 이목구비를 훑어보았다. 그의 눈빛이 흐려 있지만 않다면 준수해 뵈는 인상이었다.

"성아도 바로 그런 눈을 가졌어요. 슬픔과 사랑이 함께 담긴 눈. 성아는 나를 동정했기 때문에 그런 눈으로 나를 바라보곤 했는지 몰라요. 나는, 물론 동정을 받는 건 좋아하지 않지만 성아의 그 눈만은 왠지 싫지 않았어요."

내 눈을 그는 한참 동안이나 들여다보았다. 짧은 순간 그의 눈이 빛을 발하다가 불꽃이 꺼지듯 다시 흐려졌다. 그리고 중얼거렸다.

"난 성아를 만나야 돼요. 나는 가야 돼요."

나는 그가 하는 말의 의미를 알아들을 수 없었다. 다만 내 귀에선 또다시 인국의 목소리가 들렸다.

당신은 나를 속였어. 나를 속였어.

나는 그에게 소리쳤다.

"결혼은 구속이에요. 또 하나의 틀에 갇히는 거라구요. 세상은 연속무늬로 이루어져 있어요. 온통 연속무늬로 차 있다구요. 결혼하고 가정을 이루는 일도, 새로운 가풍도, 계급도. 제발 연속무늬 속에 갇힌 새가 되지 마세요. 과감히 부수고 달아나세요."

나는 악을 쓰고 소리쳤다. 그러나 그는 아무 대꾸도 하지 않고 노래를 흥얼거리며 오락실을 나갔다.

일출봉에 해 뜨거든 날 불러주오.

나는 자꾸만 뱃살이 근지러웠다. 하지만 웃고 싶은지, 울고 싶은지 종잡을 수 없었다.

수면제는 내 양말목 속에 계속 모아졌다. 며칠이 지났는지 알지 못하지만 수면제는 정확히 열네 알이었다. 나는 알약이 모아지고 있다는 사실이 마음 든든했다. 닥터 윤의 지시에 따라 회진이 끝나고 면담실로 갔다. 둥근 테이블을 사이에 두고 닥터 윤과 내가 마주 앉았다. 닥터 윤은 앞에 놓인 메모지에 내 이름과 나이, 학력 따위를 적었다. 고미애라는 내 이름이 참으로 생소하게 느껴졌다.

"요즘 기분이 어떠세요?"

그는 덧니를 드러내고 웃으며 물었다. 나는 그의 얼굴을 바라보

며 내 기분을 생각했다. 덧니와 허여멀건 안색, 그리고 그 허여멀
건 얼굴에 파릇하니 돋은 구레나룻이 인상적이라는 생각을 했을
뿐, 내 기분이 어떤지는 감이 잡히지 않았다.

"모르겠어요."

나는 의료진들을 불신했다. 닥터 윤도 예외는 아니었다. 진 간호
사의 모든 것이 연속무늬를 느끼게 만드는 것처럼, 닥터 윤이나 그
외의 다른 의사들도 마찬가지의 틀을 가지고 있었다. 환자들은 그
틀 속을 헤매는 술래였다. 내가 가지고 있는 의료진들에 대한 신뢰
의 각도가 이렇게 고정되어 있는 한 대화는 어려웠다. 나와 대화를
하려면 이탈해야만 했다.

"나쁘지 않아요?"

사실 나쁜 것 같지는 않았다.

"그림을 다시 그리고 싶지 않으세요?"

순간 나는 아, 그림! 하고 조그만 소리로 감탄했다. 그림이 있었
다. 그동안 나는 그림이라는 탈출구를 까맣게 잊고 있었다. 고개를
창문 밖으로 돌렸다. 병원 건물 뒤편의 풍경이 눈에 들어왔다. 응
달인 그쪽은 음산한 느낌을 주었다. 멀리 샛강 줄기가 보이고 빨간
색 기와지붕들이 이마를 맞대고 촘촘히 박혀 있었다. 한 폭의 수채
화를 연상하게 했다. 내 마음속에 그림에 대한 그리움이 밀려왔다.
너무나 오래전에 멀어진 친구를 기억하듯 아련한 그리움이었다.

"남편은 제가 그림 그리는 걸 원하지 않았어요. 집 안에서 살림
이나 하면서 아이를 낳아 기르기를 원했을 뿐, 어떤 활동도 금했지
요."

내 마음에 묘한 반발심이 일었다. 그랬다. 인국은 나에게 자유로운 활동을 허락하지 않았다. 그는 내게 자신이 몸에 익히고 살아온 생활습관과 사고를 그대로 답습하도록 강요했다. 내게는 그림을 그리는 것이 탈출이었다. 그 방법 자체였다. 나는 또다시 연속무늬를 부수는 기분이 되었다.

"남편 몰래 아이를 유산시킨 이유가 무엇인지 말해줄 수 있어요?"

그는 무언가 깊이 생각하는 것처럼 메모지에 낙서를 끄적거렸다.

나는 입속에서 대답을 이리저리 굴리며 망설였다.

연속무늬였어요. 생모의 혼이 제 핏속에서 생존하는 한 그것은 연속무늬예요. 그리고 전 영원히 갇히게 되겠죠.

정말 힘들었다. 말 한 마디를 토해내기가 그렇게 어려울 수 없었다.

그때 복도에서 소란스러운 소리가 들려왔다.

"죽여 버릴 테야. 죽일 거야."

김영실의 목소리였다.

"붙잡아, 팔을 잡으라구!"

이건 김씨의 말이었다. 닥터 윤이 급하게 자리에서 일어나 뛰어나갔다. 나도 면담실을 나와 소동이 벌어진 곳으로 갔다. 바로 내 병실에서 나는 소리였다. 김영실이 진 간호사의 목을 조르고 김씨와 다른 의사 두 사람이 떼어놓느라 난리법석이었다. 안색이 새파랗게 질린 진 간호사가 목구멍으로 기어드는 신음소리를 간신히 뱉어냈다.

나는 그 광경이 흥미로웠다. 속으로 김영실에게 박수를 보냈다. 부수라고, 부수는 거야! 우리를 가두고 있는 틀을 모조리 부셔버리는 거야! 환자들이 문간에 모여 와서 멀뚱한 눈으로 그 광경을 지켜보았다. 짝짝짝. 환자들 중에서 누군가 손뼉을 쳤다. 길영훈이었다. 나는 그를 향해 미소를 보냈다. 의사 한 사람이 수면제 주사를 김영실의 팔에 꽂았다. 그녀는 금세 팔에 힘이 빠지는 듯 휘청거리면서 씩 웃었다.

"웬 기운이 이렇게 센지."

김씨와 의사들은 혀를 내두르며 무너져 내리는 김영실을 부축해 침대에 뉘었다. 그러고는 침대에 꽁꽁 묶어놓았다. 그녀는 간간이 웃으며 또다시 잠 속으로 빠져들었다. 신바람이 났던 내 마음은 시무룩해졌다. 진 간호사는 다른 간호사들의 부축을 받고 간호사 휴게실로 들어갔다. 환자들도 흩어졌고 병동의 분위기는 평상시로 돌아갔다.

나는 갑자기 내 몸을 어디다 두어야 할지 몰라서 침대로 올라가 누웠다. 나도 김영실처럼 꽁꽁 묶였다고 상상하면서 두 팔을 일자로 벌리고 눈을 감았다.

간호사 휴게실로부터 진 간호사의 말소리가 들렸다.

"상태를 살피려고 하는데 갑자기 벌떡 일어나서 달려들잖아요."

닥터 윤이 다시 나를 불렀지만 나는 죽은 듯이 누워 있었다.

오후에 산책이 허락된 환자들에게는 자주색 가운을 배부했다. 복도에 모인 환자들은 마음이 들떠서 웅성거렸다. 길영훈도 가운을 입고 대기 중이었다. 김씨가 출입문의 커다란 자물쇠를 풀고 문을 열어젖혔다. 환자들은 일제히 환호성을 지르며 몰려 나갔다. 레지던트 두 사람과 간호사 세 사람, 그리고 닥터 윤이 환자들을 인솔했다. 일층 복도 끝에 있는 비상구를 빠져나오자 눈부신 햇빛이 우리를 맞이했다. 환자들은 앞에서 걷는 닥터 윤을 뒤따라갔다.

"성아를 만나러 가야 해."

옆에서 걷던 길영훈이 조그만 소리로 내게 말했다.

나는 그를 바라보며 고개를 끄덕였다.

숲 속 길을 조금 걸어서 비탈을 내려와 제법 넓적하고 해가 잘 드는 곳에 자리를 잡았다. 앞에는 하늘을 향해서 죽죽 뻗어 올라간 백양나무 수십 그루가 숲을 이루고 있었다. 그 사이로 희뿌연 매연 속에 잠긴 분주한 시가지가 내려다 보였다. 나는 지구본을 들여다 보듯이 나를 소외시킨 세상을 바라보았다. 내가 비집고 들어갈 틈 하나 없이 옹골차게 보였다. 환자들은 의료진과 어울려 간단한 게임을 시작했다. 소리치고 깔깔거리고 뒹굴며 어린아이들처럼 늦가을의 햇빛과 바람을 마음껏 즐겼다.

나는 길영훈을 찾았다. 그는 반대편 뒷줄에 있었다. 게임을 끝내고 잠시 휴식을 취한 뒤에 우리는 온 길을 되돌아 걸었다. 잔디를 덮은 플라타너스 잎과 백양나무 잎, 그리고 엷게 퇴색한 은행잎이 발밑에서 바스락거렸다. 오솔길로 들어섰을 때, 나는 길영훈에게 눈짓을 보냈다. 그가 대열에서 빠져 숲 속으로 사라지는 것을 보고 나는 미소를 지었다. 규칙을 깨는 건 즐거운 게임이었다.

의료진들이 그의 이탈을 알아차린 것은 환자들이 일층에 있는 비상구를 통과해 들어온 다음이었다. 오 분 정도 흘렀을까. 김씨와 경비원들이 동원되어 숲과 비탈을 뒤졌다. 의료진들은 나머지 환자들을 병동의 틀 속에 다시 몰아넣었다. 문에는 전처럼 커다란 자물쇠가 채워졌다. 나는 속으로 김영실에게 박수를 보냈던 것처럼 길영훈을 응원했다. 그러나 그는 얼마 지나지 않아서 붙잡혀 돌아왔다. 그의 이탈은 불과 한 시간을 넘기지 못했다. 그는 몇 시간이고 큰 소리로 노래를 불렀다. 그의 눈은 벌겋게 충혈되어 있었다.

종소리가 났다. 동시에 김씨가 간식 찾아가라고 소리쳤다. 나는 간호사 휴게실 문 앞으로 늘어선 환자들 뒤에 붙어 섰다. 어제 저녁에 약을 먹으러 나와서 김씨에게 간식을 주문했었다. 어제 아침에 부식으로 나온 미역국을 보고 오늘이 내 생일이라는 것이 생각났기 때문이었다.

"미애 씨가 간식을 타는 일은 처음인데요. 오늘은 특별한 날인가요?"

진 간호사가 나를 보고 반색하며 물었다.

"오늘이 내 생일이거든요."

나는 간식이 담긴 쟁반을 집어 들며 말했다.

"오늘이요? 가만……."

그녀는 차트를 뒤져서 내 생일을 확인했다.

"미애 씨 생일은 지나갔는데요? 바로 삼월 삼짇날, 제비 오는 날이잖아요."

그녀는 진지하게 대꾸했다.

"촛불을 켜주시겠어요? 그리고 축하해주세요."

나는 그녀의 대꾸 같은 것은 상관하지 않았다. 그냥 내가 하고 싶은 말을 하고 돌아섰다. 하루가 너무나 지루했다. 잠을 잃어버린 밤이 얼마나 될까 헤아려보려고 했지만 잘 되지 않았다. 나는 기진맥진했다. 희미하게 양어머니를 떠올렸다. 결국 나는 나나니벌로 탄생하지 못했고, 그것은 부채처럼 부담스러웠다. 그러나 더 이상 부채 따위에 얽매이지 않기로 결심했다.

잠자리에 들기 전에 아침에 받아온 간식을 내놓았다. 빵과 주스였다. 조촐한 생일 파티에 누구든 동참자가 필요했다. 옆 침대에서 자고 있는 김영실을 깨웠다. 그러나 수면제에 취해 정신이 없었다. 나는 그녀의 입에 빵을 뜯어서 욱여넣었다. 그리고 양말목에 감추어둔 알약을 꺼내어 주스와 함께 넘겼다. 이제 오래도록 자고 싶었다. 잃어버린 잠을 되찾고 싶었다.

누워서 가물거리는 의식을 붙잡으려고 애썼다. 새삼 외할머니가 그리웠다. 내가 양녀로 오기 전, 내 생일이 되면 외할머니는 시루떡과 정한수를 준비해서 촛불을 켜놓고 들릴락 말락 작은 소리로 오래오래 빌었다. 할머니의 정성 어린 덕으로 나는 정박 장애를 가진 여인의 딸에서 양가(良家)의 딸로 탈바꿈할 수 있었는지 모른다. 어쩜 이 밤에 생모와 외할머니를 만날지도 모른다고 생각했다. 부질없는 생각도 했다. 만약 이 밤이 지나고 긴 잠에서 깨어난다면 그림을 그리게 되리라고. 그리고 또 하나, 세상에 대고 외치고 싶었다. 이렇게.

난 미치지 않았어요. 도대체 누가 정상인인가요?

그러나 아무 소리도 내지 못하고 말았다. 그것은 곧 모든 게 부질없음을 시인했기 때문이었다. 내 목소리 또한 그대로 배 속으로 잦아들고 말았으니까. 나는 차츰 편안해졌다. 연속무늬 같은 것은 이제 전혀 문제가 되지 않았다. 한 가닥 마지막 의식이 꺼질 때까지 생각하려고 애썼다. 그림을 그리고 싶다. 생모와 윤식만이 보여 줄 수 있는 인간의 본질을, 그들의 고통 속에 녹아 있는 진실을. 나는 이제 연속무늬로부터 영원히 탈출할 참이었다.

아래로 풀어져 내려온 머리카락이 바람에 날리고 있는 모습은 어찌 보면 한 마리의 거미와도 흡사하다. 숲 속에서 보았던 끔찍한 장면이 다시 떠오른다. 남자는 그녀가 그 암거미와 닮았다고 생각한다. 교미를 끝내고 수컷을 향해 돌진해오는 암컷, 쫓고 쫓기는 필사적인 사랑은 쉽게 끝나지 않는다.

그림자 지우기

1.

　남자가 목격한 한 쌍의 거미는 녹색호랑거미이다. 배 부분과 다리에 녹색 빛이 돌아 있는 그놈들은 생물도감과 그 외 몇 권의 책자에도 자세히 소개되고 있다. 텔레비전 방송의 다큐멘터리 프로로도 방송된 바 있어서 남자도 그놈들에 대한 얘기를 들은 적이 있다. 둥글고 정교하게 짜인 거미줄의 가장자리에서 한가운데에 있는 놈을 향해 계속 사랑의 신호를 보내고 있는 놈은 수컷으로 보인다. 한참 동안 같은 동작을 반복하는가 싶더니 드디어 서로 사랑의 메시지가 통한 모양이다. 수컷은 아주 조심스럽게 암컷에게 다가간다. 힘겹고도 끈질긴 구애 끝에 목적을 달성하는 데 성공한 것이다. 그런데 사태는 돌변한다. 수컷이 그의 각수를 암컷의 생식기에 삽입하고 힘차게 정액을 뿜어낸 다음 달아나려는데 암컷이 갑자기 수컷에게 달려든다. 쫓고 쫓기는 급박한 상황을 지켜보면서 남자는 그 상황 속으로 빠져든다. 도망가는 수컷이 바로 자신이기나 한 듯이 숨이 턱에 차서 허둥댄다. 남자는 탈출하기 위해 정신없이 거미줄 위를 헤매고 있다. 남자의 몸은 자꾸만 작아지는 것 같다. 자신보다 훨씬 큰 몸집을 가진 암컷은 날카로운 주둥이를 벌린 채 커다란 앞발을 그에게 겨누고 돌진해온다. 암컷이 덮치려는 찰나, 남자는 소리친다. 그러나 소리는 밖으로 터져 나오지 않고 남자는 암컷 녹색호랑거미에게 잡혀 먹이가 되려는 상황에 처하고 만다.

남자는 정신을 가다듬고 주위를 살피는데 몸은 땀으로 흠뻑 젖어 있다. 이윽고 주위를 두리번거린다. 언제 이 숲 속으로 들어온 걸까. 하늘을 향해 죽죽 뻗어 올라간 나무들 틈에 꽤나 넓적한 바위가 있고 남자는 그 바위 위에 누워 있다. 그의 몸은 왜소하게 보일 정도로 말라 헐렁한 바지와 티셔츠가 마치 빨래를 바위에 걸쳐 놓은 듯 후줄근하게 보인다. 짙게 낀 구름 사이를 비집고 나온 한 줄기 석양빛이 고즈넉하게 가라앉아 있는 숲 속으로 깊이 들어와 꽂힌다. 백양나무와 굴참나무 둥치를 둘로 갈라놓은 빛은 남자의 눈 속으로 파고든다. 남자는 몸을 일으키려다 말고 손바닥으로 차양을 만들고 빛줄기가 비치는 하늘을 올려다본다. 숲 속에는 이미 땅거미가 서서히 피어오르고 있다. 기운이 완전히 소진된 듯 몸을 일으켜 세우는 데도 시간이 걸린다. 상당한 시간이 지난 뒤에도 남자는 그 숲에서 움직이지 못한다. 이미 사라지고 없는 수거미인 듯 그는 자신의 존재를 의식하기 어렵다.

2.

하늘은 짙은 구름으로 덮여 있어서 거리는 어둑하다. 구름은 마치 커다란 검은 보자기처럼 이 신도시를 감싸고 있다. 이 도시는 여느 때보다 밤이 빨리 오는 듯이 보인다.

남자는 두 번째 네거리에서 또다시 머뭇거린다. 네거리를 만날 때마다 버릇처럼 매번 머뭇거리게 되는 자신이 낯설게 느껴진다. 고개를 갸웃거린다. 작은 몸 하나 누일 곳 없는 사람이 어느 길로 가든지 무슨 상관이 있냐고 마음속으로 생각한다. 하지만 그의 생각과는 달리 발걸음은 사거리나 오거리의 길을 만날 적마다 가야 할 방향을 몰라 절로 멈추어 선다. 집으로 가는 길을 잃어버리기나 한 사람처럼 길을 찾게 된다. 한참이나 길가에 서 있던 남자는 건널목의 녹색 신호등이 점멸하다가 빨강색으로 바뀌려는 찰나, 허둥지둥 도로로 달려든다.

야, 이 새끼야! 뒈지려고 환장했냐? 누구 인생을 망치려고 그래!

도로 한복판에서 차량들에 둘러싸인 그를 향해 운전자들이 경적을 울려대며 욕설을 내뱉는다.

가까스로 인도로 나온 남자는 길을 따라 무겁게 내려앉은 하늘을 올려다본다. 어둑한 색채 속에서도 하늘에는 엷은 빛이 느껴진다. 후미진 골목이나 불빛이 닿지 않는 건물은 붓으로 그은 듯 검은 선이 뚜렷하다. 그는 무작정 발걸음을 옮긴다. 거리는 온통 자동차와 사람과 반짝이는 오색 불빛으로 넘친다. 그의 두 다리는 하루 동안의 피로를 감당하기에 힘겨워 휘청댄다. 길 양쪽으로 숲을 이루고 있는 아파트 빌딩들을 응시한다. 마치 공중에 매달린 비둘기 집처럼 조그만 구멍이 일정한 간격으로 뚫려 있다. 구멍마다 각기 다른 조명의 불빛이 허공으로 새어 나온다. 불빛과 함께 도란도란 가족들의 웃음소리도 창을 넘어온다.

자지러지게 웃던 모습. 그의 눈앞엔 P의 얼굴이 생생하게 나타난다. P의 웃음소리는 비명소리로 바뀐다. 그녀의 웃는 얼굴은 피투성이인 채 끔찍하게 일그러진다. 그는 어찌할지 몰라 귀를 막고 머리카락을 움켜쥔다.

너를 죽게 만들고 나는 이렇게 살아 있다니…….

그의 머릿속은 또다시 혼란에 빠진다. 그러나 힘껏 고개를 흔들어 P의 얼굴을 지우기 위해 노력한다. 이어서 아내와 아들의 얼굴을 떠올린다.

'아빠는 왜 엄마를 사랑하지 않아?'

어린 아들은 묻는다. 어린 아들의 눈에도 그가 제 엄마를 사랑하지 못하는 빈 마음이 보이나 보다. 그는 대답할 말이 없다. 남자의 몸은 그의 의지와는 무관하게 비틀거린다.

뇌리에는 늙은 아버지가 자신을 매몰차게 쫓아버리던 일이 영화 필름처럼 스친다. 디지털 키의 비밀번호를 눌렀지만 문은 열리지 않았다. 오타가 있었나 싶어 숫자 하나하나 정확하게 몇 차례 반복해 보았지만 마찬가지였다. 비밀번호가 바뀐 게 틀림없었다. 전날에는 새로운 보조키까지 부착된 걸 남자도 보았었다. 늙은 아버지는 진즉부터 그를 잘라내기 위한 준비를 하고 있었다. 현관문 안으로부터 팔순이 넘은 아버지의 냉랭한 목소리가 흘러나왔다.

'네 집으로 가거라.'

문을 두드렸다. 손잡이를 잡고 아버지, 아버지 불러보았지만, 가까이 다가왔다가 작심한 듯 냉정하게 돌아서는 발걸음 소리만이 문틈을 통해 흘러나올 뿐이었다. 그는 전신에 맥이 풀려서 얼굴을 일그러뜨린 채 현관문 앞에 주저앉았다. 늙은 아버지는 남자에게 따뜻하지는 않았어도 사업이 망하고 가정이 깨진 뒤에 얼마간 기댈 수 있었던 유일한 사람이었다.

　잠시 후, 그는 아파트 계단을 비틀비틀 내려왔다. 전혀 예기치 못한 상황이었다. 팔순이 넘은 아버지는 그가 먹은 나이만큼 완고했다. 팔십이라는 연륜은 세상이 아무리 변해도 결코 변화에 편승하지 않았다. 아버지는 P와의 결혼을 막아냈듯이 아내와의 이혼 문제 또한 타협의 여지를 두지 않았다. 남자가 어린 아들을 제 어미에게 보낸 뒤로 늙은 아버지는 눈치를 살피며 기다렸다. 그러다가 남자에게 아무런 기미가 없자 급기야 결단을 내린 모양이었다. 이렇게라도 해서 남자가 아들이 있는 곳으로 들어가기를 바라는 늙은 아버지의 바람이었다. 남자의 가슴에 아버지를 이해하기보다는 원망하는 마음이 앞섰다.

　아파트 계단을 내려온 그는 삼 층에 있는 아버지의 집 창문을 올려다보았다. 늙은 아버지가 그를 내려다보고 서 있었다. 아버지는 울고 있는지, 아니면 눈에 티가 들었는지 손수건으로 눈언저리를 찍어내고 있었다. 그 모습에 연민이 일었다. 완강하게만 보였던 모습은 간데없었고 그날따라 유난히 앙상한 어깨가 눈에 들어왔다. 원망으로 끓어오르던 그의 마음은 어느새 사라졌다. 팔십이 넘은 아버지에게 자신은 죽음보다 더 큰 부담이리라고 이해할 수 있었다. 염치가 없음을 깨달았다. 더 이상 아버지가 사다 주는 음식을 받아먹을 수 없을 것 같았다. 네 집으로 가거라. 메아리처럼 반복되는 아버지의 목소리는 간곡했다. 그러나 남자는 늙은 아버지의 의도와는 달리 돌아갈 집이 없다고 생각했다.

　버스 정류장 부근에서 남자는 걸음을 멈춘다. 한 남자가 물건을 팔고 있다. 몇 종류의 칼들이 크기 순서대로 나란히 놓여 있다. 남자는 그것들을 유심히 내려다본다. 팔을 뻗어 이것저것 만져본다. 이윽고 칼집이 딸려 있는 크지 않은 과도 하나를 고른 다음 호주머니에서 구겨진 지폐를 꺼내 건네준다. 그는 방금 산 그것을 흡족한 마음으로 살펴본다. 칼끝이 뾰족하고 몸통의 폭은 좁고 날렵하게 빠진 모양이 꽤나 위협적으로 보인다. 사용하기에 좋을 크기로 그리 작아 보이지도 않고, 간수하기에 너무 커 거추장스럽지도 않다. 그것을 눈높이로 들어 올려 왼쪽 눈을 지그시 감은 채 칼날을 훑어본다. 날이 반듯한 모양새가 제법 날카롭게 보인다. 다른 어떤 것보다도 현실적이라는 생각에 그는 입가에 엷은 미소를 띤다.

거리를 방황하다가 남자는 곧잘 이 부근을 지나치게 된다. 그때마다 한참씩 진열된 칼들을 구경하곤 한다. 정확하게 말하면 숲 속에서 녹색호랑거미를 목격한 다음부터이다. 남자는 자신이 수컷 녹색호랑거미일지도 모른다고 생각한다. 그리고 가끔 암컷 녹색호랑거미에게 쫓기고 있다는 환상에 사로잡히곤 한다. 그럴 때면 남자는 그 버스 정거장 부근으로 서둘러 걷곤 한다.

칼을 칼집에 조심스럽게 밀어 넣은 다음, 오른쪽 바지 호주머니에 넣고 오른손도 함께 집어넣은 자세로 서서 잠시 불빛이 찬란한 거리를 노려본다. 남자의 마음속 깊은 곳에서 분노가 은밀하게 꿈틀거린다. 암컷 녹색호랑거미의 움직임이 보이는 듯하다. 그는 어릴 적에 주머니 속에서 유리구슬을 만지작거렸던 것처럼 칼집에 들어 있는 칼끝을 손으로 더듬거리면서 발걸음을 떼어놓는다.

3.

거리를 이리저리 배회한다. 매일 밤 지칠 때까지 걷고 또 걷는 그 거리이다. 네거리 한복판에서 쾅 하는 굉음과 함께 달리던 승용차 두 대가 박살이 난다. 그가 서 있는 앞으로 파편이 튄다. 사고가 난 두 대의 엔진에서 하얀 김이 세차게 뿜어 나온다. 남자는 순식간에 일어난 일을 목격하고 정신이 멍하다. 잠시 후에야 그는 자신의 눈앞에서 벌어진 상황을 알아차리고 충격에 휩싸인다.

그의 뇌리에는 P의 마지막 모습이 떠오른다.

P는 처참하게 죽어 있었다. 휴지조각처럼 찌그러진 자동차 속에 끼어 팔과 다리가 해체되었다가 겨우 맞추어진 상태로. 성한 쪽 손에 쥐어져 있던 핸드폰은 죽지 않고 살아남아서 남자에게 보내려던 문자를 고스란히 전하고 있었다.

'오빠, 나 기다릴게. 오빠가 돌아올 때까지 기다……'

죽어서 보낸 그 문자는 끈질기게 남자를 따라다니며 주어진 임무를 다한다. 때론 자동으로 흘러나오는 응답 시스템처럼 시도 때도 없이 남자의 귀청을 울려댄다. 수신기 반대편의 P는 살아 있을 때처럼 맥없이 웃다가 울다가를 계속한다.

경찰차와 구급차가 사이렌을 울리며 도착한다. 구급차에서 내린 간호사와 흰 가운을 입은 응급처치 요원 그리고 구조대원들이 사고 차량으로 뛰어가 바삐 움직인다. 그들은 경찰관과 함께 두 대의 자동차에서 운전자들을 구조하기 위해 애를 쓴다. 잘 열리지 않는 문을 부수고 시트와 찌그러진 범퍼 사이에 끼어 있는 운전자를 조심스럽게 꺼낸다. 운전자는 여자이다. 그 처참함을 목격한 구경꾼

들은 웅성거리고 일부는 소리를 지르며 손바닥으로 눈을 가리기도
한다.

　남자는 그 여자가 피투성이가 된 P라고 생각된다. 남자는 두 손
으로 얼굴을 가린 채 괴로움으로 신음한다. 황급히 사고 현장을 벗
어나 숨을 가다듬는다. 충격으로 내려앉은 가슴은 쉽게 진정되지
않는다. 남자는 마음을 추스르기 위해 어딘지도 모르는 거리를 걷
고 또 걷는다.

　새로 만난 막다른 길에서 남자는 역시 선뜻 발을 떼어놓지 못한
다. 어느 한쪽을 쉽게 선택하지 못하는 그 버릇 때문이다. 길은 오
른쪽과 왼쪽으로만 뚫려 있다. 한쪽을 선택하고 걸으면 얼마간의
방황 끝에 결국 원점으로 되돌아오곤 한다. 마침내 오르막이 시작
되는 오른쪽 길로 방향을 잡아 꺾어 올라간다. 길가에 있는 두 개
의 상가 건물 중 하나에 이십사 시 사우나탕의 간판이 보인다. 그
앞에서 남자는 잠시 생각에 잠긴다. 어젯밤에는 그곳에서 쉬었다.
거기에서는 최소한의 금액으로 땀에 찌든 몸을 씻을 수 있으며, 하
룻밤 편안한 잠을 청할 수 있다. 크고 선명한 화질의 텔레비전을
즐길 수도 있다. 그러나 남자는 그곳을 그대로 지나쳐 조금 전의
방향대로 걷는다. 하늘은 여전히 거리를 따라 길고 좁게 이어진다.
밤 비행기 한 대가 구름 사이를 비집고 나와 불빛을 깜박이며 날아
간다. 어디선가 강아지 한 마리가 숨이 넘어갈 듯이 깨갱거린다.

　거리가 끝나는 곳에 또 하나의 공원이 있다. 이 공원은 호수를
중심으로 가장자리를 따라 산책로가 이어진다. 남자는 오른쪽 바
지 호주머니 속에서 칼자루를 만지작거리면서 산책로로 들어선다.

칼집 속에 들어 있는 과도의 날 부분을 손끝으로 살살 쓸어보며 퍼렇게 선 날이 살 속을 스윽 베며 파고들 때의 아득한 순간을 상상한다. 남자는 그 섬뜩함에 진저리를 친다. 머릿속에는 조금 전에 들었던 강아지의 비명소리가 울리고 있다.

바람이 수면을 훑고 지날 때마다 수면의 잔물결이 어둠 속에서 일렁인다. 산책로 너머에는 공원과는 다른 세상이 펼쳐져 있다. 동화에 나오는 마법의 성을 연상시키는 러브호텔과 불빛이 환하게 밝혀져 있는 음식점 그리고 기타 연주음과 노랫소리가 나직하게 흘러나오는 라이브 카페도 있다. 남자는 마법의 성을 잠시 동안 응시한다. P와 함께한 시간들, 자신은 영원히 풀리지 않는 사랑의 마법에 걸린 건 아닌지, 아니면 반대로 저주의 마법에 걸렸는지도 모른다는 생각을 해본다. 산책로에는 일정한 간격으로 가로등이 희뿌옇게 켜져 있다. 그 흐릿한 불빛 속으로 엷은 안개가 떠다니고 있다.

어디선가 아! 하는 비명소리가 들린다. 시야에 호수 건너편에 우뚝 솟은 번지점프 시설물이 들어온다. 남자가 이곳에 올 적마다 시설물에서는 사람이 뛰어내린다. 그리고 같은 목소리의 비명소리를 듣는다. 남자의 시선은 건설 장비처럼 높이 솟아 있는 시설물을 훑어 내려간다. 번지점프 시설물로부터 길게 내려온 로프 끝에 한 여자가 매달려 있다. 아래로 풀어져 내려온 머리카락이 바람에 날리고 있는 모습은 어찌 보면 한 마리의 거미와도 흡사하다. 숲 속에서 보았던 끔찍한 장면이 다시 떠오른다. 남자는 그녀가 그 암거미와 닮았다고 생각한다. 교미를 끝내고 수컷을 향해 돌진해오는 암컷, 쫓고 쫓기는 필사적인 사랑은 쉽게 끝나지 않는다. 암컷의 만찬은 사랑의 완성인 것이다. 그것은 P의 모습과도 닮아 있다. P는 거미줄 한가운데에서 소리쳐 말한다.

'오빠, 기다릴게. 영원히 기다릴게.'

그는 심한 혼란을 느끼며 고개를 세차게 흔든다. 눈을 동그랗게 뜨고 로프에 매달린 여자를 노려본다. 여자는 수면을 가볍게 차고 허공으로 날아오른다.

남자는 산책로를 벗어나 가게를 찾는다. 러브호텔 맞은쪽에 조그만 구멍가게가 보인다. 그는 그곳까지 걸어가서 소주 한 병을 사 들고 공원 벤치로 돌아온다. 굵은 빗방울이 후드득 떨어지기 시작한다. 비를 피하기 위해 두리번거린다. 몇 걸음 떨어진 곳에 있는 공중전화 부스를 발견한다. 빗줄기는 세차게 전화 부스를 때린다. 호수는 뿌연 안개로 뒤덮이고 주위는 깊게 가라앉아 있다.

빗줄기 사이로 다시 아! 하는 고함소리가 들려온다. 그 소리가 마치 그를 침몰시키려고 달려드는 것 같다. 남자는 귀를 틀어막고 몸부림을 친다. 그럴수록 소리는 점점 더 그의 귓속 깊이 파고드는 것 같다. 전화 부스 벽에 몸을 기대고 앉아 소주를 병째 들이킨다. 알코올이 목 줄기를 타고 내려가 금세 온몸으로 퍼진다. 그는 그제야 편안해진다.

한 줄기 번개가 호수 중앙을 쫙 가르고 지나감과 동시에 천둥소리가 천지를 진동한다. 그는 자신의 몸을 송두리째 내맡기듯이 편안한 마음으로 눈을 감는다.

4.

D시로 가는 마지막 고속버스에 남자는 몸을 맡기고 있다. 새벽 1
시경, 버스는 곧 D시에 도착할 예정이다. 어린 아들은 아마 그를
만나기 전에는 잠들지 않을 것이다. J야, 그는 속으로 아들의 이름
을 불러본다. 남자는 그 이름을 부를 적마다 자신의 심장이 바늘에
찔리는 듯이 아프게 느껴진다. 아들은 세상의 그 무엇보다도 밝은
존재이기에 결코 그에게 그늘을 드리울 수는 없다고 입술을 깨문다.

밤 고속도로는 아무리 달려도 종착점이 없을 것 같다. 버스가 달
리는 것인지, 도로가 달리는 것인지, 막막한 어둠 속으로 뻗은 길
을 남자는 달려간다. 그의 시선은 하늘을 더듬는다. 하늘에는 별이
없다. 멀리 불빛이 모여 별처럼 반짝이는 도시가 눈앞에 가까이 다
가온다. 저마다 하늘의 별 같은 사랑을 꿈꾸는 세상. 그러나 자신
의 가정은 존재하지 않는 세상을 향해 남자는 한숨을 길게 토해낸다.

아빠는 왜 엄마를 사랑하지 않느냐고 아들은 묻고 또 묻는다. 어
린 아들은 제 엄마와 아빠를 걱정하고 있다. 남자는 두 손으로 머
리카락을 집어 뜯는다. 머릿속이 혼란스러울 때마다 나오는 버릇
이다. 머리가 와글와글 소리를 낸다.

'안 된다. 그 애는 안 된다. 왜 수많은 여자 중에 하필이면 그 애
란 말이냐? 내 눈에 흙이 들어가기 전에는 절대로 안 된다.'

늙은 아버지는 어림없는 일이라고 못 박았다.

남자는 까마득하게 거슬러 올라가면 한 조상을 만나게 되는 같
은 성씨라는 이유가 납득할 수 없었다. 더구나 P의 집안에서는 문
제 삼지 않는다는 대답도 들었었다. 그러나 아무리 세상이 바뀌고

174

제도가 바뀌어도 사람이 지켜야 할 도리와 윤리는 변하지 않는다고 늙은 아버지는 펄쩍 뛰었다.

고속버스는 마침내 도시 한가운데로 들어가 멈춘다. 버스에서 내린 남자는 서둘러 움직인다. 아들은 세상에서 자신을 감싸주는 유일한 존재이다. 오늘 밤에도 아들은 남자의 손을 반갑게 잡아주고 자신의 침대에서 눈을 붙이게 해줄 것이다.

남자를 태운 택시는 총알같이 달려서 그를 아내의 집 앞에 내려놓는다.

아들이 대문 앞에서 서성이며 기다리다가 반갑게 달려와 매달린다. J야, 그는 아들을 부르지만 더 이상 아무 말도 못한다. 어린 아들은 남자의 손을 잡고 이층에 있는 자신의 방으로 조용조용 들어간다.

"아빠, 배고프지? 내가 엄마 몰래 밥 갖다 줄게."

남자는 아들의 눈을 들여다본다. 자신을 닮아 속눈썹이 길고 까만 눈이다. 예전에 그의 어머니가 그에게 속눈썹이 짙어서 사내 녀석이 눈물이 많다고 했던 눈이다. 더 이상 그 눈에서 눈물이 흐르지 않게 하리라고, 그는 마음속으로 다짐한다.

"배 안 고파. 오다가 휴게소에서 먹었거든."

남자는 밥을 먹는 대신 아들을 끌어안는다. 몇 달 못 본 사이에 키가 훌쩍 커버린 것 같다.

어린 아들은 남자가 보고 싶을 때마다 학교에서 문제를 일으키곤 했다. 반에서 제일 체구가 큰 아들은 자신보다 작은 반 아이들에게 주먹을 휘둘렀다. 이유는 아빠가 보고 싶은데 오지 않아서라고. 담임선생이 연락해서 아빠를 오게 해달라는, 어찌 보면 황당한 시위였다. 아들의 담임은 남자와 연락이 되는 유일한 사람이었고, 그때마다 단숨에 달려오지 않을 수 없었다. 이제는 아들이 문제를 일으키기 전에 남자가 먼저 연락을 취하곤 한다.

아래층 아내의 방에선 아무 기척이 없다. 남자가 온 걸 아는지 모르는지……. 알고 있다 해도 이제는 아들 때문에 전처럼 내쫓을 수는 없으리라는 걸 그는 안다. 그렇다고 한번 닫아버린 마음을 다시 열려고 하지도 않는다. 용암처럼 끓어오르던 남자를 향한 분노와 미움은 폭발하고 난 뒤의 화산처럼 주변을 황폐화시킨 채 차갑게 식어 있다.

'이중인격자!'

아내는 항변했지만, 남자는 아내의 말에 전적으로 동의할 수 없었다. 남자에게 P가 있음을 알면서도 집요하게 달려든 건 아내였다. 성탄절 전야에 일방적으로 약속을 잡고 나타나지 않는 남자를 세 시간 동안 길에서 꽁꽁 언 채로 기다리기도 했다. 남자는 그때 처음으로 망부석처럼 굳어버린 아내에게 희미한 연민의 정을 느꼈다. 아내는 남자와의 결혼을 아버지와 계획하고 그대로 진행했다. 결혼식은 예정된 시간보다 한 시간 늦게 시작되었다. 남자가 버틴 최후의 시간이었다.

P가 세상을 버리고 난 뒤로 아내가 가출하기 전까지, 남자는 아내와 끈질기게 싸웠다. P에게 아무것도 해줄 수 없이 무력하기만 했던 시간들에 대한 후회가 밀려와 가슴을 치고 또 쳤다. 무엇보다도 비겁했던 자기 자신이 아내보다도 더 미워서 견딜 수 없었다.

남자는 차츰 모든 삶에서 손을 놓고 무기력하게 주저앉아 버렸다. 그러곤 끝없는 나락으로 떨어져 내리는 자기 자신을 바라보며 자학했다.

남자는 방 안을 둘러본다. 전보다 많이 달라진 건 없는 듯이 보인다. 책상 위에 놓인 아들과 남자가 함께 미소 짓고 있는 사진이 눈에 들어온다. 일 년 전, 아들이 초등학교에 입학하던 날 기념으로 찍은 사진이다. 사진 속의 남자와 아들은 웃고 있으나 어딘지 그늘이 져 보인다. 학교에 입학하기 전까지는 아들 곁에 그가 있었다. 돌쟁이 아들을 두고 아내가 가출한 뒤 남자는 어린 아들을 혼자서 돌보았다. 어느 날, 소식이 없던 아내에게서 전화가 걸려왔다. 아들을 자신에게 보내주면 안 되겠냐고, 그녀는 울며 애원했다. 남자는 다른 생각은 하지 않았다. 무엇이 아들을 위한 최선의 길인지, 오직 한 가지만 생각했다.

아들은 제 얼굴을 남자의 볼에 대고 비벼댄다. 아들을 끌어안은 그의 눈이 촉촉이 젖어온다. 아들을 만날 적마다 남자는 미안한 마음뿐이다.

남자는 으레 밤늦게 도착해서 아들을 만나고 새벽이 되면 잠든 아들을 두고 그곳을 떠나곤 했다. 그러나 이번에는 아들의 간곡한 부탁으로 아내와의 대면이 이루어진다. 그러나 서로는 말이 없다. 어린 아들은 걱정스러운 표정으로 이쪽저쪽 눈치를 살핀다. 남자는 아내의 모습에서 많은 변화를 읽을 수 있다. 희고 곱던 얼굴에는 가무스름하니 기미가 덮여 있다. 푸석하니 부은 것 같기도 하다. 남자는 발코니에 나뒹굴고 있는 빈 술병들을 흘끗 바라본다.

“엄마, 이제부터는 아빠가 오면 문 열어주고 들어오라고 그래. 응? 그리고 밥도 해주고 잠도 재워주고……”

어린 아들은 제 어미에게 부탁하고 또 부탁한다. 그 애는 이미 어린아이가 아닌 듯이 보인다. 자신의 아버지가 된 듯이 행동한다. 남자와 아내는 아무 말도 못하고 웃자란 어른이 된 그 애의 훈계를 듣는다. 그러다가 아내는 마침내 흐느끼기 시작한다. 그녀의 울음은 길게 이어진다. 대화는 시작도 못하고 울음소리가 대신하고 만다. 남자는 아내의 울음이 무엇을 의미하는지 알지 못한다. 그는 마음속으로 어린 아들에게 용서를 청한다.

J야, 미안하다. 아빠를 용서해다오. 어른들의 세계는 네가 이해할 수 없는 것들이 너무 많단다. 네 엄마와 나는 어디서부터 어떻게 풀어야 할지 모를 만큼 뒤엉켜버렸어. 우리는 가슴속에 쉽게 삭여지지 않는 응어리를 하나씩 품고 있단다. 너는 또 묻겠지? 아빠는 왜 엄마를 사랑하지 않느냐고.

남자는 천천히 몸을 일으켜 세운다. 갈 곳은 없지만 어딘가로 돌아가야 할 것 같다. 아직도 아내는 흐느끼고 있다. 아들은 안타까운 듯이 남자의 손을 잡는다. 그러나 그는 대답 대신 아들을 꼭 안아준다.

5.

공원에는 밤이 계속되는 것 같다. 이 공원과 이곳에 이르는 거리, 특히 호수에 비치는 햇살을 남자는 상상할 수 없다. 그는 호수의 늪지대 주변을 지나며 건너편에 우뚝 솟아 있는 번지점프장의 구조물 꼭대기를 바라본다. 이명처럼 늘 들려오던 비명소리가 들리지 않는다. 역시 로프에 매달린 여자는 없다. 주위를 두리번거리며 살핀다. 남자의 앞쪽으로 희미한 가로등 불빛 아래 철봉에 거꾸로 매달린 여자가 보인다. 남자는 바로 그녀라는 걸 알아차릴 수 있다. 그 모양이 마치 먹이를 잡기 위해 거미줄을 치고 기다리고 있는 암거미처럼 보인다. 남자는 다시 숲 속의 그 장면을 떠올림과 동시에 발길을 멈칫거린다. 그러나 곧 자석의 힘에 이끌리듯 그녀에게 다가간다. 언제부터인지 몰라도 그들은 서로에게 익숙하다. 그녀는 마치 그림자처럼 남자의 주위를 맴돌고 있다.

"세상을 거꾸로 보신 적이 있나요?"

철봉에 거꾸로 매달린 채 그녀가 남자에게 묻는다.

그는 발길을 멈추고 근처의 벤치에 앉아 조심스럽게 그녀를 살핀다. 그녀가 철봉에서 나비처럼 가볍게 내려온다. 여자의 얼굴은 어둠에 묻혀 분명하게 드러나지 않는다. 특이한 것은 그녀의 맨발이다. 남자는 그녀가 자신에게로 다가오는 모습을 경이로운 눈으로 바라본다. 그녀는 남자가 앉아 있는 벤치로 와서 약간의 거리를 두고 떨어져 앉는다. 목소리는 나직하나 분명한 어조다. 그녀의 목소리와 가벼운 몸놀림이 남자에게 낯설지 않다. 그녀는 P처럼 말하고 행동한다.

"어릴 적에 해보긴 했는데 별다른 기억은 없소."

남자는 담담한 말투로 대답한다.

언젠가 P가 철봉에 매달려 세상을 거꾸로 본 적이 있다고 말했었다. 분명 거꾸로 보일 것 같은데, 자신은 그렇게 보이지 않더라고. 아마도 보이는 대로 인정하지 않아서였을 거라면서 웃어댔다. 그렇지, P였다. P는 철봉 얘기를 하다가 갑자기 방향을 틀어서 번지점프 얘기를 꺼냈었다.

"오빠, 우리 뉴질랜드로 번지점프 하러 갈까?"

"번지점프?"

그에겐 번지점프라는 말이 좀 생경하게 들렸다.

"갑자기 번지점프가 생각났어. 그냥 떨어져보고 싶어. 계곡 아래에 있는 강물 속으로 빠질 것처럼 떨어지다가 아슬아슬하게 튀어 오르고 다시 떨어져 내리다가 또다시 하늘을 향해 튀어 오르잖아. 로프 끝에 내 운명을 맡겨보는 것도 재미있잖아? 두려움이 사라지지 않을까?"

침울해진 P는 한숨을 길게 내쉬었다. 남자가 무력하게 잡았던 손을 차츰 놓고 있을 때였다. P는 남자와 헤어지는 걸 두려워했다.

남자도 그때의 P처럼 한숨을 쉰다. 그는 자신의 비겁함과 우유부단함에 다시 한 번 치를 떤다. 남자는 뛰어내릴 용기가 없었다. 오로지 로프에만 몸을 맡긴 채 사십 미터가 넘는 다리 위에서 계곡 아래 강물로 뛰어내린다는 건 상상만 해도 아찔했다.

"떨어질 때의 느낌은 어떨까? 정말 무서울까?"

P는 남자를 원망하지 않았다. 다만 눈을 감고 뛰어내리는 상상을 하는 듯 조그만 소리로 중얼거렸다.

"뛰어내리는 순간 아득한 절망감과 함께 느끼는 쾌감을 상상해보세요. 그 통쾌함이란 뛰어내려보지 않은 사람은 알 수 없죠."

그녀는 P의 말을 이어나가듯 말한다.

"그럴 것 같소."

남자는 별다른 생각 없이 그녀의 말에 동의한다.

사실, 번지점프는 아니지만 남자도 절벽이나 아파트 옥상 같이 높은 곳에서 뛰어내리는 생각을 많이 했던 적이 있었다. 실제로 실행도 해보았다. P가 그렇게 떠난 직후였다. 만취한 상태에서 차를 몰고 고가도로의 난간을 들이받았던 것이다. 힘껏 액셀러레이터를 밟은 다음 갑자기 핸들을 심하게 꺾었다. 그런데 그의 예상과는 전혀 다른 상황이 벌어졌다. 자동차가 난간을 부수고 고가도로 아래로 떨어졌어도 남자는 버젓이 살아 있었다. 자동차만 죽었을 뿐, 자신은 치명적인 상처를 입지 않았다. 새벽 세 시에, 누구도 믿기 어려운 사실이었다. 그 뒤로 남자는 죽을 생각을 버린 셈이었다.

"당신은 결코 죽고 싶은 건 아니지요."

남자는 갑작스러운 그녀의 말에 놀라 자신의 귀를 의심하며 재차 묻는다.

"네? 지금 무슨 말을 하고 있는 거요?"

그는 그녀의 말을 이해할 수 없어 뜨악한 눈으로 바라본다. 뜻밖의 말이기는 하지만 틀린 말은 아니라는 생각을 한다. 그러나 곧 잠에서 깬 것처럼 정신이 명료해진다. 자신의 의중을 들켜버린 것만 같아 당혹스러워진다. 남자는 이제 그녀를 의혹의 눈으로 살핀다. 하지만 그녀는 이미 남자의 속을 꿰뚫어 알고 있다는 듯, 아랑곳하지 않고 자신의 말만 계속한다.

"당신과 나는 닮은꼴이에요……. 우리의 사랑은 아직도 끝나지 않았답니다."

그녀의 표정은 알 수 없지만 말투는 냉소적으로 들린다. 남자는 그녀가 무슨 말을 하고 있는지 알아들을 수 없다.

"닮은꼴이라니요? 사랑이 끝나지 않았다니요?"

그의 말투는 항의하듯 거칠어진다. 그러나 곧 흥분이 사라진다. 무언가 싸늘한 기운이 그녀로부터 전해오는가 싶더니 남자의 몸에 오싹 전율이 인다. 대체 누구냐고 소리치고 싶다. 그러나 어떤 말도 소리가 되어 나오지 않는다. 그의 몸은 경직되어 자유롭게 움직여지지 않는다. 남자는 그런 와중에도 침착하게 마음의 여유를 찾으려고 애를 쓴다. 어떤 함정이 있을지도 모른다는 생각이 뇌리를 스친다.

"녹색호랑거미의 사랑은 암컷이 수컷을 잡아먹어야 끝나죠. 수컷이 살기 위해선 무엇인가 먼저 해야만 합니다. 삼켜지기 전에……"

그녀는 수수께끼 같은 말을 던지고는 먼저 자리에서 일어선다.

"삼 켜 지 기……… 전에?"

남자는 그녀의 마지막 말을 되뇌어 묻는다. 그러나 그녀는 이미 뒷모습을 보이며 어둠 저편으로 사라져가고 있다.

"당신은 누구요?"

남자가 다급하게 소리치지만 그곳에는 괴괴한 어둠만 남아 있다.

잠시 고개를 갸웃거리던 그의 머릿속에 수거미를 집어삼키는 암컷 녹색호랑거미가 선연히 떠오른다. 동시에 온몸에 소름이 돋는다. 그는 사라지는 그녀의 뒷모습에서 환영처럼 녹색호랑거미를 본다. P의 모습을 본 것도 같다. 어둠은 그녀를 감싸고 마침내 빨아들인다. 남자는 재빨리 자리에서 일어나 그녀가 사라진 어둠 속을 살핀다. 그러나 그녀의 흔적은 없다. 남자는 조금 전에 그녀가 매달려 있던 텅 빈 철봉을 바라본다. 번지점프장의 구조물도 바라본다. 그러나 아무 인기척이 없이 빈 로프만 호수 위로 길게 늘어뜨려져 있을 뿐이다.

남자는 갑자기 온몸에 한기가 들어 오들오들 떨기 시작한다. 온몸이 불덩이처럼 뜨거워진다. 남자는 그녀를 다시 만나야 한다고 생각한다. 그러나 발에 무거운 쇳덩이를 매단 것 같이 무거워서 걸을 수가 없다. 숲 속 오솔길로 접어들어 몇 걸음이나 옮겼을까, 그는 그 자리에 무너지듯이 주저앉는다. 안개비가 소리 없이 내리고 있다.

6.

땅거미가 올라오기 시작한 숲 속은 한없이 적막하다. 어떤 움직임도 없다. 남자는 기억을 더듬어 자신이 녹색호랑거미를 목격한 장소를 찾아 헤맨다. 남자는 그녀의 말이 맞다는 것을 깨달았다. 암컷에게 먹히지 않고 벗어나려면 수컷이 먼저 행동해야 한다. 그 장소를 찾는 것은 그리 어려운 일이 아니다. 기억이 또렷하다. 공원에서 곧장 오솔길을 따라서 숲 속으로 들어오다가 왼쪽으로 꺾어져서 약 백 미터 정도 들어가면 나무들은 더욱 빽빽하게 들어차 있다. 죽죽 하늘을 향해 뻗어 올라간 나뭇가지 사이로 아주 조그만 하늘이 보인다. 남자는 주위를 두리번거린다. 바위가 눈에 띈다. 자신이 누웠던 그 바위가 틀림없어 보인다. 그리고 백양나무와 굴참나무도 보인다. 남자는 눈을 크게 뜨고 바라본다. 시시각각 짙어지는 어둠에 거의 가려져 쉽지는 않지만 확실히 알아볼 수 있다. 남자는 숨을 크게 들이마셨다가 내뱉는다. 어둠 속에서 거미줄을 발견하기는 불가능하다. 저쪽 백양나무 아래 어디쯤일 것이다. 그때, 남자는 놀라서 눈을 크게 뜨고 한 발 뒤로 물러선다. 언제부터 저곳에 서 있었을까, 그녀가 거기에 있었다. 이윽고 천천히 남자를 향해 다가온다. 남자는 다시 한 번 심호흡을 한다. 그는 마음속으로 결심을 다잡는다. 이젠 벗어나리라. 남자는 또다시 녹색호랑거미를 떠올린다. 암거미의 위협으로부터 탈출하는 출구를 찾아야 한다고, 그리고 그것은 녹색호랑거미의 사랑방식에서 찾을 수 있을 것이라고 여긴다.

"신이 만든 어떤 존재에겐 사랑은 행위 자체이죠. 그 행위는 절대적이고 절박한 것이기도 하고요, 신이 허락해준 경건한 행위이기도 하지요."

그녀의 말투는 높낮이가 없어 차갑게 들린다. 하지만 남자는 이제 그녀에게 익숙해져서 전과 같은 두려움 따위는 사라지고 없다. 오히려 처음 그녀를 대했던 순간처럼 그녀로부터 전해오는 어떤 친밀한 교감을 느끼고 있다.

주위는 짙은 어둠으로 덮여 있으나 서로의 움직임을 알아볼 수 있다.

"이 시간이 지나면, 우린 더 이상 상처받지 않겠죠?"

그녀의 말투는 여전하다. 남자는 그녀의 말에 조용히 고개만 끄덕인다. 그는 무언가 골똘히 한 가지 생각에 빠져 있는 것 같다. 둘 사이에는 침묵이 흐른다. 그녀는 이상한 마력 같은 걸 가지고 있는 것 같다. 남자의 감정은 그녀가 부추기는 대로 파도치듯 움직인다. 마음속에서 끊임없이 작은 파도가 일렁이고 있음을 남자는 느낄 수 있다. 그 파도는 어둠을 만들고, 어둠의 색깔이 차츰 짙어감에 따라 분노가 인다. 일정한 리듬에 맞춰 크고 작게, 작고 크게. 그러다가 마침내 산더미 같은 분노가 요동치며 들끓기 시작한다. 남자는 그의 분노를 한꺼번에 쏟아내려는 듯 어둠 속을 노려본다. 그러곤 칼을 꺼내어 손을 뻗으면 닿을 만한 거리쯤에 가만히 내려놓는다. 정확하게 보이지는 않아도 칼끝은 날카롭고도 싸늘한 빛이 이는 것 같다. 남자는 다시 녹색호랑거미를 떠올린다. 남자의 마음속에 지금까지와는 다른 용기가 생긴다.

그녀는 아주 느리게 옷을 벗는다. 먼저 흰색 상의의 단추를 푼다. 상의는 가볍게 그녀의 발밑으로 흘러내린다. 하의도 벗어 내린다. 그녀의 동작은 마치 춤을 추듯이 천천히, 또한 부드럽게 이어진다. 남자는 거친 숨을 몰아쉬며 그녀를 지켜본다. 어둠으로 인해 그녀의 알몸은 완전히 드러나지 않는다. 어둠은 마치 얇은 천을 두른 것처럼 살갗이 비칠 듯 말 듯 그녀의 몸에 휘감겨 있다. 남자도 자신의 허물을 한 오라기도 남기지 않고 훌훌 벗어 던진다.

남자는 그녀와 한 쌍의 녹색호랑거미가 된다. 분노로 심하게 파도치다가 정점에서 점차 내리막을 타듯 빠른 속도로 가라앉는다. 주위는 적막하다. 적막함을 뚫고 도랑물 흐르는 소리가 노래처럼 경쾌하게 들려온다. 찌르르 하고 어디선가 풀벌레 우는 소리가 귓속을 파고든다. 남자와 그녀의 알몸을 한 줄기 솔바람이 쇄쇄쇄 훑고 지나간다. 남자의 눈에서는 눈물이 주르르 흘러내린다.

내게는 내게 주어진 또 다른 날들이 있소.

남자는 마음속으로 말한다.

재빨리 칼을 쥔 손아귀에 힘을 준다. 그녀는 언젠가 P가 그랬듯이 깔깔깔 소리 내어 웃는다. 무슨 의미인지 모르게 계속해서 웃고만 있다.

도시는 사람이 도저히 살 것 같지 않은 모래 벌에 마치 야생화처럼 화사하게 피어 있었다. 그녀는
잠시 생각에 잠겼다. 이글거리는 태양 볕 아래, 심한 탈수증으로 시달리는 사막 한가운데에 살아
온 저들은 어떤 사람들일까. 이 사회의 또 다른 이민자들은 아닐까.

그 사막에는 야생화가 있다

1. 코리안 클럽

선반의 중앙에 있는 책들을 들어내자 옆의 책들이 와르르 무너져 내린다. 시경은 재빨리 오른손을 뻗어 막아보려 하지만 책은 기어이 그녀의 발등으로 떨어지고 만다. 그녀는 그대로 주저앉아 두 손으로 발등을 감싸 쥔 채 가느다랗게 신음한다. 잠시 동안 손으로 발등을 주무르던 그녀가 바닥에 흩어진 책을 집어 드는 순간, 낯익은 제목과 표지가 눈에 들어온다. 그녀는 방금 전의 아픔도 잊고 희미한 기억을 더듬듯 책의 표지를 한참이나 들여다본다. 아직까지도 이 책을 갖고 있었다니, 감회에 젖어 화들짝 눈빛을 빛낸다. 책갈피에 끼워진 두툼한 무엇인가가 또 손에 잡힌다. 약간은 긴장된 마음으로 조심스레 책장을 넘겨 그것을 꺼낸다. 제법 두툼한 원고 뭉치다.

이즈음 그녀는 함께 살던 어머니가 동생네로 들어감에 따라 그녀 혼자 생활하기 편한 아파트로 이사하기 위해 짐을 꾸리는 중이었다. 오늘은 마침 주말이라 지하실에 아무렇게나 쌓아두었던 책들을 정리하고 있었다.

188

그녀는 먼저 손에 든 책을 살펴본다. 그것은 플라스틱 스프링으로 제본이 된 대학 노트 크기의 책자이다. 말하자면 대학생들이 비용을 줄이기 위해 값싸게 인쇄한 회지인 것이다. 필기체 글꼴로 씌어진 '울림'이라는 제목이 꿈틀거리며 살아 움직이는 듯이 그녀의 눈길을 잡아끈다. 아래쪽에 영문으로 인쇄된 '○○○○ 칼레지 한인 학생회'라는 검은 글자는 퇴색되어 흐릿하나 분명하게 읽을 수 있다. 그녀의 입에서 자신도 모르게 아! 하는 낮은 탄성이 흘러나온다.

그녀는 그 책을 금세 알아볼 수 있다. 그녀가 사 년제 대학에 입학하기 전, 학비를 줄이기 위해 거쳤던 시립 대학의 한국인 학생들 모임인 일명 '코리안 클럽' 회원들이 만든 회지임에 틀림없다.

참으로 생경한 느낌이 든다. 세월이 내려앉은 흔적이 거기에 고스란히 배어 있다. 누르스름하게 변한 책장의 색상과 긴 시간만큼 희미하게 퇴색한 인쇄 잉크의 색깔이 한눈에 그것을 짐작케 한다. 그녀는 책자와 거기서 나온 원고를 번갈아 살펴본다. A4 용지에 인쇄한 것으로 스무 장이 넘는 분량이다. 시경은 조심스럽게 그 원고 뭉치를 펼쳐 든다. '마지막 파티'라는 제목이다.

고개를 갸웃거린다. 아무리 찾아도 저자의 이름이 없기 때문이다. 원고의 맨 뒷장을 들춰 보지만 거기에도 이름은 표기되어 있지 않다. 대체 소설을 쓴 사람이 누구일까 하고 기억을 되짚어본다. 당시에 자신이 문예부장을 맡고 있었으니까 웬만한 회원들은 빠짐없이 기억해낼 수 있을 터이다. 그러나 글쓴이의 이름이 없고, 원고를 누구에게서 받았는지조차 기억나지 않으니 어찌해볼 도리가 없다.

　책을 펼쳐서 먼저 목차를 확인한다. 그러나 아무리 살펴도 그런 제목의 소설은 보이지 않는다. 소설이라는 글은 아예 실려 있지 않다. 첫 장에 회장이 쓴 인사말이 있고, 그 다음엔 '나의 오피니언'이라는 글이 두 편 실려 있다. 그 뒤에는 설문 조사 내용이 도표와 함께 제법 상세하게 나와 있다. 그리고 뒤쪽에는 한 페이지 분량의 수필과 시가 몇 편 실려 있을 뿐이다. 자신이 쓴 논단인 '나는 이렇게 생각한다' 도 보인다. 어쩌면 이 원고 뭉치는 게재하려다 지면상 어쩔 수 없이 빼놓은 글일 수도 있겠구나, 짐작이 갈 따름이다. A4 용지로 이십 장이 넘는 분량이라면 이백 자 원고지로는 이백 매가 족히 넘을 것이고, 중편에 가까운 분량인 셈이다. 그렇다면 이렇게 긴 소설을 쓸 만한 회원이 누구였던가, 그녀는 손으로 머리를 짚은 채 당시의 회원들을 한 사람 한 사람 떠올려본다. 그러나 아무리 애를 써도 그 소설을 썼음 직한 인물이 좀체 생각나지 않는다. 약간 그럴싸한 사람이 한 사람 있긴 하지만, 그는 누가 생각해도 소설을 쓸 만큼 그리 진중한 편이 아니었다. 시경은 고개를 젓는다. 일단 내용이 궁금하다. 원고를 읽고 나면 혹시 감이 잡힐지 모른다는 생각에서다.

　그녀의 눈에는 '엘에이 폭동 재발설' 이라는 말과 '맨자나' 라는 단어가 먼저 눈에 들어온다. 잠시 허공을 응시하며 아련한 기억의 자락을 끌어당긴다. 그랬다. 이 책자가 발행되기 전해에 엘에이 폭동이 일어났었다. 그러니까 이 글은 그 뒤에 있었던 얘기를 하고 있는 것이리라. 그때 그녀는 스물한 살이었다.

그녀는 또한 은이를 떠올린다. 그리고 곧 소설과 함께 그 기억 속으로 빠져들어 간다.

그 무렵, 엘에이 지역의 한인사회는 일 년 전에 발생한 엘에이 폭동이 재발할 것이라는 소문으로 불안감이 고조되고 있었다. 엘에이 폭동은 흑인과 백인 사이의 갈등을 매스컴에서 한인과 흑인 간의 갈등으로 교묘하게 몰고 가는 바람에 한인사회가 큰 피해를 본 대표적인 사례였다. 자라를 보고 놀란 가슴 솥뚜껑 보고 놀란다고, 한인사회는 엘에이 폭동의 원인이 된 로드니 킹 사건 재심 평결을 앞두고 연일 술렁거렸다.

……세계의 이목이 집중되어 있는 가운데 엘에이 사우스 센추럴 지역은 아직까지 평온함을 유지하고 있습니다. 대부분의 가게들이 문을 열고는 있으나 폭동에 대비해 만반의 준비태세를 갖추고 있으며…….

학교 주차장에 차를 주차하고 시동을 껐다. 동시에 차 라디오를 통해 흘러나오던 라디오 코리아 방송의 여자 아나운서의 목소리도 말꼬리가 잘리며 사라졌다.

나는 급한 일이라도 있는 듯이 서둘러 캠퍼스 안으로 들어섰다. 폭동 이후로 동동거리는 버릇이 몸에 배어버린 것 같았다.

교내식당 근처엔 늘 학생들로 북적거렸다. 나의 조급증과는 달리 캠퍼스의 분위기는 언제나 여유로워 보였다. 학생들은 삼삼오오 무리를 지어서 자리 잡고 앉아 이야기를 나누고 있었다.

학생들의 옷차림새도 다채로웠다. 보통은 반바지나 긴 청바지에 티셔츠 차림으로 경쾌하고 활기에 차 보였다. 간혹 가슴이 많이 파인 블라우스에 짧은 치마, 또는 원피스로 여성스러운 몸매를 드러내 남학생들의 시선을 끄는 여학생이나, 웃옷을 벗은 채로 책을 읽으며 잘 발달된 근육을 한껏 과시하는 남학생도 눈에 띄었다. 어떤 학생들은 아침의 음산한 기온에 맞춰 덧입고 나온 스웨터나 셔츠를 벗어서 허리에 두르고 있었다.

나는 조금 전 차 라디오를 통해 들은 뉴스를 떠올리며 식당 옆에 있는 게시판 앞에서 잠시 멈추어 섰다. 게시판에 붙어 있는 잡다한 유인물 중 한 포스터가 눈길을 끌었다.

맨자나 순례! 맨자나는 이차 세계대전 중 미국 정부가 일본계 미국인들을 적국시민으로 간주하여 격리 수용했던 곳으로, 캘리포니아의 모하비 사막에 있습니다. '맨자나 순례'는 그때 사막에 수용되어 억울하게 죽어간 영혼들을 위로하는 추모행사입니다. 맨자나에서 있을 추모행사에 참석하세요.

역사학과에서 붙인 포스터였다. 포스터의 하단에는 작은 글씨로 참석하는 학생에게는 특별 학점을 주겠다는 내용도 있었다. 이때까지만 해도 내게는 별로 흥미를 끄는 내용이 아니었다. 역사 과목은 이미 A학점을 받아놓고 있어서 굳이 특별 점수를 확보해야 할 필요는 없었다.

주변을 한 바퀴 둘러보았다. 한국인 학생회원 몇이 내게 손을 들어 신호를 보냈다. 그들은 식당 주변의 의자에 기대앉거나 서서 이야기를 나누는 중이었다. '코리안 클럽'은 이 대학에 등록하고 있는 한국인 유학생들과 교민 자녀들로 구성된 동아리였다. 시립 대

192

학인 이 학교는 대부분 학점을 이수하여 원하는 사 년제 대학에 편입하려는 학생들이 거치는 곳이었다. 유학생이 아닌 경우에는 학비를 줄이기 위한 방편으로 이 대학을 거치기도 했다.

이곳에 오면 언제든지 몇 명의 회원들을 쉽게 만날 수 있었다. 단골로 기웃거리는 축들은 주로 활동을 맡고 있는 간부들이거나 회지 발행을 위한 편집위원들이었다. 클럽 활동을 열심히 하지 않는 학생들도 근처를 지날 때면 버릇처럼 이 자리를 기웃거리곤 했다. 이곳은 한인 학생들의 만남의 장소였다.

나는 회원들 틈을 비집고 들어가 비어 있는 의자에 앉았다.

회원들은 저마다 안고 있는 문제의 무게에 짓눌려 방황하고 있었다. 그럴 만한 요소들은 도처에 널려 있었다. 유학생들에겐 도무지 발전을 기대하기 어려운 언어문제와 그에 따른 진로문제가 큰 비중을 차지했다. 또한 교민 신분인 학생들에겐 일 년 전에 일어났던 사이구 폭동의 상처가 아물지 않은 상태로 남아 있어서 어려움을 겪고 있었다. 게다가 엘에이 지역을 술렁거리게 만드는 폭동 재발설은 안개처럼 그들의 마음속에 스며들어 혼란을 가중시켰다. 모두가 막연한 불안감뿐이었고 확실한 대책은 없었다. 그렇다 보니 그들은 자신에게조차 불만을 품게 되고 때로는 방황을 하거나 심하게는 자학이라는 형태로 발산되기도 했다.

그런 상황에서도 회원들은 거의가 이 년제인 이 대학을 떠나 사 년제 대학으로 편입하기를 희망하고 있었다. 그러나 그것 또한 막연한 생각이었다. 구체적인 계획도 없이 이삼 년을 넘기거나, 어떤 경우에는 삼사 년을 묵으면서 제자리걸음만 하고 있는 경우가 허다했다.

내가 이 대학에 진학한 것은 대다수 교민 학생들의 경우처럼 학비를 절약하기 위해서였다. 사이구 폭동으로 피해를 입은 부모님은 실업 수당으로 근근이 연명하고 있었기 때문에 내 등록금은 엄두조차 낼 수 없었다. 내 힘으로 학업을 계속해야 했다.

나는 뚜렷한 이유도 없이 이 대학에 대해서 염증을 느끼고 있었다. 이런 기분도 사이구 폭동의 후유증 같은 거라고 여겼다. 할 수만 있으면 속히 엘에이 지역을, 아니, 가능하면 캘리포니아를 벗어나 멀리 있는 다른 주로 떠나고 싶었다. 지난 일월에는 텍사스 주와 일리노이 주에 입학원서를 냈었다. 그러나 까다로운 입학조건 때문에 다음 기회에 보자는 회신만 받았다.

길 건너 잔디밭에 은이와 준호가 앉아 있는 모습이 시야에 들어왔다. 무슨 말인가 주고받는 것 같은데 분위기가 아무래도 심상치 않아 보였다. 서로 목청을 높이는가 싶더니, 은이가 자리에서 벌떡 일어나 건물 뒤 주차장 쪽으로 뛰어갔다. 네댓 걸음 너머로 얼핏 보인 그녀의 귓바퀴가 벌겋게 달아 있었다. 준호가 곧바로 뒤쫓아 갔다.

회원들은 일제히 그쪽으로 고개를 돌렸다.

"요즘 쟤들 잘 안 되나 보더라."

선글라스를 끼고 있는 데이빗이 한마디 했다.

"폭동은 쟤들이 먼저 일으키겠군."

토미가 불만에 찬 목소리로 받았다.

"이준호 저 자식 혹시 상습범이 아닌지 몰라."

이번에는 경수가 흘러내린 안경을 밀어 올리며 뭔가 석연치 않다는 표정을 지었다.

"나 먼저 갈게."

조용히 내 옆에 앉아 있던 유란이 흠칫거리며 가방을 어깨에 걸치고 일어섰다.

"은이 커플 얘기만 나오면 저러더라. 도둑이 제 발 저린다고 죄지은 거 아냐?"

토미가 의미 있는 표정으로 고개를 갸웃했다.

이틀 전 은이는 내게 전화를 걸어왔다. 그날은 수요일이라서 햄버거 가게에서 일하는 날이었다. 아버지가 가게를 잃은 후로 나는 줄곧 시간제 아르바이트를 해왔다. 수요일과 주말에는 햄버거 가게인 '킴스'에서 일손을 돕고, 월요일과 화요일에는 사진 현상 가게에 나가 일했다. 사진 가게는 초보자로 일을 배우고 있는 중이었다. 일주일에 닷새를 일하기가 벅찬 편이었지만 등록금과 생활비를 스스로 충당해야 하는 나로서는 어쩔 수 없는 선택이었다. 일을 끝내고 열 시가 넘어 집에 들어갔다.

집에 도착하자마자 전화벨이 울렸다. 전화 속에서 은이는 울고 있었다.

"아무래도 준호가 변했어. 한국에 계신 부모님들이 서울에 있는 여자와 약혼시키려고 하신대. 처음엔 안 할 것처럼 하더니, 부모님 의견에 따르기로 했나 봐. 어쩌면 좋지? 난 이제 끝장이야."

흥분한 탓으로 그녀는 두서없이 말을 쏟아놓았다.

"무슨 얘기야? 차근차근 말해 봐."

　나는 그녀의 흥분을 가라앉히기 위해 다독이듯이 부드럽게 말했다.

　"정확하게 말하면 준호가 다른 여자와 약혼하기로 한 거야. 재벌집 딸인가 본데 두 집안 사이에 얘기가 끝난 상태인 것 같아."

　은이는 지난가을부터 준호의 아파트에서 함께 지내왔다. 그러나 그녀의 아파트는 그대로 있어서 나는 그녀의 빈 아파트를 지키고 있었다. 사실대로 말하자면 나는 은이에게 빌붙어 살고 있는 셈이었다.

　"내일이나 모레 들를게."

　그녀는 그렇게 전화를 끊은 뒤로 연락이 없었다.

　"은이가 바보지. 그 자식 볼 게 뭐가 있다고."

　경수는 좀 흥분한 것 같았다. 그는 코리안 클럽의 회장을 맡고 있었다. 우리는 모두 그의 기분을 이해할 수 있었다. 그만큼 은이는 준호를 진심으로 대했지만 준호는 좀 신뢰하기 어려운 편이랄까, 책임감이 분명치 않은 타입이었다.

　"돈 많은 부모 가진 애들끼리 놀다 티격태격하는 게 우리하고 무슨 상관이니?"

　회원 중에는 은이와 준호를 곱지 않은 시선으로 보는 축도 있었다. 그들은 자신들과 신분이 다른 유학생들이고, 대개 한국에 있는 부모들로부터 풍족한 후원을 받기 때문이었다. 준호는 한국의 이름난 재벌가의 아들이라는 소문이었다. 그의 씀씀이는 한눈에 보아도 자신들과는 달랐다. 그는 벤츠를 몰고 다녔고 부자들이 사는 베벌리힐스의 호화 아파트에서 살았다. 은이 부모의 경제력도 탄

탄한 편이었다. 은이 아버지가 재벌 계열사의 사장으로 있다고
했다.

한때 그들 사이에 끼어든 여자가 바로 주유란이라는 말도 나돌
았다. 하지만 나는 유란이 은이 커플을 깨뜨릴 만큼 깊이 관여했다
고는 생각하지 않는다. 유란은 준호뿐이 아니라 코리안 클럽의 남
자들을 다 집적거리고 다닌다고 해도 과언이 아니어서 누구나 진
심이 아니라고 생각했다. 내가 데이빗과 만나려고 할 때도 그녀는
끼어들었었다. 물론 유란 때문에 깨진 것은 결코 아니었지만. 슬쩍
한 번 찔러보다가 우리 사이가 그대로 깨지니까 그녀도 시들해졌
다고나 할까.

"그나저나 로드니 킹 사건 평결은 어떻게 나올까?"

토미가 경수의 눈치를 살피며 화제를 바꿨다.

"또 무죄평결이 나오면 폭동이 일어나는 걸 피할 수 없을 테고,
다시 한 번 고래 싸움에 새우 등 터지는 거지."

데이빗이 퉁명스럽게 대꾸했다.

"데이빗, 그렇게 쉽게 말이 나와?"

토미가 그렇게 말한 건 아마 나를 의식해서였을 것이다.

"차라리 폭동이 빨리 일어났으면 낫겠다. 오나가나 그놈의 폭동,
폭동 하는 소리 때문에 불안해서 살겠니? 엎친 데 덮친 셈이지."

토미의 정색하는 시늉에 데이빗이 짜증스럽게 받아넘겼다.

틀린 말도 아니었다. 데이빗의 말처럼 '어차피 일어날 바에야'
하면서 막말을 해버릴 수도 있었다. 그것은 모두들 지쳐 있었기 때
문이었다. 사실 엘에이 폭동을 겪은 사람이라면, 그 끔찍한 상황을

다시 기억하고 싶은 사람이 어디 있겠는가.

잠시 동안 대화가 끊겼다. 경수는 묵묵히 앉아 있었고, 데이빗과 토미는 멍청히 허공을 응시했다. 나는 애꿎은 땅바닥만 노려보고 있었다.

내 머릿속엔 넘을 수 없을 것 같은 높은 벽이 암담하게 그려졌다. 그리고 그 벽을 기를 쓰고 기어오르는 네 사람의 얼굴이 차례로 떠올랐다. 엄마, 아버지, 그리고 동생 진호와 내 모습이었다.

"저녁에 회장 집으로 모이는 거 알지?"

데이빗이 갑자기 모임에 관한 약속을 상기시키고는 자리에서 일어섰다.

모두들 따라 일어섰다. 그렇게 우리는 어려운 문제를 피해 가는 것에 익숙해 있었다. 고개를 두어 번 가로젓고는 우리들 특유의 웃음과 행동 속에 모든 것을 감추어두었다. 그러고는 과장된 제스처와 함께 모였다가 흩어지곤 했다.

토미는 나를 따라 나왔다.

"너 오후에 클래스 없어?"

나는 그에게 자주 그랬던 것처럼 차가운 어조로 물었다.

"오늘은 클래스가 없어. 오로지 널 보려고 왔을 뿐이야."

토미는 학기 초에 등록했던 과목들을 거의 중단하고 한 과목만 듣고 있었다. 그는 중학교 때 부모를 따라 이주했으나 아직도 영어가 서툴렀다. 어머니가 이민 직후에 아버지와 이혼하고 동생을 데리고 한국으로 돌아갔다고 했다. 그는 그 영향으로 외로움을 많이 탔다.

"난 유조와 도서관에서 공부하기로 했어."

나는 그를 따돌릴 궁리를 했다.

"잠깐이면 될 텐데."

토미의 얼굴은 실망감으로 일그러졌다. 하지만 발길을 돌리지 못하고 미적거렸다.

"저녁에 경호네 집에 올 거잖아? 그때 봐."

조금 누그러뜨린 어조로 말했다.

2. 진실게임

유조 타카하시는 미국에서 태어난 일본계 미국인이었다. 그가 내게 불어 과목을 함께 공부하자고 제의했다. 나는 흔쾌히 동의했고, 우리는 가끔 도서관에서 만나 공부하곤 했었다. 어느 날 유조는 내게 이런 말을 했다.

"쉬고 싶을 땐 네 생각을 하지. 너는 돌아가신 내 할머니를 연상시키거든. 내 할머니는 늘 포근히 쉴 수 있는 고향 같은 분이셨어."

그는 자기 피의 사 분의 일이 한국인이라고 강조했다. 그래서 자신의 몸에 할머니의 피가 흐르는 한, 한국인에게서 고향을 느낄 것이라는 말도 했다. 그는 더듬거리기는 하지만 한국말도 할 수 있었다. 나와 함께 불어 공부를 하면서도 한국말 한 마디씩 배우는 것을 빼놓지 않았다.

그가 맨 처음 자신을 소개할 적에 가장 먼저 꺼낸 얘기가 바로

'맨자나 순례'였다. 맨자나 행사는 이 땅에 살고 있는 모든 사람을 위한 것이라고 강조했다. 특히 엘에이 폭동으로 큰 피해를 입은 한국계에게는 의미 있는 일이라고 말하곤 했다.

나는 불어 과목만 자신이 있었다. 오늘은 유조와 약속이 없었다. 토미를 따돌리기 위해 거짓말을 한 거였다. 나는 마치 약속에 늦기라도 한 것처럼 서둘러 걸음을 옮겼다. 토미는 늘 나를 괴롭혔다. 나는 그를 스토커처럼 취급했지만 그는 나에 대한 집착을 버리지 못했다. 솔직히 나도 토미에 대해 연민의 정이 없지 않았다. 하지만 연민의 정이 사랑일 수는 없다고 생각하며 미안한 마음을 가볍게 날려버리곤 했다. 이렇게 된 데에는 내게도 일부 책임이 있다고 스스로 생각했다. 바로 그 연민의 감정 때문이었다. 그가 몹시 외로워 보였었다. 나는 그 얄량한 동정심을 두고두고 후회했다.

토미의 말에 의하면, 처음 보았을 때 내가 아주 귀엽게 웃었다고 했다. 그 웃음에 반했다고 했지만, 나는 도무지 기억나지 않는 일이었다. 그가 하도 떠들고 다녀서 코리안 클럽 회원이라면 모르는 사람이 없을 정도였다.

지난주엔 나를 만난 지 여섯 달이 되었다고, 기념하는 의미라면서 장미꽃 한 송이를 들고 주차장에서 기다리고 있었다. 나는 토미의 그런 행동이 이젠 지겹다 못해 역겹기까지 했다. 그는 기념이라는 단어를 남발했다.

네가 불어 과목에서 최고 점수를 받았으니까 기념하는 의미에서 저녁식사를, 네가 사회 과목에서 A를 받았으니까 기념하는 의미에서 영화 구경을…… 하는 식이었다. 그럴 때마다 나는 어이가 없어

200

서 말도 나오지 않았다.

나는 일부러 그 점을 이용해 장난을 친 적도 있었다. 사실, 그를 골탕 먹여 스스로 포기하게 만들려고 해본 짓이었다. 그러니까, "내가 A 받은 것을 기념하는 의미에서 점심은 어때? 나를 위해서 내 친구들 전부에게 말이야. 내가 한턱내겠다고 약속했거든." 하면서 백인 흑인 할 것 없이 클래스 학생들 한 무더기를 일본 식당으로 데리고 나간 일이었다. 정확하게 열두 명이었다. 큰 피해임에 틀림없을 터인데 당황하는 기색이 없었다. 오히려 기분이 좋은지 활기가 넘쳐 보였다.

사실 그는 돈을 지불할 능력이 있었다. 열심히 아르바이트해서 번 돈을 항상 주머니에 넣고 다녔다. 나를 위해서 언제든 쓸 수 있도록 준비하고 있다는 듯이. 그런 짓도 그가 얼굴 한 번 찌푸리지 않으니까 나는 더 이상 재미가 없었다. 그가 감당하지 못할 만큼 거듭 그랬다면 혹시 모를 일이었지만, 그것은 계속 쓸 수 있는 방법이 아니라고 생각했다. 너무 잔인한 것 같아서였다.

유조 타카하시가 와 있기를 기대했던 건 아니었다. 그곳엔 알렉스가 와 있었다. 알렉스는 흑인이었다. 그리고 신사였다. 그가 흑인이 아니었다면……. 나는 언젠가 그런 생각을 한 적이 있었다. 그의 매너가 마음에 들었기 때문이었다.

"나와 불어 공부를 함께 하겠어?"

얼마 전에 알렉스도 내게 그런 제의를 했었다.

외국어가 어려운 건 영어권이라고 다르지 않은 모양이었다. 나는 알렉스의 제의를 거절했다. 남자들의 심리를 조금은 알 것 같았다. 그것은 클래스에서 호감이 가는 여학생에게 접근하는 한 가지 방법이란 걸 어찌 모를 수 있겠는가.

부모님의 노발대발하는 얼굴을 잠깐 떠올렸다. 그러나 그것이 거절의 이유는 아니었다. 멕시코인 거부 이세와 결혼한 주유란의 언니를 생각해보았다. 여자 쪽에서는 돈 한 푼 안 쓰고도 남자 쪽에서 저택과 보석이 가득 찬 상자, 그리고 캐딜락을 선물했다고 떠들어댔다. 나는 어마어마한 선물에 대해서는 상상조차 안 되었다. 유란이 자랑을 늘어놓을 때마다 나의 뇌리에는 폭동으로 전 재산인 마켓을 잃고 알코올 중독에 빠진 아버지와 그의 폭력에 시달리는 엄마의 모습이 재빠르게 스쳐 지나갔을 뿐이었다.

터무니없는 상상 끝에 나는 조소 어린 웃음을 날렸다. 나는 자주 나 스스로를 조소했다. 이것도 폭동 이후에 생긴 또 하나의 버릇이었다.

한국계도 마찬가지였다. 데이빗을 떠올리자 내 기분은 떫은 감을 씹은 느낌이 되었다. 그 엉큼한 바람둥이. 촌스런 옷차림에 못생긴 얼굴, 나는 한 번 구겨버린 데이빗의 이미지를 끝내 회복하지 못했다. 어느 점을 보고 그의 청을 받아들인 것인지, 내가 잠시 어리석었던 것은 아마도 그의 말재주 때문이었을 거라고 생각했다. 어려서부터 미국 사회에 닳고 닳은 그의 경력이 타고난 말재간을 더 능숙하게 발달시켰을 테고, 바로 그 점에 속아 넘어갈 뻔했다고 나는 스스로 분석해보았다.

데이빗과 나의 처음이자 마지막이 된 그 데이트는 데이빗의 요청으로 이루어졌다. 나는 토미의 집요함에 지쳐 있었다. 데이빗과 만나는 것은 그를 따돌릴 수 있는 그럴싸한 구실이라고 여겼다. 두 사람의 불꽃 튀는 결투까지야 기대하지 않아도 약간의 암투 정도 즐기는 일쯤이야, 하고 생각하면서.

토미와 데이빗은 웬만큼 가까운 사이였다. 또한 토미가 두 살이 위인 데이빗을 형처럼 따른다는 점도 내가 목적을 이룰 수 있도록 뒷받침해주었다. 하여튼 나는 토미가 내 계산대로 기권해주기를 바랐다. 그런데 결과는 엉뚱했다.

데이빗과 나는 만나서 저녁식사를 하고 음악회에 갔다. 문제는 음악회가 끝나고 나를 집 앞까지 태워다주는 길에서 발생했다. 그는 고의로 넓은 길이 아닌 좁은 골목길을 구불구불, 이리저리 돌면서 시간을 끌었다. 마침내 운전대를 잡지 않은 오른손을 뻗어 내 손을 쥐었다. 나는 즉시 그의 손을 뿌리쳤다. 그는 재차 손을 뻗어 내 손을 만지려고 시도했으나 나는 여전히 손을 빼내었다. 성급한 그의 행동이 왠지 마음 내키지 않았던 거였다.

"결벽증 아냐?"

그의 목소리는 약간 흥분되어 있었다.

"난 준비가 되지 않았어."

"무슨 준비?"

"데이빗의 이런 행동에 대한……."

나는 말꼬리를 흐렸지만 기분이 뒤틀려서 마음속으로 항의하듯 쫑알거렸다.

너는 내 손을 만지고 그 다음엔 내 팔, 어깨를 요구하고, 그리고 그 다음, 그 다음……. 이렇게 해서 나를 걷잡지 못하게 만들 거야.

나는 너를 받아들일 아무런 준비가 되어 있지 않아. 첫날부터 네가 이렇게 뻔뻔스럽게 나올 줄은 몰랐다고.

그렇게 생각하자 나는 정말 화가 치밀었다. 남자들의 그런 상투적인 손버릇은 비디오를 보듯 훤한 교과서라는 걸 모르는 맹추가 있을까 싶었던 것이다.

"네 마음을 알겠어. 나를 좋아하지도 않으면서 어떻게 따라나설 수 있었지?"

"좋아하지 않는 건 바로 너야. 진실성이 없잖아?"

나는 그 말을 끝으로 격앙된 기분을 억누르느라 입을 꽉 다물었다.

그와의 데이트는 그렇게 끝나버렸고, 코리안 클럽에는 내가 결벽증 환자라는 소문이 퍼졌다. 그러나 몇몇의 남학생들은 지극히 한국적인 논리로 나를 감싸기도 하는 모양이었다. 어쩌면 그 소문 때문이었는지 몰랐다. 경수의 집에 모였을 때 누군가 진실게임을 하자고 했다.

"네가 남자를 모른다는 건 말을 안 해도 믿겠는데, 유란이 그렇다고 떠드는 건 아무리 자신이 강조해도 못 믿겠어."

언젠가 토미가 내게 이런 말을 한 적이 있었다. 나는 그때 토미의 빰을 한 대 갈겨주고 싶었다. 분명 토미만의 사고가 아니라고 생각되었다. 대다수의 남자 회원들이 그런 이기적인 속성을 가지고 있을 거라고 생각하니 참으로 한심하다 싶어서 코웃음이 나왔다.

남자들은 왜 다 그 따위 생각 속에서 사는지 이해할 수 없단 말야. 내가 숫처녀든 아니든 그것이 너희들과 무슨 상관인데? 내가 이조 여인처럼 순결을 지키기 위해 목숨이라도 걸었다는 말이니?

204

나는 토미만이 아니라 남자 회원들 전부를 싸잡아 비웃었다. 생각 같아선 누구라도 붙잡고 따지기라도 하고 싶었다. 나는 남자들의 그런 질척한 속물근성이 싫었다.

진실게임은 상대방의 질문에 대해서 사실을 털어놓든가, 아니면 혹독한 벌이라도 감수해야 하는 게임이었다. 그날, 박경수의 집에 모인 회원들은 박경수를 비롯해서 토미 김, 데이빗 리, 주유란, 성은이 그리고 나였다.

토미가 먼저 은이에게 물었다.

"준호를 진심으로 사랑하니?"

"물론."

은이의 대답은 간단했다.

"만약 준호가 배신한다면 어떡하겠어?"

토미는 짓궂게 웃음을 흘리며 질문을 던졌다.

"죽음으로 갚아줄 거야."

은이의 대답은 단호했다.

와우! 우리는 가볍게 합창했다. 하지만 마음속으로는 섬뜩한 기분이 들었다. 거기 모인 사람 중 누구도 사랑에 목숨을 걸어야 한다고 여기지는 않을 것이었다. 그런 사랑이라면 너무 힘들어서 제 풀에 지쳐버릴 것 같았다. 마치 게임을 하듯이 즐겁고 부담 없는 형태로 접근하고 싶어 했다. 우리들의 나이에, 더구나 일 년 내내 햇볕이 화창하게 내리쬐는 캘리포니아에서는 그랬다. 그러기에 은이의 대답은 우리 모두를 화들짝 놀라게 하기에 충분했다.

"너희들이 사랑한 얘기를 조금만 해줄래? 예를 들면, 키스라든가 그 이상의 행동에 대해서……."

이젠 웃음 같은 건 흘리지 않았다. 흥미진진했다. 토미만이 아니라 모두들 눈빛을 빛냈다. 그러나 은이는 조금도 망설임이 없었다. 옆에 있는 가방을 뒤지더니 은박지에 싼 것을 꺼내 조심스럽게 펼쳤다. 색깔이 까맣게 변한 조그만 덩어리였는데, 알고 보니 씹다 만 껌이었다.

"이게 바로 그와 내가 키스를 하면서 각자 씹던 껌을 입속에서 주고받으며 혀로 뭉친 것이야. 이 정도면 더 이상의 설명이 필요 없겠지? 이것이 증거야."

"정말? 이게 두 사람이 키스하면서 뭉친 거 맞아?"

누군가 은이의 진지함에 식초를 치긴 했지만, 그럼에도 불구하고 우리는 할 말을 잃고 서로의 얼굴만 쳐다보았다. 남자들은 입을 벌린 채 다물지 못했다. 배를 쥐고 한바탕 웃음을 터뜨린 건 잠시 후였다. 우리는 은이의 너무 무거운 진실성을 그렇게 털어냈다.

내게 질문한 사람은 경수였다.

"혼전 섹스를 어떻게 생각하니?"

"그건 사랑하는 사이냐 아니냐의 문제라고 생각해."

나는 왜 이런 대답을 해야 할까 생각하니 속으로 울화가 치미는 걸 억눌렀다. 솔직하게 말하면, 나는 한 번도 혼전 섹스에 대해서 깊이 생각해본 적이 없었다. 그럴 여유가 없었다. 내 대답은 지극히 교과서적이었고, 엄마가 항상 강조했던 말이기도 했다. 그러니까 세뇌교육의 결과라고도 말할 수 있겠지만. 엄마는 내가 중학생이었을 때부터 '결혼은 반드시 사랑하는 사람과 하는 거란다. 순결

은 사랑하는 사람을 위해서 소중히 간직하는 거란다.' 라고 말해왔
다. 그렇다고 이런 걸 늘 염두에 두고 행동한 것은 아니었다. 생각
하면 고리타분하기 짝이 없었다. 사실 순결 같은 것은 간직하고 있
으면 거추장스러우니까 일찍 내던져버리는 것이 낫다고 말해버리
고 싶었다. 그러나 끝까지 그렇게 말하지 않았다.

"그럼 손을 잡는 것도?"

"응, 안 돼."

나는 쥐구멍에라도 들어가고 싶은 심정이었다. 데이빗 그 자식,
그 자식을 거절한 건 백번 잘한 일이지. 속으로 이를 갈았다. 한편
으론 이런 것도 진실게임일까, 생각했다. 은이를 빼고 진실게임을
한 사람은 아무도 없을 테니까.

유란과 김준일은 실실 웃음을 흘렸다. 그러나 토미는 진지한 눈
빛이었다.

그날, 나는 진드기처럼 나를 쫓아다니는 토미에게 아무것도 묻
지 않았다. 일부러 관심을 보이지 않은 것이다. 은이는 그가 불쌍
하다고 했다. 경수도 그에게 조금만 잘 대해주라고 언질을 주곤 했
었다. 그러나 아무리 토미를 동정해도 그럴 수는 없었다. 나에 대
한 미련을 진작 접었어야 했다고 일축했다.

도서관에서 나는 알렉스를 피해 다시 나올 수밖에 없었다. 알렉
스마저 토미를 만들 수는 없었다. 그런 실수는 한 번으로 족했다.

3. 회지 발행을 위하여

봄가을로 발행되는 회지 〈울림〉의 편집위원들이 회장인 박경수의 집에 모였다. 문예부장인 나는 사실상 편집을 책임져야 하는 까닭에 빠질 수 없었다. 토미는 술 냄새를 풍기며 나타났다. 내가 이유라는 것은 묻지 않아도 거기 모인 모두가 짐작할 수 있었다. 나는 토미의 그런 모습을 보기가 조금은 괴로웠다. 그러나 모르는 척 조용히 있었다. 그것은 흔한 일이어서 괴로움을 참기도 어렵지 않았다. 우리는 그동안 회원들로부터 들어온 원고를 정리하는 중이었다.

"오늘은 써베이 결과를 알기 쉽게 도표로 그려서 정리해야겠어. 이번 봄호 최고의 이슈는 바로 이것이 될 거야."

회장인 경수는 그동안 학생들의 의식구조를 조사한 설문지 뭉치를 꺼내놓았다. 설문 내용은 국가관, 결혼관, 종교관, 직업관, 인종차별과 사이구 폭동에 관한 것이었다. 편집위원들이 달려들어 설문지 뭉치를 풀어 헤쳤다.

"결혼 상대자는 육십 퍼센트가 한국인이어야 한다는 거야. 그리고 혼전 성관계는 부도덕한 것이므로 용납될 수 없다는 생각이 42퍼센트이고, 용납될 수 있다는 쪽이 18퍼센트인 걸."

토미가 불그레한 얼굴로 그래도 신기하다는 듯이 소리쳤다. 그가 기죽어 있는 것에 은근히 신경이 쓰이던 나는 마음이 조금 놓였다.

"나는 그 결과를 믿을 수 없어. 그것은 거짓이야. 오히려 그 반대라고 생각해. 특히 남자들은 입으로는 부도덕하다느니 하면서 떠들지만, 실제 행동은 그렇지 않잖아? 여기 있는 남자들 한번 솔직히 대답해 봐. 모두들 기회만 노리고 있잖아? 남자들은 성을 즐기기 위해서 여자를 짓밟기가 예사지. 그러고는 도덕과 윤리 운운하며 여자를 억압하려 들고, 순결을 강요하거든. 표리부동한 동물이 바로 남자라고 생각해."

편집위원 에리카가 거침없이 말을 쏟아냈다. 화교 출신인 그녀는 한국에서 태어나고 성장했다. 한국에서 사는 동안에는 중국인이었지만, 캘리포니아에서는 한국인처럼 살고 있었다. 아마 외국인의 눈으로 보면 손색없는 한국 여자로 보였을 터이다. 한국인들과 어울리고 한국말을 쓰고 그 또래의 수준에 맞는 한국적인 사고를 했으니까, 오히려 중국인들과는 겉돌았다고 하는 편이 맞을 것이었다. 하지만 클래스에서나 코리안 클럽에서 자신의 의견을 말할 적에는 상당히 진취적이었다고나 할까. 항상 거리낌 없는 말투로 분위기를 휘저어놓곤 했다. 강하다는 의미를 내포하고 있는 그녀의 이름처럼.

"그런 식으로 남자들을 매도하지 마. 네가 생각하는 것보다는 훨씬 더 순수해."

데이빗이 정색하며 대꾸했다.

나는 데이빗의 말에 밸이 뒤틀렸다. 순수하다고? 요즘 떠도는 자신의 소문을 알고나 하는 소리인지, 속으로 그를 비웃었다.

그 무렵 코리안 클럽에는 이상한 소문이 나돌고 있었다. 데이빗이 연상의 이혼녀와 이러쿵저러쿵 한다는 내용이었다. 하지만 대다수 회원들은 그 이야기를 믿으려 하지 않았다. 아무리 미국식으

로 사는 데이빗이라고 해도 어떻게 열 살이나 더 먹은 이혼녀와 사
랑에 빠질 수 있겠나 싶었다. 나하고 실패해서 그렇게 빠졌다고 누
군가 말을 지어내기도 한 모양이었다.

"매도한 일 없어. 난 사실을 말했을 뿐이야."

역시 에리카는 언쟁에서 쉽사리 지지 않는 사람이었다.

"아는 척하지 마. 나는 네가 걸핏하면 남학생들을 함부로 말하는
게 싫어."

데이빗의 언성이 높아졌다.

"이러다 싸우겠다. 써베이 결과가 말해주는 건 우리가 이 땅에
살긴 해도 한국인이라는 사실이야. 다음 설문을 봐. 인종차별에 관
한 것이야. 인종차별을 받은 적이 있는가라는 물음에는 54퍼센트
가 있다고 대답했고, 장소로는 학교와 공공기관이 50퍼센트나 돼."

두 사람의 성격을 잘 아는 경수가 언쟁을 말리기 위해 화제를 바
꾸었다.

"정말 놀라운 결과야. 그리고 백인에 의한 인종차별이었다는 대
답이 44퍼센트나 되고, 미국 사회는 인종차별이 뿌리 깊게 존재한
다고 생각하는 사람이 78퍼센트나 되는걸. 이것은 우리의 피해 의
식이 얼마나 큰지를 증명해주는 것이야."

편집위원인 김준일이 관심을 보였다. 그는 평소 코리안 클럽에
는 제대로 나오지 않았다. 경수가 편집위원 명단에 그의 이름을 올
려놓고 억지로 끌어낸 셈이었다.

"여기 좀 봐. 사이구 폭동에 관한 질문에서는 46퍼센트가 직간
접으로 피해를 입었다고 했고, 폭동의 주원인으론 56퍼센트가 갈

등이라고 답했고, 26퍼센트가 경제적 불경기라고 답했어. 지난 호에 실었던 '우리들의 토론'에서도 같은 의견이 나온 것으로 알고 있는데."

에리카가 다시 말했다. 우리의 시선은 일제히 에리카가 가리키는 도표로 몰렸다.

나는 또다시 가슴이 답답해졌다.

화제는 자연스레 일 년 전으로 돌아갔다.

"마지막 설문을 읽어 봐. 사이구 폭동 이후, 한인사회가 해결해야 할 급선무는 한인사회 단결이 36퍼센트이고, 한·흑 갈등 해소가 28퍼센트로 나왔어. 그리고 경기회복이 8퍼센트인걸. 왜 한인사회 단결이 갈등 해소보다 먼저라고 생각하는 것이지?"

"한인사회가 서로 단결해서 똘똘 뭉쳤더라면 피해를 사전에 예방할 수 있었거나 최소화시킬 수 있었다는 얘기가 아닐까."

"난 갈등 해소나 단결이나 어느 쪽이 먼저라는 생각은 안 해. 모두 한인사회가 지향해야 할 방향이라고 생각할 뿐이야."

우리는 서로 의견을 나누고 미루어두었던 원고정리를 서둘렀다.

"사이구 폭동 한 돌을 맞이해서, 또 폭동 재발설로 사회가 혼란스러운데 사이구 폭동을 뼈아픈 교훈으로 삼자는 의미에서 이번 호에 '나는 이렇게 생각한다'라는 논단을 실었으면 하는데, 누가 적합할까?"

회장인 경수가 의견을 내놓았다.

"진아가 쓰는 게 어때? 진아는 사이구 폭동으로 가장 피해를 입은 사람이잖아?"

토미가 불쑥 나를 추천하고 나섰다. 나는 그가 못마땅했다. 원고를 쓰는 일이라면 맡고 싶지 않았다. 사실, 나는 쓸 말이 없었다. '사이구는 검은 그림자'라는 등식만 언제부터인가 내 뇌리에 박혀 있을 따름이었다. 내게 있어서 급선무는 어떻게든 공부를 계속하는 것과 우리 집안에 휘장처럼 드리운 그 검은 그림자를 걷어내는 일이었다.

"아직 시간이 있으니까 여유를 가지고 써 봐. 부탁한다."

회장의 말에 모두 박수로 동의를 표했다. 나는 어쩔 수 없이 논단 원고를 쓰게 되었다.

"토미, 진아가 목마르단다. 니 애인이 저렇게 열심히 일하시는데 맛있는 것두 안 사오니?"

에리카가 잠시 조용해지니까 입이 심심한지 나를 팔아 심심풀이를 할 요량으로 토미를 부추겼다. 회원들은 모이기만 하면 나를 핑계로 토미의 주머니 털기를 즐겼다.

"누가 목이 마르다구 그래?"

내가 에리카에게 가볍게 눈을 흘기며 말했다.

"가만, 원님 덕에 나팔 좀 불어보자."

"맞어, 이런 땐 물주가 있어야지. 토미, 회지 뒷장 맨 끄트머리에 도와준 사람이라고 네 이름도 올려줄게. 어서 갔다 와."

에리카의 말에 남자들도 맞장구를 치고 나왔다.

"난 프렌치 푸라이즈 라지로 하나하고 콕이야."

"난 배가 고프니까 데리야키를 투 고우 해와. 응?"

"여긴 빅 맥."

회원들은 너도나도 주문부터 해댔다.

토미는 떠밀려 나가는 척 문손잡이를 잡았지만 결코 싫은 얼굴이 아니었다. 으레 그러려니 하는 눈치였다. 전에는 아예 한 보따리씩 사 들고 모임에 오기도 했었다. 나는 그런 것이 싫었다. 회원들이 의식적으로 나와 그를 붙여주려는 의도 같아서였다. 토미는 일해서 스스로 학비를 벌었지만 실상 학비로 쓰는 돈은 얼마 되지 않았다. 그의 학점은 벌써 몇 년째 제자리걸음이었기 때문이다. 힘들게 번 돈을 대부분 이런 식으로 낭비했다.

한 시간도 더 지나서 토미는 커다란 박스를 들고 돌아왔다. 그 속에는 회원들이 주문한 음식이 가득 들어 있었다. 그가 이 음식을 사기 위해서 여러 곳의 가게를 돌았을 걸 생각하니 측은한 마음이 들었다.

밤이 늦어서야 나는 아파트로 돌아왔다. 자동응답기를 재생시키자 은이의 목소리가 흘러나왔다. 별 내용은 없었고 다시 연락하겠다는 말이었다. 참, 하고 그녀가 끊기 전에 덧붙인 말이 있었다. 아파트 월세에 대한 것이었다.

"네가 우선 체크를 끊어서 보내. 들르는 대로 갚을게."

"그래, 알았어. 걱정 마."

나는 마치 은이가 옆에 있기라도 한 듯이 대답했다. 사실 그런 일이라면 마다할 처지가 아니었다. 은이는 내 형편을 잘 알기에 그런 부탁을 자주 하지도 않았지만, 어쩌다 부탁을 하고 난 다음에는 만나자마자 그 돈부터 들이밀곤 했다. 나는 그런 은이가 진심으로 고맙고 미안했다. 먹거리만 빼고 주거에 필요한 건 모두 은이의 도움을 받고 있는 셈이었다.

4. 나체 사진

　월요일이 되면 주말에 촬영한 필름을 현상하려는 사람들로 가게는 붐볐다. 한 주일의 수입 중 반 정도를 월요일과 화요일에 올린다고 해도 과언이 아니었다. 바쁜 틈틈이 찾아가지 않는 사진 중에서 잘된 것들을 골라 유리에 붙였다.

　키가 크고 배가 나온 찰리는 거구를 제법 재빨리 움직였다. 손님들이 가져오는 필름을 받고 주문서를 작성한 다음, 필름을 다시 봉투에 넣어 내게 넘겨주었다. 나는 찰리가 넘겨주는 필름에 일일이 번호를 붙여서 현상 기계에 넣었다. 필름이 네거티브 필름으로 만들어져 나오는 데는 약 팔 분이 소요되었다. 잠시 기다렸다가 네거티브 필름이 서서히 나오면 가위로 필름리더와 필름을 연결한 테이프를 잘라 필름을 번호순으로 걸이에 걸었다. 여기까지가 내가 할 수 있는 작업이었다. 다음 과정은 네거티브 필름을 다시 프린터에 넣고 빛을 쬐어 찍는 일이었다. 그러나 이 작업은 웬만큼 숙련된 기술을 요하는 섬세한 과정이었다. 물론 자동으로 죽 찍어버릴 수 있었으나 찰리는 일일이 수작업을 했다. 그의 수작업은 오래 숙련된 그만의 노하우였다.

　내가 백인인 찰리의 가게에 나와 일을 배우기 시작한 것은 지난 삼월부터였다. 이왕 아르바이트를 할 바에는 다음에 기술이 될 만

214

한 일을 배워놓자는 심산이었다. 신청해놓은 융자금이 나오면 사진 현상 가게를 엄마에게 권해볼 수도 있지 싶었다.

새로 비즈니스를 시작하려는 사람들은 이미 사양길에 들어선 사업이라고 일찌감치 피하는 축도 있지만, 동생인 진호와 내가 엄마를 도와 꾸려가기에는 괜찮은 일이라고 생각되었다. 우리 가족 취향에도 맞을 듯싶었다. 또한 사양길에 접어들었다고는 해도 몇 년간 우리 가족이 먹고살면서 어려움을 헤쳐 나가는 발판은 되어줄 것이라 여겼다.

해변 쪽은 경관이 빼어난 관광지가 많아서 사진 현상 가게의 수입이 괜찮다는 이야기도 들렸다. 이곳도 산타 모니카 해변에서 오분가량 아래로 내려온 경치 좋은 해변에 위치해 있었다.

월요일과 화요일이 되면 나는 오전 수업을 끝내고 곧바로 털털거리는 고물차를 몰고 삼십 분을 달려 찰리의 가게로 나왔다. 첫날 찰리는 나를 호감 어린 눈으로 바라보며 일을 빨리 배우면 기술자로 취급해서 시급을 올려주겠다는 약속을 했었다. 손님이 뜸한 틈을 타서 찰리는 내게 일을 가르쳐주었다.

"지니, 먼저 약품을 혼합해서 만들어놓아요."

손님과 이야기하다 말고 찰리는 작업실에서 필름을 자르고 있는 나를 향해 소리쳤다.

찰리는 나를 진아라고 부르지 않고 비슷한 미국 이름인 지니라고 불렀다. 하지만 그에게는 지니가 더 발음하기 쉬울 거라는 생각이 들어서 그대로 두었다.

지난주에 배웠던 약품을 타는 법을 떠올리며 나는 뒤쪽에 있는 작은 방으로 갔다. 그러나 아무래도 자신이 없었다. 약품을 탈 때에는 물과 약품의 비율 그리고 물의 온도를 정확하게 맞추어야 한다고 찰리가 강조했었기 때문이었다.

벽에 걸어놓은 약품 혼합법을 다시 읽어보았다.

먼저 따뜻한 물을 옆에 놓인 플라스틱 주전자로 두 개하고 삼 분의 이를 넣고, 디벨로퍼, 블리치, 휙서를 넣은 다음 마지막으로 스타블라이저를 넣고 물 삼 분의 일을 마저 붓는다. 그리고 천천히 오래 젓는다.

나는 세 개의 플라스틱 통에 세 종류의 다른 약품을 각각 타놓고 작업실로 돌아왔다.

"굿. 지니! 오늘 아주 예쁘군."

약품을 잘 탔는지 확인하고 나온 찰리는 뒤늦게 나의 모습을 칭찬했다. 늘상 입고 다니던 긴 청바지를 벗어버리고 베이지 색 핫팬츠에 풍성한 감색의 스웰셔츠를 입었을 뿐이었다. 바지는 너무 짧아서 입지 않은 것처럼 보일락 말락 했다.

"땡큐."

나는 그의 일상적인 칭찬에 가볍게 답했다. 찰리는 언제나 말을 듣기 좋게 하는 사람이었다. 또한 나의 옷차림이나 머리 모양의 변화에 자상한 반응을 보내곤 했다. 대체로 큰 체구의 남자들이 그렇듯이 그의 성격은 진중했다. 중년의 나이에 알맞게 중후한 면모도 갖추고 있었다.

"이걸 좀 교정해 봐요."

찰리는 손님을 보내고 내게 다가와 한 뭉치의 사진을 내밀었다.

그중에서 반은 여자의 나체 사진이었다. 여자는 샤워를 하거나 금발의 긴 머리를 늘어뜨리고 서 있었다. 또 한 장은 머리카락을 어깨에서 앞가슴으로 내려뜨리고 요염한 자태로 누워 있는 모습이었다. 남자의 나체도 있었다. 앞의 여자와 같은 장소에서 찍은 듯 뒷면에 핑크 빛깔의 벽이 보였다. 남자의 툭 불거져 나온 성기 부분에서 나는 시선을 잠깐 멈추었다.

생물시간에 남자의 성기를 반으로 절개한 그림을 수없이 그려가면서 공부했던 기억을 떠올렸다. 그 여교수는 하필 그 부분만을 시험범위로 삼아 공부하게 했다. 그녀가 가르친 대로 절개 그림을 그리며 답을 써야 하는 문제였다. 문제를 받자 여학생들은 간호실에서 에이즈에 관한 교육을 받을 때처럼 '오, 노우―' 하는 신음소리를 냈다. 간호사가 에이즈를 예방하는 방법을 설명하는 부분에서였다. 간호사는 준비해온 바나나에 젤을 바르고 콘돔을 씌우며 과정을 설명했다. 그때도 여학생들은 '오, 노우―' 하며 신음했었다.

나머지는 아기를 분만하고 있는 사진이었다. 여자의 허연 허벅지가 보이고, 허벅지 사이로 파란 수술복에 마스크와 모자를 쓴 의사의 땀방울 맺힌 얼굴이 솟아 있었다. 다음 장엔 의사와 허벅지 사이 중간에 아기의 머리가 찍혀 있고, 다음 장엔 그곳에 아기의 몸이 더 많이 보였다. 그리고 또 다음 장은 의사가 갓 태어난 아기를 거꾸로 들어 올린 장면이었다. 삼십육 장짜리 한 통을 다 찍은 모양으로 그중에는 여자의 고통에 일그러진 얼굴과 반대로 환희의 빛이 가득한 얼굴도 있었다. 맨 나중에 찍은 듯한 사진에는 방금 아기가 빠져나온 여자의 음부가 힘없는 덩그런 구멍으로 남아 있었다. 나는 반사적으로 고개를 돌렸다.

"그런데 왜 하필 이런 사진을 저보고 교정하라고 하세요?"

나는 투정하듯 말했다.

"사진이니까 하라는 거요. 소중히 다루어달라고 특별히 부탁했소. 필름에 흠집 나지 않도록 조심해요. 그리고 사진을 만질 때에는 반드시 오른손에 장갑을 끼라고 했지 않소."

그는 태연한 어조로 대꾸했다. 나는 그의 지적에 얼른 흰 면장갑을 찾아 오른손에 끼며 투덜거렸다. 모두가 허연 살과 단조로운 방뿐인데 고쳐야 할 곳이 어디 있다고. 성기의 그림자를 더 진하게 할 것도 아니고. 내가 보기에는 흠잡을 곳이 없어 보였다.

"이 정도면 괜찮게 나온 게 아닐까요? 제 눈엔 고칠 곳이 없는 것 같은데요."

바로 자신의 은밀한 곳을 보는 것만 같아 나는 대충 얼버무리고 싶었다.

"여길 봐요. 이 사진은 얼굴이 너무 밝아요. 밝기를 줄이고, 전체적으로 이 사진에는 붉은색이 너무 많이 들어갔어요. 붉은색을 줄이려면 반대로 사이언과 옐로우를 더해주면 돼요."

그의 목소리는 부드럽고 눈빛은 온화했다.

나는 재빨리 시선을 사진 위로 떨어뜨렸다. 나의 가슴속에서 또하나의 내가 공연히 '아니야, 아니야' 하고 외치는 것 같았다. 도대체 무슨 일이 있다고, 나 자신의 엉뚱한 변명에 나는 스스로 놀라고 있었다.

지난주에 암실에서 인화지를 끼우는 작업을 배우던 일이 빠르게 뇌리를 스쳐 지나갔다. 그때 나는 터무니없이 가슴이 두근거렸다. 칠흑 같은 어둠 속에서 그가 내게 손을 뻗어 올 것만 같았던 맹랑한 불안감. 그러나 그는 내 불안감 따위는 아랑곳하지 않고 안정된 동작으로 어둠 속에서 작업을 계속했다. 마침내 내 손을 끌어당겨 인화지가 들어가 있는 모양을 만지게 했다. 불을 끄기 전에 설명했던 과정을 어둠 속에서 익숙한 손놀림으로 반복하고 있을 뿐이었다.

암실에서 나와 나는 곧장 화장실로 뛰어들었다. 벽에 부착된 거울 속에는 벌건 얼굴이 나를 마주 보고 있었다. 보기 싫은 얼굴이었다. 나는 찬물로 그 얼굴을 씻어냈다. 그러고는 잡념을 털어내기 위해서 고개를 흔들었다.

"지니! 전화 받아 봐요."

찰리가 내 잡념들을 마구 깔아뭉개듯 전화를 넘겨주었다.

전화를 걸어온 사람은 뜻밖에도 엄마였다.

"여기 전화번호는 어떻게 아셨어요?"

엄마에게는 이곳에서 일한다는 걸 말하지 않았었다.

"킴스에서 일하는 줄 알고 그리로 전화했지. 그런데 너랑 같이 일하는 박경순가 하는 학생이 가르쳐주더라."

"웬일로 전화하셨어요?"

엄마는 더듬거리는 목소리로 '돈이 좀 필요해서……' 라고 말끝을 흐렸다. 그러고는 더 이상 아무 말도 없이 전화를 끊었다. 엄마의 궁색한 형편을 보지 않아도 훤히 알 만했다. 오죽했으면 학생인 딸한테 전화해서 돈 얘기를 하랴 싶었지만, 나는 울화가 치밀어 올랐다.

　벌써 집에 가지 않은 지 두 달이 넘었다. 작년 가을, 아버지의 지독한 술주정이 있던 날 나는 집을 나와 버렸다.

　"이대로 있다가는 모두가 미쳐버리고 말 거예요. 이제부터는 나대로 살겠어요."

　무작정 옷가지와 책 몇 권을 싸 들고 나온 나를 은이는 자신의 아파트에 받아주었다. 아버지의 알코올 중독 증세는 점점 심해져서 광기에 가까웠다. 살림을 부수고 엄마에게 폭력을 휘두르는 것은 예사였다.

　"이런 건 다 뭣해? 그놈들이 확 불질러버리면 물건이고 나발이고 다 타버릴 텐데. 진아야, 아빠한테 총 한 자루만 사줄래? 그놈들 모조리 쏴버리게. 복수를 해야지. 복수를 해야 속이 후련할 것 같단 말야. 응? 제발 총 하나만 사 달라구."

　집을 나온 뒤로 오랜만에 찾아간 나를 붙잡고 아버지는 술에 절은 목소리로 횡설수설했다.

　엄마는 가끔 전화를 걸어왔다. 답답해서⋯⋯, 궁금해서⋯⋯, 그냥⋯⋯. 전화한 목적은 언제나 한 마디로 흐려버리곤 했다. 하지만 꼬리가 잘리고 흐려진 단어로부터 전해져 오는 무게는 나를 질식시킬 것처럼 짓눌러왔다. 나는 봄 학기의 등록금이 궁해도, 당장 생활비가 떨어져 수중에 돈 한 푼 없어도 엄마에게 달려가지 않았다. 그러나 엄마에게는 나만한 오기나 독기도 없었다. 기껏해야 내게 전화를 걸거나 울안에서 아버지의 폭력을 감당해내는 것이 전부였다. 엄마가 돈 얘기 다음에 하고 싶었을 얘기를 나는 알고 있었다.

다시 정신을 사진에만 집중하려고 한 장씩 자세히 들여다보았
다. 여자의 나체를, 아기가 탄생하는 장면을, 남자의 성기를, 확대
된 음부를 뚫어져라 쳐다보았다. 잠시 카운터에 나가 손님을 받은
찰리가 어느새 다가와 섰다. 내 심리의 변화를 꿰뚫고 있었던가.
참을 수 없다는 듯이, 두 손으로 조심스럽게 내 턱을 들어올렸다.
그의 따뜻하면서도 강렬한 눈빛이 내 눈 속으로 사정없이 후비고
들어왔다.

안 돼! 그의 손을 재빨리 밀어내고 작업실 옆에 딸린 조그만 방
으로 뛰어 들어가 문을 잠갔다. 그곳은 피로를 잠깐씩 풀기 위해
휴식을 갖는 공간이었다. 거기까지 따라오진 않았다. 소파 위엔 찰
리가 읽던 영자신문이 펼쳐진 채 널려 있었고, 일회용 컵에 마시다
만 커피가 식어 있었다. 뜯지 않은 햄버거도 종이컵 옆에 놓여 있
었다. 그곳에서 마음을 가다듬기 위해 서성거렸다. 퇴근시간이 얼
마 남지 않았기 때문에 그대로 집으로 돌아갈까 말까 망설였다. 선
뜻 뛰어나갈 수도 없었다. 내 삶은 모든 일을 감정으로만 행동하기
에는 너무 고달팠다. 온몸이 물 먹은 솜뭉치마냥 무겁게 느껴졌다.
그 방에서 잠시 마음을 가라앉히고 작업실로 돌아왔을 때, 그는 내
게 정중히 사과했다.

"앞으로는 그런 일이 없을 거요."

그는 나직한 목소리로 말했다.

5. 서로 어긋나는 사랑

내 시선은 유리창에 써 붙인 메뉴를 하나하나 훑었다. 그런 다음, 얼룩처럼 희끗희끗 내다보이는 노을이 깔리기 시작한 하늘과 마지막 잔광이 비치는 거리로 움직였다. 거리는 주말이라서 어딘지 들뜨고 술렁이는 느낌이었다. 그건 내 기분과는 너무도 대조적인 것이었다.

나는 거리를 배회하던 시선을 거둬들여 홀 구석 자리의 남자에게로 던졌다. 남자는 전자게임기에 매달려 살덩이인 허연 엉덩이를 반쯤 드러내 놓은 채 게임에 정신을 팔고 있었다.

다시 메뉴를 읽었다.

치킨 샌드위치, 피시 샌드위치, 베이컨 치즈버거, 더블 베이컨 칠리 치즈버거, 치킨 후라이드 스테이크 샌드위치, 포크 텐더리안 샌드위치, 퍼스트라미, 데리야키, 바비큐 쇼트 립 스페셜.

머릿속이 혼란스러우면 지겹도록 유리창에 붙은 메뉴를 읽어서 이제 눈을 감고도 차례로 따르르 꿸 수 있었다. 주방에서는 휘트니 휴스턴의 보디가드가 흘러나오고 있었다. 나와 한 조로 일하는 경수가 좋아하는 노래였다.

노숙자인 밥이 들어왔다. 그는 새까만 얼굴에 보다 더 까만 선글라스를 천연덕스럽게 걸고 다녔다. 하루에 한 번씩은 어김없이 들러서 불황 중에도 매상을 올려주는 단골이었다.

"더블 베이컨 칠리 치즈버거 하나와 콜라 작은 사이즈 하나."

"4불 40전."

밥이 오 달러짜리 웰페어 머니 한 장을 내밀었다. 나는 그에게 거스름돈을 내주고 동시에 주방을 향해서 소리쳤다.

"더블 베이컨 칠리 치즈버거 하나!"

경수는 제법 주방장답게 손이 빨랐다. 밥은 웰페어 머니가 떨어지지 않으면 언제나 같은 걸로 주문했다. 경수는 그걸 알아채서 그가 주문을 끝내기도 전에 빵을 잽싸게 내놓았다. 밥은 내가 건네준 쟁반을 받아들고 창가로 가 앉았다. 그는 그 자리에서 가능한 한 오래 식사를 즐기리라. 거리에 어둠이 수북이 쌓일 때까지. 그러고 나서 어딘가 자신의 잠자리로 어슬렁어슬렁 걸어가리라. 그는 선량하고 힘없는 단골이었다. 나는 밥과 같은 단골을 보면 엄마의 말이 생각났다.

"우리 물건들을 주인이 눈 번히 뜨고 지켜보는 앞에서 수탈해간 놈들이 바로 단골이라는 인간들이었어."

엄마는 흑인과 멕시코인을 보면 뒤꼭지에 대고 각인을 찍듯 증오의 눈길을 던지곤 했다. 그러나 요 근래엔 그녀의 입에서 그런 원망마저 사라졌다. 아버지의 알코올을 핑계 삼은 횡포와 아들 진호의 방황을 보는 것만으로도 엄마의 체력은 한계점에 도달한 모양이었다. 더 이상 누구를 원망하고 증오할 여력이 남아 있지 않아 보였다.

내 머릿속에는 광란의 그 밤이 떠올랐다.

가게에 드나들던 낯익은 얼굴들이 어린 자식들까지 동원해서 몰려들어 왔다. 닥치는 대로 물건을 들고 나갔다. 어머니와 아버지는 부들부들 떨며 애원했다. 제발 부탁이에요. 이렇게 빕니다. 물건에는 손대지 말아주세요. 제발. 엄마의 눈에서는 눈물이 흘렀다. 엄마의 눈물 앞에서 그들은 아주 짧게 겸연쩍은 미소를 보인 게 전부였다. 미소는 곧 얄궂은 비웃음으로 변했고, 물건은 바닥이 났다. 썰렁한 가게에 누군가 불을 질렀다. 질러대는 괴성과 유리창을 깨는 소리, 삽시간에 건물은 불길에 휩싸였다. 맹렬히 타오르는 불길과 검은 연기. 광란의 축제, 바로 그것이었다.

"진아야, 데이빗 얘기 들었어?"

경수가 손님이 끊긴 틈을 타서 말을 걸었다.

아! 하고 나는 악몽에서 깨어난 것처럼 고개를 흔들었다.

"어디 아파?"

"아냐, 데이빗이 어쨌다구?"

나는 가위에 눌려 안간힘을 쓰듯 데이빗에 관한 얘기에 관심을 보였다.

"데이빗이 요즘 그 이혼녀하고 깊은 사이인가 보더라."

"그 얘긴 새삼스럽게 왜 꺼내? 그 소문이 떠도는 게 언제부턴데."

그 얘기는 내게 시큰둥할 뿐이었다. 데이빗과 연상의 이혼녀에 관한 소문은 사월 내내 코리안 클럽의 심심풀이 화젯거리였다.

"사실은 토미에 대한 얘길 하려구."

경수는 내 눈치를 살폈다. 토미 얘기를 꺼내면 나는 언제나 짜증부터 내곤 했으니까.

"시답잖은 얘기면 치우고."

나는 방어막부터 치고 나섰다.

"아냐. 아주 심각해. 토미는 너 때문에 군에 지원했어. 어제는 너한테 지독한 절망을 느꼈나 보더라. 밤새 토미 술주정 받느라고 혼났다. 엉엉 울어 쌓는데 불쌍하더라. 그렇게도 토미를 받아들이기가 어렵니?”

“얘기가 나왔으니까 솔직하게 말할게. 사랑이 동정한다고 이루어지는 것은 아니잖아. 토미를 동정은 하지. 자라온 환경이나 현재 토미가 외롭게 방황하는 처지도 이해하고, 그리고 토미가 본심이 착하다는 것도 인정해. 하지만 난 토미를 사랑하지 않아. 그가 내게 집착을 보이는 것도 애정 결핍증일 뿐이지 사랑은 아니라고 생각해. 토미는 자신의 행동이 사랑인 줄 착각하고 있어. 나 때문에 군대에 가려고 한대도 어쩔 수 없어. 미안하다고 전해줘.”

토미에 대한 얘기라면 나는 더 이상 할 말이 없었다.

옆에 있던 행주를 집어 들었다. 경수는 뭔가 미흡하다는 표정을 지었지만 내가 보인 완강함에 남은 말을 삼켜버리는 눈치였다.

물행주로 빈 테이블을 돌아다니며 훔쳤다. 거리가 내다뵈는 구석자리에 앉아 그때까지 야금야금 저녁식사를 즐기던 밥이 손에 남은 콜라를 집어 들고 일어섰다. 거리를 걸으며 한 모금씩 홀짝거리려는 모양이었다.

엉덩이를 드러내고 앉아 전자게임을 즐기던 남자는 언제 나갔는지 보이지 않았다.

어젯밤 토미가 내 생일을 축하한다며 선물을 들고 찾아왔을 적에 나는 은이와 맥주를 마시고 있었다. 어제가 내 생일인지조차 모르고 있었는데 은이는 내 생일을 축하해주고 얘기도 나눌 겸 해서 들른 모양이었다. 그녀는 맥주를 맹물 마시듯 벌컥벌컥 들이켰다.

그러고 나서 자신의 처지를 자책하기 시작했다.

"진아야, 난 죽고만 싶어. 한국에 계신 내 부모님들은 내가 열심히 공부하고 있는 줄 아시잖니? 아마 머지않아 박사가 되어 돌아갈 거라고 믿으실 거야. 항상 잘 하고 있다고 거짓말만 했거든. 유학한답시고 미국에 온 지 삼 년이 넘었어. 그런데 난 어떤지 알아? 내 영어 실력은 아직도 강의 내용을 제대로 못 알아듣는 정도야. 한심하지. 유니버시티로 전학한다는 건 까마득해. 이제 공부하기는 글렀어. 도무지 머리에 안 들어와. 내가 갖다 쓰는 돈이 얼마나 많은지 넌 모를 거야. 내가 왜 준호를 만났는지 모르겠어. 이제 공부고 사랑이고 다 허사가 되었으니, 내 인생을 어쩌면 좋지?"

은이는 엉엉 울음을 터뜨렸다.

"그럼 준호하고는 완전히 끝난 거야?"

"나 아파트로 들어올게. 희망이 없어. 결국 우리의 사랑은 불장난으로 끝났어."

은이는 내 가슴에 얼굴을 묻었다.

"준호에게 그렇게까지 가치를 둘 건 없잖아? 곧 마음이 안정될 거야."

"꼭 준호 때문만은 아니야. 그를 더 이상 사랑할 수 없다는 사실을 확인하면서 산다는 건 지옥이야. 그것이 두려워. 그리고 잃어버린 내 꿈에 대해서도 난 참을 수 없어. 이런 모습으로는 한국에 돌아갈 수도 없잖아."

나는 말없이 은이의 등을 토닥여주었다. 그것 외에 내가 해줄 수 있는 일은 없었다. 그녀의 심정을 속속들이 헤아리지는 못해도, 사

226

랑할 수 있는 순수한 용기와 열정을 나는 부러워했다. 언젠가 토미는 은이에게 혹시라도 준호가 배신한다면 어떻게 하겠느냐는 질문을 했었다. 그 질문에 그녀는 죽음으로 갚아주겠노라고 주저하지 않고 대답했다. 그만큼 죽도록 사랑한다는 뜻이 아니었던가. 은이가 괴로워하는 모습을 보면서 나는 오히려 그런 순수함을 갖지 못한 나 자신에 대한 설움으로 함께 울었다.

토미가 찾아온 건 그때였다.

은이 외에 코리안 클럽의 누구도 기억하지 못한 내 생일을 토미가 알고 있었다는 건 고마운 일이었다. 그렇지만 토미의 축하는 귀찮기만 했다. 내가 너무 모질게 대했나 싶었다. 현관문 밖에서 선물도 뿌리친 채 문전 박대했으니.

"다시는 내 앞에 나타나지 마!"

요약하면 이런 내용이었다.

테이블을 괜스레 훔치고 또 훔치면서 나는 어젯밤의 일을 조용히 되새김했다.

라디오에서는 또다시 폭동 재발 가능성에 관한 뉴스가 나오고 있었다.

……폭동에 대비해 만반의 준비태세를 갖추고 있으며 거리는 한산한 편입니다. 잠시 이 지역에서 가게를 열고 계시는 분을 모시겠습니다. 폭동이 발발할 경우에 어떻게 대처하시겠습니까? 이번엔 가만히 앉아서 당하진 않겠습니다. 우리의 생활터전은 우리 손으로 지킬 각오가 서 있습니다. 우리는 만반의 준비태세를 갖추고 있습니다……

6. 가족의 상처

아버지는 손가락을 펴서 총을 겨누고 쏘는 시늉을 했다.

"따다다다 탕! 탕! 이번엔 가만히 앉아서 당하진 않을걸. 놈들이 오기만 하라지. 이렇게 모조리 쓸어버릴 테니까. 복수를 해줄 거야."

"요즘엔 저렇게 하루 종일 총 쏘는 시늉을 하면서 시간을 보낸단다."

엄마는 한숨을 섞어 내게 푸념했다.

사진 현상 가게에서 엄마의 전화를 받은 뒤로도 두세 번 더 전화를 받고서야 마지못해 집에 들렀다. 집 안은 온통 먼지로 뒤덮여 있었고, 반반한 물건 하나 없어 보였다. 그간 아버지의 술 폭력이 어떠했는지를 말해주고 있었다.

집 안을 한눈에 휘둘러보고 곧장 내 방으로 들어갔다. 공연히 왔다는 생각이 들었다.

"아버지를 잠시 한국에 보내는 것이 어떨까? 한국에 있는 너희 고모하고 의논해봤는데 보내라고 그러더라. 거기 가서 얼마 동안 술을 끊고 요양하면 정신이 맑아지겠지? 고모가 잘 돌봐줄 텐데…… 정 안 되면 병원에 입원이라도 시키겠대."

내 뒤를 따라 들어온 엄마가 조심스럽게 내 의향을 물었다. 나는 아무 대꾸도 하지 않았다. 물론 아버지가 좋아지기만 한다면 한국이든 어디든 보내고 싶지만, 약간의 비용을 마련해야 할 터였다.

방 안에는 전에 쓰던 내 물건들이 그대로 놓여 있었다. 오 년 전, 처음 이 땅에 도착해서 그라지 세일하는 곳에서 산 낡은 침대와 작은 책장 그리고 역시 그라지 세일에서 산 화장대.

책상 위에 놓인 작은 상자를 열었다. 맑고 경쾌한 음악이 상자를 여는 동시에 흘러나왔다. 그리고 상자 속의 작은 천사가 음악에 맞춰 춤을 추며 돌아갔다. 작년 성탄절에 토미가 선물해준 것이었다. 나는 그 상자를 통해서 다시금 그에 대해 엷은 연민을 느꼈다. 그러나 내가 단호함을 보이지 않으면 그는 결코 떠나지 않을 것이라는 생각이 들었다. 상자를 탁 닫아서 책상 위에 던지듯 내려놓았다.

"아버지는 한국으로 가는 게 좋을 것 같애. 그렇지?"

엄마는 뒤에서 서성이며 혼잣말처럼 다시 내 동의를 구했다. 그러나 나는 여전히 그녀의 말을 무시하고 있었다. 집에 오니 예전같이 짜증이 앞서서 어서 뛰쳐나가고만 싶은 걸 억누르고 있는 참이었다.

"진호는요?"

동생의 안부를 뒤늦게 물었다.

"그 애도 밖으로만 돌아. 어젯밤엔 들어오지도 않았어. 집이 어디 맘 붙이게 생겼어야지. 도무지 뭘 하고 다니는지 알 수가 없어. 얼마 전엔 어디서 싸웠는지 입술이 깨지고 얼굴이 온통 피투성이가 되어서 들어왔더라. 그러다 일이라도 덜컥 저지르면 어떡허니?"

엄마의 얼굴은 근심으로 어두웠다.

"일을 저지를 애는 아니에요."

한 달쯤 전인가, 회원들과 신입생 환영회를 마치고 뒤풀이로 노래방에 갔다가 진호를 만났었다. 그 애는 주차장에서 주차관리를 하고 있었다. 어둠 속에서도 몰라보게 모습이 변했다는 걸 알 수 있었다. 더 이상 계집아이같이 단정하고 예쁘장한 외모의 어린아이가 아니었다. 불빛에 비친 그 애의 팔에는 근육이 울퉁불퉁했고, 웃통이 거의 드러나는 티셔츠 차림의 가슴은 떡 벌어져 보였다. 두세 달 사이에 키도 훌쩍 커버려서 자칫 그대로 지나칠 뻔했었다.

아버지는 유독 아들을 귀하게 여겨 가족들이 매달려 꾸렸던 가게 일도 힘든 일은 시키지 않았다. 공부나 열심히 해서 누구도 무시하거나 얕볼 수 없게 어엿한 전문직업인이 되기를 바랐다. 그 애한테 미래의 모든 것을 걸었고, 그만큼 공부하기 편한 환경을 만들어주기 위해 세심한 배려를 아끼지 않았다. 그래서 진호의 성격은 유약한 편이었으나 성적은 늘 상위권이었다. 캘리포니아 주에서 유명한 대학들은 따 놓은 당상이라고 쳤고, 그보다는 동부의 명문인 아이비리그를 아버지는 꿈꾸었다. 그러나 폭동 이후, 아버지의 무너지는 모습을 본 그 애는 방황하기 시작했다. 흑인아이들과 어울려 다녔고, 중국아이들과 어울려 패싸움에 연루돼 한 달간 정학처분을 받기도 했다. 진호의 성격은 급격히 변했다. 어머니와 나는 그 애를 다룰 수 없었다. 스스로 깨닫고 바로잡아 나가기만을 기다렸다.

"언제부터 여기서 일했니?"

"얼마 안 됐어. 시간제야. 엄마한테 말하지 마. 약속해!"

진호는 그렇게 말했다. 나는 동생과의 약속을 지켰다.

"일을 일부러 저지르겠니? 지난번처럼 아무 애들이나 어울리다 보면 그렇게 되는 거지. 그 총격사건 생각 안 나? 그리고 신문 봐라, 날마다 마약에 갱단에…… 혹시 그런 애들하고 어울리기라도 하면 어쩌니?"

엄마의 한숨은 깊었다.

그 총격사건이란 진호네 학교의 이웃 학교 학생들이 파티를 하다가 패싸움이 벌어져 총질을 해대는 바람에 두 명이 죽고 열 몇 명이 부상했다는 사건을 말했다. 부상자들 중에는 진호네 학교에 다니는 학생들도 몇 명 끼어 있었다.

엄마는 늘 노심초사였다. 나는 그럴 적마다 염려 말라고, 진호는 폭동의 아픔 속에서 나름대로 성장하고 있는 거라고 어머니를 달랬지만, 그녀의 근심은 아예 몸에 배어버린 듯싶었다.

"론은 소식 없어요?"

"아직 아무 얘기 없는걸."

엄마는 말끝마다 한숨이었다.

아버지는 보험금이 많이 나간다고 보험에도 가입하지 않았다. 비상사태에 대비하지 않은 것은 아버지의 잘못이지만 그런 어처구니없는 인재가 발생하리라고는 상상하지 못했다. 게다가 건물 또한 우리 소유가 아니라 보상금도 막연했다. 우리는 마지막 수단으로 융자금을 신청해놓고 있었다. 그러나 그것도 확신할 수 없는 형편이었다.

"어디서 한 이천 불만 마련할 수 없을까? 여비나 해서 비행기 태워 보내게……."

"내가 어디서 이천 불을 구해요?"

버럭 소리를 질렀다. 엄마도 못하는 걸 내가 어디서 이천 불씩이나 구하겠나 생각하니 짜증부터 앞섰다. 게다가 나를 더욱 막막하게 하는 것은 바로 죄인 같은 엄마의 모습이었다. 내 앞에서 쥐구 멍이라도 찾는 듯 절절매는 모습이 싫었다. 어릴 적에 우리 남매의 잘못을 당당하고도 칼칼한 목소리로 꾸짖던 엄마의 모습을 나는 다시 보고 싶었다.

"따다다다 탕! 따다다다다!"

아버지가 입으로 내는 총소리가 마치 사실인 듯, 어둠이 내리는 집 안을 마구 흔들어대는 것처럼 느껴졌다.

나는 두 손으로 얼굴을 감싸 쥐고 자리에서 벌떡 일어섰다. 눈으로 안 봐야지, 그런 생각뿐이었다. 하지만 다음 행동을 취하지 못했다. 엄마가 아버지에게로 달려 나갔기 때문이었다.

"여보, 아무 일도 없다구요. 저것 보세요."

엄마의 목소리에는 힘이 없었다. 메마를 대로 말라버려서 금세 푸석푸석 부서질 것만 같았다. 집 안의 모든 것들이 그랬다. 물기 라곤 없어 보였다. 얼마나 손을 놓고 지냈는지, 만지는 곳마다 수 북수북 쌓인 먼지는 미세한 진동에도 푸르르 날아올랐다.

창문에 쳐진 블라인드를 걷어 올리고 바깥을 내다보았다. 아파 트 아래의 거리에는 이미 어둠이 내려 불빛이 반짝거리고 있었다. 오 년 전 아버지와 우리가 십 년을 이산가족으로 살던 끝에 다시 만났던 일을 떠올렸다.

아버지는 십 년을 불법 체류자로 떠돌다가 정부의 구제정책에 의해 사면을 받아 가족들을 불러들였다. 처음 엘에이 지역에 들어 섰을 적에 환상적으로 빛나던 빌딩의 불빛. 그 환희와 감격. 그것 은 우리 가족의 꿈의 상징이었다. 그때, 우리는 다시 만났다는 사실 하나만으로 행복했었다. 그 외의 것들은 아무것도 문제가 되지 않았다. 아버지가 장기간 떳떳치 못한 신분으로 페인트칠, 잔디 깎기, 청소원 등 갖가지 막일을 하며 감수했을 뼈아픈 설움 같은 건 금세 잊을 수 있었다. 그 기간 동안 아버지는 평생 쏟을 열정을 다 쏟아냈다는 것도 생각하지 못했다. 폭동이 아버지를 옛날로 되돌려놓지만 않았다면 그런 과거쯤이야 잊고 사는 편이 괜찮았을 것이다. 과거에 비하면 가족이 있고 막노동을 하지 않아도 짬짬이 저축까지 할 수 있는 부자였다. 그만하면 이주에 성공했다는 자부심을 가질 만하다고 생각했다. 그러나 아버지의 자부심은 허무하게 무너져 내렸다. 아버지는 고달팠던 과거보다도 더 못한 낭떠러지로 떨어져버린 셈이었다. 생각하면 아버지를 이해할 것도 같았다.

방을 나오다 말고 물기 없이 바삭바삭 타들어가는 화분을 화장실로 가지고 가서 샤워기로 물을 뿌려주었다. 물을 흠뻑 먹은 화초는 금방 생기가 도는 듯이 보였다.

사실 내 가족을 위해서라면 무슨 일이라도 하고 싶은 심정이었다. 지난날의 그 생기를 되찾을 수만 있다면 어떤 희생이라도 감수할 수 있다고 생각했다.

"오늘내일 중으로 평결이 나온다더라. 집에 있으면 안 되겠니?"

현관문을 나서는 내게 어머니는 불안한 얼굴로 말했다.

"폭동은 무슨……?"

나는 어머니를 안심시킬 요량으로 그렇게 대꾸했다.

7. 마지막 파티

폭동은 정말 일어나지 않았다. 폭동 재발설의 원인이었던 로드니 킹 사건의 평결이 백인 경찰관 두 명에게는 유죄, 나머지 두 명에게는 무죄 판결이 내려진 결과였다. 다른 한국 교민들과 다름없이 우리의 마음도 한시름 놓여 불안감이 가라앉아 갔다.

누군가 파티를 열자고 제안했다. 뚜렷한 명분은 없었지만, 폭동 재발의 불안감에서 벗어난 것도 제안에 동의한 이유였다. 또한 각자 안고 있는 열병 같은 걸 털어버리고 싶은 바람이 암암리에 작용한 결과이기도 했다. 굳이 명분을 따질 건 없었다. 미국의 대학에서는 주말마다 파티가 열려서 '파티스쿨'이라는 별명을 얻고 있는 대학도 여러 군데 있으니까.

나는 파티에 참석하기로 했다. 토미에게 마지막 인사를 하고 싶었다. 다른 대학으로의 전학을 계기로 마음의 정리를 하고 싶었던 것도 이유였다. 나는 마침내 엘에이 지역이 아닌 다른 도시에 있는 두어 곳의 캘리포니아 주립 대학으로부터 입학 허가를 받았다.

아르바이트로 번 돈 중에서 거금을 떼어내 까만색의 화려한 드레스를 장만했다. 그리고 드레스에 맞춰 조그만 핸드백과 구두도 샀다. 목걸이와 귀걸이는 전에 은이가 준 걸 사용했다. 내가 할 수 있는 한 아름답게 꾸몄다. 토미와 데이빗, 경수, 그 외 회원들의 기억 속에 억척빼기 진아가 아닌 평범하면서도 성숙한 한 여성으로 남고 싶었다.

"정말 예쁘구나."

은이가 제일 먼저 칭찬해주었다. 그녀는 한결 밝고 명랑해 보였다. 그날 밤 이후 줄곧 소식이 없다가 이번 파티에서 얼굴을 보게 되었다. 순간, 나는 준호와 다시 잘 되고 있나, 그런 생각이 들기도 했다. 그녀가 준호와 나란히 파티에 나왔기 때문에 나뿐만이 아니라 다른 회원들의 눈에도 그런 착각을 불러일으켰던 것이다. 그녀는 한껏 치장한 모습이었다. 그녀의 화려하고 밝은 모습을 보니 나는 마음이 좀 놓였다. 양복에 넥타이 차림의 신사들과 아름다운 드레스로 성장한 숙녀들이 속속 모여들었다. 예상보다 많은 편이었다.

그리 넓지 않은 아담한 홀 안은 색색의 풍선이 매달리고, 꽃과 화분이 알맞게 놓였다. 홀의 뒤편에는 몇 개의 테이블과 의자가 놓였다. 앞쪽은 춤을 출 수 있도록 넓게 비어 있었고, 오색의 조명이 돌아가며 홀 안을 휘황하게 비추었다. 스피커를 통해 빠른 템포의 밴드음악이 흘러나와 분위기를 한껏 고조시켰다.

아직 파티는 시작되지 않았다. 오는 대로 모여서 얘기를 나누거나 음료를 즐기고 있었다.

"저기 좀 봐!"

은이가 화들짝 소리쳤다.

데이빗이 소문으로만 듣던 열 살 연상의 이혼녀와 손을 잡고 들어오고 있었다. 그 광경을 본 회원들은 저마다 놀라 입을 다물지 못하다가 한 마디씩 뱉었다.

"어쩜 저렇게 뻔뻔스러울 수가……."

"아주 중년부부 같다 얘. 기가 막혀."

에리카가 묘한 웃음을 지으며 비꼬았다.

"데이빗이 저 여우같은 여자의 계략에 넘어간 거야."

유란은 데이빗보다 그의 상대를 더 깎아내려서 말했다.

그들을 바라보는 내 기분도 조금은 묘했다고 해야 할까, 그런 거였다. 하지만 나는 이내 시선을 거두어들였다.

인사말이 끝나자 빠른 템포의 음악이 나왔다. 회원들은 너나 할 것 없이 몰려나가 몸을 흔들어댔다. 마치 폭동 망령을 털어버리려는 굿을 벌이듯이. 토미는 가볍게 몸을 날려 바닥을 구르듯이 재주를 넘었다. 그의 춤은 파티에서 가장 볼 만한 그만의 장기였다.

한바탕의 춤사위가 끝나자 음악은 바뀌고 홀 안은 갑자기 가라앉았다. 디스코를 즐기는 축들은 아쉽다고 에이 소리를 내며 물러나고, 쌍쌍이 손을 잡고 나왔다. 슬로댄스로 스텝을 밟아 나갔다. 은이 커플이 제일 먼저 앞으로 나가 춤을 추었다. 데이빗은 그 이혼녀의 손에 이끌려 나갔고, 유란도 다른 남자 회원과 춤을 추기 시작했다.

나는 별로 춤을 출 기분이 아니어서 맥주를 비우고 있었다. 그때 토미가 불쑥 다가와 내게 춤을 추겠느냐고 청했다. 토미가 춤을 추자고 할 줄은 미처 예상치 못했던 터라 나는 약간은 당황했었다. 그러나 거절하지는 않았다. 그의 손에 이끌려 춤추는 무리 속으로 들어갔다.

한동안 말없이 서로 손을 잡고 음악에 맞춰 움직였다. 그와 춤을 추면서 내 마음속에는 여러 감정이 혼란스럽게 교차했다. 연민과 당혹감 그리고 미안함 같은 것들이었다. 그런 혼란스러운 감정을

236

견디지 못한 내가 먼저 입을 떼었다.

"입대한다는 소식 들었어."

"그래, 난 군대에 자원했어. 너 같은 계집애 보기 싫어서 가기로 결심한 거야. 잘 살아."

토미의 목소리는 갑자기 격앙되어 떨렸다. 누가 먼저랄 것도 없이 우리는 춤추기를 중단하고 서로의 얼굴을 쳐다보며 서 있었다. 또다시 당혹감에 휘말린 나는 그에게 인사하는 것도 잊고 멍청히 서 있었다. 결국 잘 가라는 말조차 못하고 말았다. 울고 있는 것일까. 토미는 성큼성큼 플로어에서 빠져나가 밖으로 나갔다. 그 뒤로 그는 내게 다시 연락하지 않았다.

나는 뒤쪽 테이블로 가서 의자에 털썩 주저앉았다. 은이가 내게로 왔다. 그녀도 별 말이 없었다. 둘이서 조용히 맥주를 홀짝거렸다.

"목걸이가 예쁘구나."

나는 좀 멋쩍은 기분인 채 말했다.

"그럼 너 가져."

은이는 말을 꺼내기가 무섭게 자신의 목걸이를 풀어서 내 손에 쥐어주었다.

"아냐, 그런 뜻으로 말한 게 아니었어. 이러지 마."

나는 그녀의 행동에 놀라 완강히 거절했다. 전에도 액세서리를 준 적이 있었지만 이 같은 행위는 납득이 안 되었다. 평소에 자신의 물건을 곧잘 주곤 했어도 내 자존심을 무시한 적은 없었다.

"그럼 나중에 줄게."

은이는 내 거절에 못 이겨 도로 자신의 목에 걸었다. 은이는 마

음이 여린 편이었다. 부유하게 자란 아이들이 흔히 갖는 우월감이
나 지나치게 강한 자존심 따위를 내세우지 않았다. 그런 부분이 그
녀의 장점이었다. 또한 여린 마음만큼이나 맺고 끊는 데에도 약했
다. 애정 문제에 있어서도 지나치게 자신을 굽히고 물렁하게 보인
것이 아닌가 싶었다. 따뜻한 정을 쉽게 베푸는 점이 그녀의 삶을
어지럽게 만든 것이라고 나는 생각했다. 경수가 준호를 두고 못마
땅해하는 것도 아마 그녀의 그런 점을 이해하는 까닭이라고 여겨
졌다. 은이에 비하면 준호는 너무나 현실적이고 계산이 빠른 편이
었다. 따라서 한 번 마음을 결정하면 냉정하게 선을 그었다.

"진아야, 난 너를 이해해. 토미는 결코 네 상대가 아니야. 넌 꿈
이 크고 의지가 굳거든. 너는 꼭 성공할 거야. 생각나니? 언젠가 토
미가 쓴 소설 말이야. 그 소설 속에서 그 앤 너를 성공한 교수로 그
렸고, 데이빗은 나이트클럽 사장으로, 유란은 카페 여주인이고 이
혼녀로 그렸었잖아. 난 준호와의 관계가 깨지고, 결국 공부까지 포
기하고 한국으로 돌아간 걸로 썼어. 그때 나는 준호한테 빠져 있어
서 별로 실망도 안 했지. 그런데 그 시답잖은 장난이 현실로 되려
나 봐."

은이는 자조적인 웃음을 지었다. 그러나 이내 표정을 바꿔서 말
을 이었다.

"경수는 공부를 마치고 한국에 돌아가서 교수를 한다고 썼지?
교수까진 좋은데 아주 시시한 대학에 겨우 자리를 구했다는 얘기
였어. 경수는 머리보다는 노력파지, 성실하고. 토미가 시시껄렁하
니 실속 없이 사는 거 같아도 사람 보는 눈은 여간 아니야. 너를 좋

238

아하는 것만 보아도 그렇지.”

은이는 그러면서 큰 소리로 과장되게 웃었다.

언젠가 토미는 정말 그런 소설을 쓴 적이 있었다. 뭐 소설이랄 것도 없는 조잡한 수준의 이야기였지만. 그는 소설가가 될 것이라는 엉뚱한 얘기도 가끔 했었다. 회원들은 누구 하나 그의 말을 진지하게 들은 사람은 없었다.

“그럼 한국으로 가겠다는 얘기야?”

나는 놀라서 물었다.

“지금은 아냐. 아무것도 안 되니까 해보는 소리지. 준호와 나, 오늘이 마지막이야. 이 파티를 끝으로 준호와 나는 각자의 길을 가기로 했어. 이 파티에도 오지 않는다는 걸 내가 마지막으로 한 번만 같이 가자고 말해서 온 거야.”

은이는 유란과 춤을 추고 있는 준호를 힐끗거리며 말미를 흐렸다.

나도 유란과 몸을 안듯이 하고 돌아가는 준호를 바라보았다. 그가 은이를 사로잡을 수 있었던 것은 그의 귀티 나는 외모가 아니었을까, 생각했다. 외모 못지않게 여자를 다루는 매너 또한 좋았다. 그 점이 여자의 마음을 쉽게 끌어당겼고, 또한 다가오는 여자를 거절하지 않는다는 평판이 나게 만들었다. 그러나 은이는 그런 말에 아랑곳하지 않았다. 전에도 내가 그의 평판에 대해서 말해준 적이 있었는데, 이미 눈에 콩깍지가 낀 뒤라서인지 어떤 충고도 귀담아듣지 않았다.

“아무리 여자들이 따라도 그가 사랑하는 여자는 나 하나뿐이야.”

그녀는 자신 있게 한 마디로 일축했었다.

그때 유조 타카하시가 나타났다. 그는 회원으로 등록하지는 않았어도 큰 행사에는 빠지지 않았다. 역시 그는 사 분의 일 한국인이 분명한가 보았다. 그는 내 앞으로 다가와서 허리를 굽혀 정중하게 청했다. 나는 기꺼이 응했다. 유조와 내가 춤을 추기 위해 플로어로 나가려는데, 은이는 핸드백을 챙겨 가지고 일어섰다.

"진아야, 나 먼저 가야겠어. 할 일이 있거든."

"왜 끝까지 있지 않구?"

왠지 나는 그녀를 붙들고 싶었다.

"아냐. 가봐야겠어."

그녀는 벌써 입구를 향해 빠른 걸음으로 걸어가고 있었다.

"진아, 아름답다."

유조가 손으로 내 허리를 가볍게 안으며 말했다.

"고마워."

유조의 칭찬에 답을 보내면서도 내 머릿속에는 은이의 뒷모습이 좀처럼 사라지지 않았다.

우리는 음악에 맞춰 리드미컬하게 움직여 나갔다. 나는 차츰 은이의 뒷모습을 털어내고 그가 이끄는 대로 춤추기에 빠져들었다. 서툰 내 춤 솜씨에 비해 유조의 스텝은 능숙했다. 슬로댄스로 그의 실력을 가늠하기엔 아깝다는 생각이 들었다. 그는 미국 태생이었기 때문에 어느 모로 보나 일본인의 면모는 보이지 않았다. 언어 역시 영어 다음으로 하는 말은 한국어라고 할 만큼 일본어는 거의 쓰지 않는 편이었다. 하지만 일본어 실력 역시 뛰어나다고 했다.

그날, 나는 경수와도 추었고, 한국말을 잘 못하는 한국인 2세와

도 영어로 대화를 주고받으며 추었다. 은이가 돌아가고 난 뒤라서
가능한 한 많은 남자들과 쉬지 않고 춤을 추었다. 토미에 대한 연
민의 찌꺼기를 날려버리기 위해서, 다시는 이런 기회가 없을 것처
럼 나는 춤을 즐겼다.

8. 가식을 벗어버리고 싶었어

글은 회원들이 춤을 추는 장면에서 끝나 있다. 어쩐지 끝을 맺었
다기보다 중단되었다는 느낌이 든다. 시경은 소설을 다 읽고 나서
잠시 생각에 잠긴다. 저자는 회원들의 이름 중 자신과 닮은 유진아
와 데이빗, 그리고 토미만 빼고는 실명을 그대로 쓰고 있다. 또한
줄거리도 내 얘기와 회원들 사이에 있었던 이야기를 거의 그대로
옮겨 썼다고 볼 수 있다. 아마도 중단되었다는 느낌은 그녀 자신이
그 뒤에 이어진 회원들의 이야기를 알고 있기 때문일 것이라고 그
녀는 생각한다.

글을 읽고 난 뒤에도 저자가 누구인가는 여전히 의혹으로 남는
다. 소설 속의 주인공인 '나'라는 인물, 즉 유진아를 보는 건 마치
거울을 통해 적나라한 자신의 모습을 보는 것 같아 부끄러운 마음
이 들기도 한다. 누가 이런 장난을 쳤을까 싶다. 이 글을 쓴 사람은
자신을 잘 알고 있던 사람 중의 하나라는 건 의심의 여지가 없어
보인다. 내용으로 보아 우연의 일치라고는 생각할 수 없다. 물론
백 퍼센트 똑같은 인물이라고 단정할 수는 없고, 약간의 다른 점은

있다. 하지만 그것은 소소한 부분에 지나지 않는다. 그녀뿐이 아니라 코리안 클럽 회원 모두를 알고 있는 사람이 썼거나, 아니면 회원 중 한 사람이 썼을 거라고 추측할 수 있다. 그렇다면 소설의 인물 중에서 토미로 설정된 사람이 썼을까, 토미의 실제 이름은 김도연이다. 소설 속에서는 분명히 토미가 소설을 쓴 적이 있다고 했다. 그러나 당시의 실제 인물 김도연이 소설을 썼다는 말은 듣지 못했다. 혹시 데이빗? 아니다, 그는 토미보다도 더 소설과 거리가 먼 사람이었다. 회원 중의 한 사람이라면 차라리 토미가 약간의 가능성이 있는 인물이라고 할 수 있었다.

그녀는 잡다한 생각들을 털어내려는 듯이 손을 들어 올려 스치듯 가볍게 머리를 턴다. 누가 썼으면 어떠랴, 이미 이십 년 전의 일이 아닌가.

시경은 눈을 감는다. 다시 은이의 죽음을 떠올린다. 이십 년이나 지난 일인데도 당혹스러움과 놀람으로 온몸이 바들바들 떨려왔던 기억은 지금도 생생하다. 그리고 그녀의 가슴속으로 캄캄하게 밀려들던 절망감. 너무나 혼란스러웠다. 삶의 무게로 친다면 자신이 은이보다 더 힘들게 살고 있었다고 해야 맞지 않은가. 그렇게 포기할 수 있는 거였다면, 은이가 아니고 자신이 진즉 뛰어내렸어야 했다고, 그렇게 생각했을 땐 배신감마저 들었었다. 시경은 깊은 숨을 내쉰다. 은이를 따라 뛰어내리고 싶었던 충동. 무조건 차를 몰아 고속도로를 질주하던 기억. 그리고 찰리의 품속으로 무너져버린 기억들이 그녀의 뇌리를 파노라마처럼 스쳐 지나간다.

전화벨이 요란스럽게 울린 건 그녀가 파티를 끝내고 아파트에 막 들어섰을 때였다. 현관에서 손으로 하이힐을 잡고 발을 빼내려는 찰나 울리기 시작한 전화는 미처 달려가 송수화기를 들어 올릴 틈도 주지 않고 거푸 울려댔다. 다급해진 그녀는 한쪽 발엔 하이힐이 걸린 채로 쳐들고 다른 한 발로 깨금발 뛰기를 해서 전화기로 가다가 고꾸라지면서 겨우 송수화기를 잡았다. 그녀도 모르게 웃음이 흘러나왔다. 어쩌면 파티에서 마신 와인 기운이 남아 있었던 때문인지도 몰랐다. 홀을 나가버린 김도연, 즉 소설 속에서의 토미를 잊으려고 의도적으로 술을 많이 마신 것도 사실이었다. 아직 파티에 취해 흥분된 기분이 가라앉지 않은 탓이기도 했다. 그녀는 여전히 실실 웃음을 흘리며 전화를 받았다. 그러나 전화기 저쪽의 얘기를 듣는 순간 그녀의 머릿속은 갑작스럽게 비어갔다. 쏴— 하는 바람소리 비슷한 소리가 골수를 관통하고 지나가면서 잠깐 현기증이 일었다. 마침내 머릿속은 텅 비고 전화기를 든 그녀의 손이 떨려왔다.

"은이가 내 아파트에서 뛰어내렸어."

준호의 목소리였다.

그녀가 병원에 도착했을 때는 은이가 이미 숨을 거둔 뒤였다. 전화기를 통해 들은 목소리는 분명 준호였는데, 그의 모습은 보이지 않았다. 은이는 머리에 많은 피를 흘린 상태였지만, 얼굴만은 어느 때보다도 평온해 보였다. 그녀는 아무 말도 떠오르지 않았다. 경수와 두세 명의 회원이 숨을 헐떡거리며 들어섰다. 다들 충격으로 어안이 벙벙한 표정들이었다가 곧 죄인들마냥 고개를 떨어뜨리고는 소리 죽여 훌쩍거리고 있을 뿐이었다. 회장인 경수는 연신 눈가를 훔치면서도 뒷수습을 맡아 하느라 이리 뛰고 저리 뛰었다. 그는 바쁜 중에도 몇몇 회원들과 함께 준호를 찾아다녔다. 만나기만 하면 초죽음을 시킬 듯이 흥분해서 펄펄 뛰었다. 그러나 준호는 끝내 모습을 드러내지 않았다.

그녀는 은이의 시신 앞에서 아무 말도 할 수가 없었다. 여러 가지 감정이 복잡하게 얽혀서 참으로 혼란스러웠다. 부끄러운 마음, 미안한 마음도 없지 않았다. 그러나 어떤 정체를 알 수 없는 감정이 미안함과 부끄러움을 밀치고 고개를 내밀었다. 일종의 배신감 같은 거였다.

"어떻게 이럴 수 있어? 나보다 더 힘든 거였어? 난 그럼 어떻게 살아야 하는 건데? 이렇게 나약한 사람이었어?"

그녀는 몸을 가누기가 어려울 만큼 온몸이 떨려왔다. 분노가 밀려왔다. 누구를 향한 분노인지 가늠할 수 없었다. 은이를 죽게 만든 준호인지, 그렇게 허망하게 죽어버린 은이인지, 아니면 사이구 폭동을 일으킨 폭도들인지, 그것도 아니면 자기 자신인지 몰랐다.

은이의 얼굴이 하얀 천으로 덮여지는 걸 보고 그녀는 밖으로 나왔다. 밖은 어둠으로 가득 차 있었다. 어둠 속에서 그녀는 그 어둠만큼 캄캄한 자신의 가슴을 치며 오열하고 싶었다. 땅바닥을 마구 뒹굴기라도 하면서 가슴속에 뻑뻑하게 차오르는 무엇인가를 쏟아내고 싶었다. 그렇지 않으면 자신도 은이를 따라 뛰어내릴 것만 같았다. 그러나 울음이 터져 나오지 않았다.

진정 은이 때문만이었을까. 그녀는 그저 자신의 마음속에 차오르는 어떤 감정을 주체할 수 없었다. 그저 깜깜할 뿐이었다. 차를 몰았다. 어디로 가는 줄도 모르고 무조건 차를 몰아 달려갔다. 자신이 웅크리고 들어앉은 딱딱한 껍데기를 깨버리고 싶을 뿐이었다.

찰리의 사진 현상 가게엔 늦은 시간임에도 희미하게 불빛이 비쳤다. 문을 두드렸다. 그리고 찰리의 얼굴을 보자마다 그대로 그의 가슴으로 쓰러졌다. 이 순간 그녀가 자신을 지탱하기 위해 생각해야 하는 건 아무것도 없다고 여겼다. 아니, 그런 생각 따윈 필요 없었다.

다 잊어버리는 거야. 아무것도 생각하지 않는 거야. 그리고 모두 내려놓는 거야.

그녀는 오로지 자신에게 너무 버거워진 삶을 내려놓고 싶다는 욕구로 차 있었다. 더 이상 발악을 하듯 버틸 것이 아니라 발악을 하듯 자신을 버려야 다시 일어설 수 있을 것 같았다. 바꾸어 말하면, 그녀는 누구에게든 간절히 위로받고 싶었다.

"진정해요. 지니."

이를 딱딱 부딪치며 떨고 있는 그녀를 찰리는 조심스레 자신의 넓은 품으로 감싸주었다. 그의 품은 따뜻했다. 그녀는 차츰 그의 포근한 가슴속에서 안정을 찾아갔다. 그는 머리만 잘 도는 사람이 아니라 따뜻한 품도 지니고 있었다. 아무것도 묻지 않았고, 전혀 뜻밖의 상황이라고 당황해하지도 않았다.

찰리의 손길은 부드럽고 능숙했다. 그의 손길에 따라 그녀는 차츰 가벼워졌다. 그러나 그녀 자신이 가벼워질수록 그녀의 안에 있는 또 다른 그녀는 처절하게 몸부림치고 있었다고나 할까. 그것은 지금까지 그녀를 포장하고 있는 껍데기를 벗어던지는 아픔 같은 거였다.

얼마나 지났을까, 찰리의 무게를 자신의 몸으로 감당하고 있을 때, 그녀는 언젠가 은이가 했던 말을 생각했다.

"인간이 극도의 슬픔이나 절망에 빠졌을 때 말야, 섹스를 한다는 걸 넌 상상해봤니? 그러니까 말야, 어느 소설에서 읽은 건데, 오래 전이라서 저자는 잊어버렸어. 주인공의 아이가 죽었어. 그런데 그 아이의 엄마인 주인공 여자는 너무나 슬프고 절망한 나머지 죽은 아이를 놓아둔 채 말없이 밖으로 나갔고, 낯모르는 어느 남자와 섹스를 하는 내용이 있었어."

그 순간에 왜 느닷없이 유조가 떠올랐을까. 무슨 맹랑한 심사인지, 꿈에서 깨어나듯 의식이 돌아온 그녀는 첫 상대가 왜 유조가 아니고 찰리인지 도무지 이해할 수 없었다. 그녀가 그를 그토록 그리워해 본 적이 진즉 있었는가. 너무나 그리웠다. 그렇게 눈물이 쏟아질 수가…….

또다시 당신을 만나는 일은 없을 거예요.

그녀는 휴게실 문을 나오며 마음속으로 찰리에게 선언하듯 말했다.

차를 몰고 돌아오는 길에 비로소 그녀는 오열했다.

"은이야 미안해."

그녀는 자신도 모르게 그 말이 튀어나왔다. 지금 오직 필요한 한 가지 말이었다. 그녀가 보냈을 구조 신호를 감지하지 못하고 오히려 도움을 받아가면서 혼자만 살길을 찾아다녔던 일이 한없이 미안했고, 풍족한 환경이면 모든 것이 해결되는 줄 알았던 자신이 얼마나 어리석었는지도 그제야 깨달을 수 있었다. 어떻게 은이의 죽을 만큼 참담했을 마음을 헤아리지 못한 것인지. 어쩌면 자신은 은이에 대해 한 치의 관심조차 없었던 것은 아니었는지 몰랐다. 오로지 은이의 경제력에 의지해 역경을 타파해보겠다는 계산만 있었던 거라고 스스로를 비난했다. 아무리 변명해도 용서받을 수 없을 거라고 그녀는 고개를 가로저었다.

한국에서 은이의 가족들이 와서 장례 절차를 밟았다. 그리고 사흘 뒤 은이는 한 줌의 재가 되어 한국으로 돌아갔다. 회원들은 한동안 충격에서 헤어나지 못했다. 각자 공부에 열중인 것처럼 보였지만 책에 집중할 수 있는 사람은 아무도 없었다. 여전히 식당 근처에선 한두 명의 회원들을 만나지만 모여 앉아 조용히 허공만 바라보기가 일쑤였다.

은이는 그녀 안에 웅크리고 들어앉은 존재가 된 것 같았다. 그녀는 마치 자기의 가슴속에 들어앉은 은이에게 하듯이 혼자서 중얼거리곤 했다.

9. 맨자나 가는 길

시경은 소설의 미진한 부분을 채워 넣듯이 이어서 유조와 맨자나를 생각한다. 연상 작용으로 꼬리를 물고 뇌리의 표면으로 부상하는 기억들을 멈출 수가 없는 것이다.

"맨자나 축제는 결코 일본인들만의 행사가 아닌, 미국 땅에 살고 있는 우리 모두의 행사인 셈이야. 더구나 엘에이 폭동으로 피해를 입은 네게는 아주 의미 있는 일이 될 거라고 생각해."

유조는 그녀에게 맨자나 순례에 동참할 것을 권유했다. 엘에이 폭동으로 입은 상처가 아물기도 전에 또다시 은이 일로 상심해 있는 그녀의 기분을 조금이나마 풀어주려는 의도였을 것이다.

낮게 드리웠던 구름이 걷히면서 햇살이 눈부시게 쏟아졌다. 유조는 엘에이 외곽도시를 관통해 북쪽으로 차를 몰았다. 지도상으로 사막 한가운데 위치해 있는 엘에이 지역은 옛적부터 나그네에게 먹을 것과 쉼터를 제공하던 오아시스라고 했다. 그 오아시스가 희뿌연 안개에 휩싸인 채 몸부림을 치듯이 흔들거리며 멀어져갔다.

그녀는 옆자리에 앉아서 도로 표지판을 놓치지 않으려고 머릿속으로 가야 할 방향을 되풀이해서 점검했다. 사이드 브레이크 옆에 끼워둔 캘리포니아 지도를 펼쳐 들었다.

"시경, 염려하지 마. 내가 길을 알고 있으니까."

유조가 그녀를 안심시켰다.

그녀는 숨을 한 번 깊게 들이마셨다가 천천히 내쉬었다. 기분이 좀 상쾌해지는 느낌이 들었다.

코리안 클럽에서 두 번째로 사고를 친 사람은 데이빗이었다. 파티에 함께 나타났던 이혼녀와의 사랑이 결국 추하게 끝나버린 거였다. 두 사람 사이에 얽힌 세세한 내용은 두 사람만이 아는 일이겠지만, 이혼녀 측에서 영주권을 받기 위해 그를 이용하려고 한 모양이었다. 그는 미국 시민권을 가진 미국시민이었다. 영주권이 목

248

적이었던 이혼녀 쪽에서는 당연히 결혼을 요구했을 것이고, 그는 때늦은 후회를 하고 잠수를 탔다. 그녀 오빠가 데이빗을 가만 놔두지 않겠다고 경수와 그녀가 일하는 햄버거 가게까지 찾아와서 한바탕 난리를 치고 돌아갔다. 다시 기억하고 싶지 않은 이야기였다.

잔인한 사월이라 했던가. 폭동 재발설은 말 그대로 설로 끝났지만, 사월은 회원들의 가슴속에 크고 작은 생채기를 남겼다.

그녀는 시선을 바깥으로 향했다. 다시 심호흡을 했다. 구름 한 점 없는 파란 하늘의 끝이 도로와 맞닿아 있었다.

햇빛 속에서 노란 꽃잎을 활짝 펼치고 있는 고속도로 중앙 분리대의 프로티나나 꽃무리가 그녀의 시선을 끌었다. 햇빛이 없으면 꽃잎을 모두 오므린 채 햇빛이 비치기만을 기다리는 꽃. 사랑하는 사람으로부터 사랑을 갈구하는 여자의 마음과 닮았다고나 할까. 남아프리카가 원산지였다. 그 꽃은 그녀의 아파트 화단에도 피어나 온통 노란색으로 물들이고 있었다. 아버지는 그 꽃을 무척 좋아했다. 폭동이 일어나기 전에는, 틈이 날 때마다 아무도 관심 갖지 않는 그 꽃을 자상하게 돌보곤 했다.

아버지는 한국에 있는 고모의 도움으로 한국에 나가 요양 중이었다. 다행히 술을 끊고 많이 좋아졌다는 소식을 들은 참이어서 한시름 놓게 되었다.

유조 타카하시, 시경은 그의 옆얼굴을 말없이 응시했다. 그도 그녀의 시선을 느꼈는지 고개를 돌려 힐끗 쳐다보았다. 그녀는 말없이 엷은 미소만 지었다.

그녀는 찰리를 찾아간 것이 실수였다고 변명하고 싶진 않았다.

따라서 후회도 없었다. 은이의 죽음은 엘에이 폭동이 가져다 준 절망과는 또 다른 형태의 절망감을 불러왔다. 이제까지의 모든 수고와 고단함을 일시에 놓아버리고 싶은, 일종의 강렬한 충동 같은 거였다. 그것은 그녀가 액세서리처럼 달고 있는 가식 따위를 팽개치는 계기가 되었다고나 할까. 다만 첫 상대가 유조가 아닌 중년의 찰리였다는 사실을 떠올리면 그녀는 당혹감을 떨칠 수 없었다. 그럴 때면, 그녀는 가끔 이런 느낌도 사랑일까, 생각하곤 했다. 진정 사랑이라면, 언젠가 그 느낌을 스물한 살의 순수함으로 말할 수 있는 날이 오기를 염원해보았다. 어쩌면 영원히 오지 않을지도 모른다는 생각도 들었다.

자동차는 엘에이 외곽도시를 벗어나 십사 번 고속도로로 북쪽 방향으로 들어섰다. 사막이 시작되면서 밖은 온통 이글거리는 태양빛으로 넘쳤다. 열어놓은 차창으로 모래 섞인 바람이 훅 열기를 몰아왔다. 그 열기에 숨이 막힐 듯했다. 사방을 둘러보아도 습기라곤 감촉되지 않는 메마른 불모지. 그녀는 불그레한 속살을 드러낸 산과 누렇게 말라죽은 풀포기들이 듬성듬성 깔린 벌판을 두리번거렸다. 풀포기들 사이로 노란 풀꽃들이 군데군데 피어 있었다. 텔레비전을 통해서 본 유명한 야생화 군락을 생각하고 두리번거렸다. 그러나 야생화 군락은 눈에 띄지 않았다.

목이 자꾸만 건조했다. 준비해온 물병을 꺼내 유조에게 권하고 자신도 목을 축였다.

손을 뻗어 카세트덱에 테이프를 밀어 넣었다. 마이스키 연주의 무반주 첼로 조곡이었다. 유조가 그녀를 바라보며 싱긋 웃었다. 바로 유조가 선물해준 것이었다. 자신이 가장 좋아하는 첼로곡이라고 말했었다. 이 곡을 받고 나서 그가 음악에 조예가 깊다는 걸 짐작할 수 있었다.

곧 은은한 첼로의 선율이 자동차 안을 휘돌았다.

"우리 할아버지께서 바로 진주만 공격 때 맨자나에 수용되셨던 분이야. 그때가 일곱 살 때였대."

유조가 처음으로 가족사에 대해 이야기를 꺼냈다.

그녀는 말없이 고개를 끄덕였다. 적극적으로 맨자나 순례를 권했던 그를 이해할 수 있었다. 빙긋이 웃는 유조의 얼굴엔 씁쓸한 그림자가 어렸다.

"일본인들의 피해도 사이구 폭동 때 한인들이 입은 피해 못지않았거든. 72시간이라는 짧은 시간 안에 집합소에 집합하라고 했고, 손으로 가져갈 수 있는 물건만 가져가도록 허용했대. 평생 모은 재산, 집과 비즈니스를 몽땅 정부에서 몰수했으니까. 많은 일본계 미국인 청년들이 전쟁에 나가 자원입대해서 미국을 위해 싸우다 죽었고, 또 일부는 아시아 지역에서 정보원으로 활약하여 일본을 상대로 싸우는 미국에 공헌했는데도 말야. 그런데 독일계나 이탈리아계에겐 아무런 조치도 취하지 않았다는 거야. 이런 점들을 볼 때, 분명한 인종차별적 의도이지 않고 무엇이었겠어?"

그녀도 맨자나에 대해서는 알고 있었다.

그때 그녀가 기대하던 야생화 군락이 나타났다. 자동차가 산모퉁이를 돌아 나오자 앞이 탁 트이며 붉게, 혹은 노랗게 물든 광활한 벌판이 펼쳐졌다. 타는 듯 작열하는 햇살 아래 광대한 모래 벌을 온통 뒤덮은 야생화 군락은 실로 환상의 세계였다. 마치 거대한 융단을 깔아놓은 것 같았다. 길고 긴 목마름을 견디고 모래 위에 꽃을 피운 끈질긴 생명력과 인고의 결실에 대해 그녀는 경외심마저 일었다. 사막에 대한 그녀의 인식을 뒤엎는 순간이기도 했다. 사막은 극치의 가능성을 내재하고 있는가. 결코 황량하기만 한 세계는 아니었다. 그 광대함과 상상을 초월하는 현란함에 그녀는 할 말을 잃고 그저 바라볼 뿐이었다.

"저게 바로 캘리포니아 주화인 파피지."

한참 만에 유조가 입을 열었다.

"양귀비꽃의 일종인 바로 그 파피잖아."

그들은 자동차에서 나와 한참 동안 야생화 군락을 바라보며 서 있다가 다시 맨자나를 향해 달렸다.

마이스키는 첼로 연주를 다 끝낸 모양이어서 그녀는 테이프를 바꿔 넣었다. 그룹 유 투가 노래했다.

"디자이어 좋아해?"

이미 노래는 나오고 있었다.

"아주 좋아하지."

유조는 조그만 소리로 유 투를 따라 디자이어를 불렀다.

"어떤 사람들이 맨자나 추모 행사에 참석할까?"

그녀는 은근히 신경이 쓰였던 말을 우회적으로 돌려서 물었다.

"가보면 아마 잘 왔다고 생각할 거야. 일본인 추모행사지만 평화와 화합에 관심 있는 사람은 누구든지 올 수 있거든. 흑인과 백인은 물론 다른 소수민족들도 많이 참석하고 있어. 인종차별적 대우는 일본인만 당한 것이 아니거든. 필리핀 사람들과 중국인들은 '이민 금지법'으로 심한 차별을 받았거든."

시경은 대답 대신 한숨을 쉬었다.

론 파인의 사인이 나타났다. 맨자나는 바로 론 파인이 지나면 곧 나온다고 했다. 하나 둘씩 모여든 맨자나로 가는 듯한 차량들이 제법 행렬을 이루었다.

카세트덱의 테이프는 이미 멈추어 있었다.

메마른 사막 벌판에 있는 조그만 도시가 신기했다. 도시는 사람이 도저히 살 것 같지 않은 모래 벌에 마치 야생화처럼 화사하게 피어 있었다. 그녀는 잠시 생각에 잠겼다. 이글거리는 태양 볕 아래, 심한 탈수증으로 시달리는 사막 한가운데에 살아온 저들은 어떤 사람들일까. 이 사회의 또 다른 이민자들은 아닐까. 사막의 이면에 숨겨진 매혹을 저들은 알고 있음이 분명해 보였다.

론 파인에서 십 마일쯤 북상하자 작은 안내 표지판이 서 있었다. 여기서 맨자나에 이르는 길은 비포장의 모래 길이었다. 하지만 그 길은 잠깐이고 사막 가운데에 철조망과 탑이 나타났다. 철조망과 탑, 그것이 전부인 맨자나는 텅 빈 모래땅뿐이었다. 백설을 등성이에 얹은 시에라네바다 산맥이 그리 멀지 않은 거리에서 지그시 내려다보고 있었다.

수십 대의 자동차가 꽤 많은 사람을 싣고 왔다. 과연 유조의 말대로 일본인들 틈에 적잖은 여러 인종들과 민족들이 섞여 왔다. 백인들도 상당수 눈에 띄었다. 그들은 한 백인 청년의 안내로 철조망 밖에 자동차를 주차하고 다른 사람들을 따라 철조망 안으로 들어갔다. 간간이 바람이 불어와 뿌옇게 모래를 날렸다.

"아니, 저게 누구야?"

진호와 에리카가 그들을 먼저 발견하고 다가오고 있었다.

"진호야, 어떻게 된 일이야?"

그녀는 영문을 몰라 어리둥절했다. 진호는 아침에 친구를 만난다고 그녀보다 한발 앞서 집을 나갔었다.

"에리카 누나가 가자고 해서 왔어."

"내가 설명하지. 처음엔 얘가 네 동생인 줄 몰랐었어. 얼마 전에야 진호가 말해서 알게 되었지만. 우린 교회에서 만나 서로 친구가 되었지."

에리카가 나서서 해명했다.

"에리카 누나는 대단한 인권주의자야. 삼 년 전부터 이 행사에 참여하고 있었대. 미국에 가장 잘 어울리는 사람이라고 생각해."

진호는 말하면서 씨익 웃었다. 그녀는 세 사람을 서로 인사시켰다. 유조와 에리카는 서로 쳐다보며 웃음을 터뜨렸다. 그들은 이미 이 행사를 통해서 친구가 된 사이였다.

그들은 유조의 설명을 들으며 여기저기 둘러보았다. 물론 설명은 시경과 진호를 위한 것이었다.

"이쪽은 캠프 막사가 죽 있었던 자리이고, 저쪽 네 귀퉁이는 감시탑이 있던 자리고, 저곳은 공동묘지지."

유조는 북쪽 방향의 철조망 바깥을 가리켰다. 허나 지금은 위령탑 하나가 묵묵히 서서 역사를 대변할 뿐이었다. 바람이 모래를 날릴 때마다 그녀는 이곳에 떠도는 그들의 넋을 만나는 듯싶었다.

254

행사는 간단했다. 이곳에서 억울하게 죽어간 영혼을 위한 묵념에 이어 가톨릭과 불교, 개신교의 의식이 차례로 진행되었다. 가톨릭 신부의 이야기가 있었다. 그 신부는 어렸을 적, 이곳에서 수용소 생활을 겪은 사람이라고 자신을 소개했다. 미국 정부는 부끄러운 이 역사의 현장을 없애려고 한다고도 했다. 그리고 어떡하든 맨자나를 보존하려면 많은 돈이 필요하다는 것도 덧붙였다. 그는 궁금해하는 사람들을 위해서 질문을 받고 당시의 상황과 자신이 겪은 이야기를 자세히 설명해주었다.

유조는 그들을 위해서 일본말을 한국말로 통역해주었다.

각자 싸온 점심을 나누어 먹고 나서 일본의 간단한 전통 춤을 배우는 것으로 행사는 끝났다. 강강술래를 하듯이 빙 둘러서서 추는 춤이었다.

시경은 문득 폭동이 지나간 뒤의 평화행진을 떠올렸다. 한인 2세들이 주축이 되어 길게 인간 띠를 만들던 모습을. 에리카와 진호, 은이 그리고 코리안 클럽의 회원들이 빠짐없이 손을 잡았고, 백인과 흑인, 맥시코인도 손을 잡고 참 평화와 인종 화합을 외쳤다. 그들은 눈물을 흘렸다. 사랑을 목말라했다. 그리고 진정한 가치의 실현을 다짐했었다.

사람들은 올라온 길을 되돌아 내려갔다. 그들은 다시 길고 지루한 사막 길을 달릴 것이다. 그녀는 그들이 이곳에 남긴 것과 소중히 감싸 안은 것을 헤아렸다. 그들은 인간의 거짓 평화와 위선을 버리려고 먼 사막 길을 달려오지 않았을까. 그리고 정의와 인권의 승리를 위해 맨자나를 떠나고 있는 것이 아닐까.

일행은 시에라네바다 산맥을 바라보며 사람들이 떠나는 사막을 여기저기 서성거렸다. 뭔가 미진한 듯 아쉬운 느낌이었다.

어지러이 찍힌 발자국 외에 남겨진 것이 없는 허허로운 모래 벌은 철조망과 묘지탑으로 인해 더욱 황망해 보였다. 한 줄기 회오리가 맨자나의 모래흙을 휘감고 하늘로 치솟는 걸 보며 그들은 황급히 철조망을 빠져나왔다. 잠시 후, 그들이 탄 차는 론 파인을 향해서 서서히 움직이기 시작했다.

에리카와 진호가 탄 차가 앞서 달렸다. 유조는 그들이 탄 차를 놓칠세라 힘차게 액셀러레이터를 밟았다.

그녀는 갑자기 목걸이가 생각나서 가방을 열고 헝겊으로 만든 작은 주머니를 열어보았다. 은이가 파티에서 주려고 했던 그 목걸이가 들어 있었다. 은으로 만든 하트가 달린 것이었다. 은이의 어머니가 그녀가 살던 아파트 — 그녀도 여러 달 빌붙어 지냈던 — 와 유품들을 정리하고 돌아가면서 그녀에게 건네주었다. 은이는 유서를 남기지 않았다. 작은 봉투에 이 목걸이를 넣고 겉에 '시경에게' 라고 쓴 글이 은이가 남긴 마지막 글이었다.

"너는 메마른 내게 사랑을 일깨워주었어."

마음속으로 은이에게 말하고 나서 주머니의 지퍼를 닫았다.

이젠 회지에 실릴 논단을 써야겠다고 생각했다. 다른 원고는 일찍 정리해서 경수에게 넘겼는데, 그녀가 직접 쓰기로 한 논단인 '나는 이렇게 생각한다' 만은 쉽게 써지지 않았다. 은이의 자살도 그걸 미루게 된 원인이었다. 경수는 그 원고 때문에 회지 발행이 늦어졌다고 여러 번 재촉했었다. 그도 학기가 끝나면 동부로 떠난다고 했다. 그가 원하던 대학으로부터 편입 허가를 받았다고 기뻐했다. 그녀는 눈을 감고 첫 문장을 어떻게 시작할지 궁리해보았다.

10. 우리는 사막의 야생화

시경은 이제야 감았던 눈을 뜨고 자리에서 일어선다. 그리고 이층의 자기 방을 향해서 계단을 올라간다. 마치 긴 잠에서 방금 깨어난 것처럼 현실감이 없어서 허공에 붕 떠 있는 느낌이다.

방으로 들어간 시경은 창밖을 멀거니 내다본다. 창문을 통해서 내다보이는 도로엔 사월의 햇살이 수많은 별똥별처럼 쏟아진다. 도로변 화단에는 프로티나나의 노란 꽃송이들이 해를 바라보며 피어 있다.

눈앞에 사막의 벌판을 노랗고 붉게 물들이고 피어 있을 야생화가 펼쳐진다.

"사실 우리가 사막의 야생화가 아니겠니?"

어머니의 목소리가 들리는 듯하다. 야생화 이야기가 나오면 어머니는 곧잘 이민자들을 사막의 야생화에 비유하곤 한다.

맨자나 순례에 다녀온 뒤, 융자금이 결정되었다는 우편을 받았다. 그녀의 가족은 엘에이 지역을 떠나 샌프란시스코 지역으로 이사했다. 그녀가 편입할 학교를 샌프란시스코 인근에 있는 캘리포니아 주립대학으로 결정한 때문이었다.

한때 그녀는 캘리포니아를 떠나려고 했지만 진정 떠날 수 없었다.

사막과 오아시스가 있고, 끈질긴 생명력을 지닌 야생화 군락이 있는 매혹적인 곳이었다.

그녀의 어머니는 계획대로 그녀가 다니는 대학 근처에 조그만 햄버거 가게를 열었다. 조그만 가게라도 일은 많았다. 그녀와 동생 진호는 공부가 끝나면 곧장 가게로 달려가 어머니를 도왔다.

어머니는 엘에이 폭동 때 얻은 교훈을 실천하는 의미에서 흑인 학생과 멕시코인 학생 한 명씩을 파트타임으로 고용했다. 또한 동네 행사가 있을 때에는 적은 액수라도 기부금 내는 것을 게을리하지 않았다.

욕심 부리지 않고 열심히 일해서 조금씩 저축해나갔다. 그들 가족은 비로소 진정한 행복을 느낄 수 있었다.

많은 시간이 흘렀다.

그녀는 대학과 대학원에서 컴퓨터를 공부하고 유명 회사의 매니저로 일하고 있다.

진호는 경영학을 공부한 뒤 어머니의 가게를 물려받아 키웠다. 회사에 다니는 것보다 수입이 알토란같고 자유로운데 무엇 때문에 취직이란 걸 해서 매이냐는 게 그의 주장이다. 가게를 시작한 직후에 그녀와 함께 개발한 김치 햄버거와 불고기 햄버거 종류가 가게의 특별 메뉴로 되었다. 옆에 있는 가게까지 인수하여 확장하고 나니 옛날 그녀가 아르바이트하던 '킴스' 정도 크기의 모양새를 갖추었다.

"야생화는 언제든 보면 되지. 사실 우리가 사막의 야생화가 아니겠니?"

처음으로 주택을 구입한 때였다. 그녀가 함께 야생화 구경을 가자고 하자 엄마는 이마에 맺힌 땀방울을 앞치마로 닦으며 말했다. 고달픈 이민 생활 속에서도 엄마는 나름 용기와 힘을 키운 듯싶었다. 땀을 흘리는 그녀의 모습이 힘들어 보이지 않았다. 시경은 그런 모습의 어머니가 고마웠다.

아버지는 한국에서 알코올 중독을 치료하고 돌아왔다. 아버지가 돌아왔을 때에 그들 가족은 얼마나 기뻤는지 모른다. 그런데 그 기쁨은 아주 잠깐이었다. 이듬해 아버지는 간암 말기 판정을 받았다. 두말할 것 없이 알코올이 문제였다. 아버지는 육 개월을 더 산 뒤 세상을 떠났다. 엘에이 폭동이 남긴 상처. 그 상처는 아물었어도 흉터는 영원히 남고 말았다. 아버지의 빈자리가 바로 그것이었다.

가장 놀라운 일은 에리카와 진호가 결혼했다는 사실이다. 앞서 말했지만, 그들은 어머니의 가게를 물려받아 딸 쌍둥이를 낳고 행복하게 살고 있다. 진호가 에리카에게 꽉 쥐어 살아서 좀 안쓰럽지만 남부럽지 않은 살림을 꾸리고 있다.

유조, 맨자나를 기억하는 한 그녀는 그를 잊을 수 없다. 그녀는 사랑하는 데에는 재빠르지 못한 편이었다. 사랑보다 일이 먼저였고, 그것을 성취하는 것이 우선이었다. 그들은 서로 사랑한다는 말을 하지 못했다. 다만 그녀는 그의 사랑을 마음으로 느끼고 있었다. 그 짧았던 시간 동안 그에게 해준 것보다 받은 것이 훨씬 많다고 생각했다.

"만일 우리가 다시 만난다면 우리는 서로를 선택할 수 있을까?"

그녀가 그에게 남긴 메모였다. 그는 지금 유엔에서 일하고 있다.

그동안 지구를 스무 바퀴 정도 돌았다고 한다. 일 년에 한 바퀴씩 돈 셈이다. 그런데 이제 정착하고 싶다고 그녀의 링크딘 페이지에 메시지를 남겼다.

이십 년 가까운 세월이 흐르는 동안 그녀는 맨자나 순례에 다시 동참하지 못했다. 산다는 것이 숨 돌릴 틈도 없이 분주하기만 했다. 지금도 그 대학에는 여전히 코리안 클럽이 존재할 것이고, 해마다 사월이면 게시판에 '맨자나 순례에 동참하세요!' 라고 쓴 포스터가 붙을 것이다. 그리고 그때와는 판이하게 다르겠지만, 그들 나름대로 혼란을 겪을 것이다. 대다수는 사 년제 대학에 편입하기 위해서 노력할 것이고, 그중에는 낙오자도 나올 것이다. 사랑을 이루지 못해 실의에 빠지는 경우도 간혹 있겠지. 하지만 한 가지 분명한 것은, 모두가 변한다는 사실이다. 자신의 인생을 살찌우고 삶을 사랑할 수 있도록.

시경은 가방에 옷가지를 넣으려다 말고 잠깐 생각에 잠긴다. 그 소설, 혹시 은이가 쓴 건 아닐까, 머릿속에 반짝 무언가 스치는 것이 있다. 정말 은이가 쓴 것일지도 모른다. 자신을 구해달라고, 자신에게 관심을 가져달라고, 애원하듯이 마지막으로 글을 썼는지도 모르는 일이다.

디아스포라로서의 글쓰기

- 김채형 소설집 『그 사막에는 야생화가 있다』

이덕화 (평택대 교수·평론가)

1. 글쓰기의 도정

김채형의 글쓰기는 디아스포라로서의 글쓰기이다. 늘 떠날 준비로 살고 있고, 정착하지 못하는 삶 속에서 자신 속의 또 다른 방랑자를 끊임없이 쫓고 있다. 디아스포라, 즉 포로, 고통, 언어, 극복 등으로 표상되는 이 용어는, 1990년대에 들어 이주노동자, 무국적자, 다문화 가족, 언어의 혼종성 등 초국가적(trans-national)인 문제들이 일반화되면서, 다른 민족의 국제이주, 망명, 난민, 이주노동자, 민족공동체, 문화적 차이, 정체성 등을 아우르는 포괄적인 개념으로 사용되고 있다.

소수자로서 존재하는 디아스포라 여성은 다수자 남성과 주권자로부터 항상 타자의 위치로 강제당한다. 권력자로부터, 남성들로부터 이중적인 배제를 당한 디아스포라 여성은 아감벤이 '호모 사케르'로 통칭하는 벌거벗은 생명과 다르지 않다. 이들은 정치적 가치를 결여한 난민이면서 사회적으로 소외된 타자이며, 문화적으로 억압받는 소수자이다. 현실적으로 이들은 자발적인 탈영토화와 재영토화가 불가능한 인물들이다.

김채형의 작품들은 부조리한 현실에서 고통받는 타자의 상황을 고발하는 데 치중하고 있다. 김채형의 작품들은 조국을 떠난 자로서의 방황과 여성적 타자로서의 현실에서 적응하지 못하고 떠도는 자, 현실에 안주하고 싶어도 안주할 수 없는 자들의 흐느낌이다.

김채형 작품의 인물들은 이중, 삼중적 혼란 속의 인물들이다. 자기 동일시 할 수 없는 가족과 가부장적 억압에서 오는 배제의 체험, 타국에서의 언어적·문화적 소수자, 이 속에서의 이중 삼중의 혼란은 자신을 정체화할 수 없고 방황으로 이어진다. 인물들이 혼란을 거듭하고, 그로 인한 불안과 심리적 공허함은 현실에 안주할 수 없게 하는 요인이기도 하다. 그러나 작가는 자기 반성적인 글쓰기를 통해 인물들 자신 속의 타자를 찾아가는 여행 속에서 세계를 확장, 새로운 인간의 보편적 구원의 탐구로 나아간다. 강자, 약자, 기독교, 불교, 이슬람 모두 모든 경계 지우기를 통해 인류 구원의 평화를 기원하는 디아스포라의 혼종적 정체성, 자기 치유의 도정에 도달한다.

「분이」「고양이가 사는 집」「연속무늬 지우기」「그림자 지우기」 등의 작품에서 인물들은 어두웠던 집안의 과거는 자기 정체성에 혼란을 주는 혼돈 그 자체이며, 이로 인해 현실에서 적응하지 못하고 떠도는 타자들이다. 「연」에서 이민 생활에 적응하지 못한 주인공이 틈만 나면 만드는 연과 창공으로 띄우는 연은 고국에 대한 그리움이며, 잃은 자신에 대한 향수이다. 연을 통해 표출된 고향에 대한 향수는 바로 자신을 찾아가는 여정의 서사구조다. 「물안개」

에서 자신의 정체성을 잃어버린 우울증 여인은 자신 속의 자신을 자신의 내부에서 찾아야 하는데, 자신이 아닌 외부에서 찾기 때문에 블랙홀과 같은 외부, 즉 때이호 안개 속으로 사라질 수밖에 없다. 자신을 옥죄는 현실, 안주할 수 없는 자로서는 감옥은 바로 자신이 만든 것이고, 그 탈출은 자신을 통해서만 가능하다.

「그 사막에는 야생화가 있다」에서 블랙홀 같이 빠져드는 이민 간 곳의 삶의 좌절과 절망, 그 속에서도 피어오르는 삶의 희망조차 한숨 같은 것은 자신 속의 고향을 잃은 정체성의 혼란 때문이다. 그러나 디아스포라의 혼종적 정체성을 자신의 정체성으로 인정하고, 화해로 나아가면서 세계를 받아들이는 극복의 치유 과정은 자의식적인 글쓰기로 인해 가능했다.

2. 가족 상처로 인한 정체성의 혼란, 「고양이가 사는 집」「분이」「까치밥」「연속무늬 지우기」

김채형 작품에서 인물들은 자신을 가족과 동일시한다. 그래서 가족의 상흔은 곧 자기의 상흔이 된다. 이것은 여성인물이든 남성인물이든 똑같다. 작품의 인물들은 자신의 정체화를 하려고 하지만 가족 관계에서 오는 혼란으로 불가능하다.

「고양이가 사는 집」의 인물은 할아버지가 새끼 밴 고양이를 죽인 저주 때문에 자신의 집안에 불행이 시작되었다고 믿는다. 대부분의 아버지 형제들은 고양이의 저주로 죽고, 평생 누워서 지내며 아버지의 수발을 받는 중증 뇌성마비의 고모나 신체장애를 가진 아버지, 가출한 어머니, 폭행과 폭력으로 가족의 상처를 덧내는 큰아버지 속에서 주인공은 정체성의 혼란을 느낀다. 이 작품에서 가족의 혼란은 바로 자신의 혼란이다.

성숙한 여성의 몸을 남자인 아버지에게 맡겨도 부끄럼을 모르는 고모는 자신에게 낯선 타자이면서, 자신의 삶을 성찰하게 하는 자신 속의 또 다른 타자이다. 낯선 타자로서 다가온 고모는 가출한 어머니의 아름다움, 착함과 연계되면서 저주 속의 고모는 죽음과 함께 새롭게 피어난다. 그러나 불구의 몸인 타자를 인정하지 않는 현실 속에서는 고모는 죽어서야 가족의 일원이 된다. 주인공은 낯선 타자를 자신 속에 받아들임으로써 자신과 세계와의 화해를 경험한다.

> 나는 달라진 나 자신을 느낀다. 현실에 대해서 조금은 여유를 가지고 바라볼 수 있을 것 같다. 이젠 동네 아이들이 놀려도 아무렇지도 않게 넘길 수 있을 것 같은데, 고모에게 심술을 부리지 않고도 견딜 수 있을 것 같은데, 뒤늦게 미안한 마음이 든다. 뜨거운 덩어리가 목구멍으로 울컥울컥 올라와서 도로 삼키느라 안간힘을 쓴다. (「고양이가 사는 집」 중에서)

이런 서사 구조는 「분이」에서도 이어진다. 가부장적 세계에서 남성 우월, 여성 열등이라는 부당한 이분법적인 대비는 그동안 여성을 억압하는 도구로 사용되어 왔다. 「분이」에서는 남편의 경제적 무능과 분이의 경제적 탁월한 수완의 대비로 인한 남편의 열등감이 폭력으로 이어지고, 가족 해체의 위기까지 간다. 이런 가부장적 세계관은 가족을 자신과 동일시하거나 혹은 가장이 아내나 자식을 자신의 부속물화하는 의식으로, 가족에 대한 폭력이 그동안 정당화되어 왔고, 남편들은 그것을 당연한 것으로 여겨왔다는 것을 말해준다. 남편의 폭력은 가족의 인내와 희생으로 치유되는 것이 아니라, 그 당사자의 자기 성찰에 의해서 가족 한 사람 한 사람을 인격체로 대우할 때 해결할 수 있는 문제이다.

「까치밥」은 시골의 완강한 가부장적 세계를 그린 작품이다. '방아코' 라고 불리는 나의 존재의 불안은 아버지 세계의 완강함에서 온다. 나의 어머니는 시댁으로부터 아들을 낳지 못했다는 이유로, 또 어머니가 들어온 이후로 짐승들이 돌림병으로 죽었다는 이유로 외가댁으로 쫓겨왔고, 일방적으로 이혼을 당한 여인이다. '나' 는 자신이 남동생을 보지 못했기 때문에, 혹은 자신의 울음이 너무 길어서 엄마가 쫓겨나지 않았나 하는 걱정에 마음이 불안하다. 자신에게 온통 마음이 쏠려 있는 외할머니와 외할아버지, 어떤 요구든 받아주는 외가댁의 생활은 나에게 충족한 생활이지만, 앞으로 어머니의 행복을 위해서 아버지의 집으로 돌아가야 하는 '나' 는 여전히 불안하다.

「연속무늬 지우기」의 인물 역시 과거 가족의 상흔으로 남편과의 결혼 생활을 불행으로 끝내는 서사이다. 이 작품 속의 인물은 장애를 가진 생모와 떠돌이 광부에게서 태어났다는 과거의 상흔에 갇혀 있는 인물이다. 외할머니에 의해 가족의 흔적을 지우려고 양녀로 입양되었지만, 가족의 상흔은 수시로 그녀의 결혼 생활을 흔들어 혼란에 빠지게 한다. 생모처럼 장애를 지닌 아이가 태어날까 봐 임신한 아이를 남편 몰래 유산시킨 사건으로 남편의 의심을 받게 되고, 그로 인해 가정생활조차 흔들린다. 그러나 이 작품의 인물은 결혼 생활이나 남편이나 자신을 구속하는 모든 관습과 제도가 연속무늬로 나타나고, 그녀는 끝없이 연속무늬를 탈출하기 위해 죽음을 꿈꾼다는 서사를 보여준다.

대부분 여성작가들은 완강한 가부장적 세계에 의해서 배제된 여성들의 신산한 삶을 형상화해 왔다. 그러나 김채형 작품에서 나타나는 완강한 가부장적 세계는 여성뿐만 아니라 남성들에게도 똑같은 배제와 소외를 가져온다는 것을 보여준다. 그것은 가부장적 세계관은 남성들만의 것이 아니라, 그것을 내면화해 온 많은 여성이 경제적 힘과 권력을 가질 때 남성들과 똑같은 가부장적인 세계가 주는 완강함을 보여준다는 것을 의미한다. 「까치밥」에서 아들을 낳지 못했다고, 짐승의 죽음이 며느리 때문이라고 ‘나’의 어머니를 쫓아낸 친할머니는 바로 그런 현실을 반영한 인물이다. 「분이」나 「연」에서 보여준 경제적 실패로 인해 남편이 가지는 열등감 역시 가정의 주도권은 남편의 경제력에서 나온다는 가부장적 완강함에서 오는 것이다.

위 작품의 인물들 모두 가부장적 세계관을 가진, 자신과 가족을 동일시하는 인물들이다. 그런 인물들에게 과거 가족의 상흔은 자신의 굴레로 작용한다. 자신이 자신 속의 무의식을 성찰하여 그 속에서 벗어나지 않는 한, 자기 정체성은 혼란에 빠진다. 「분이」「연속무늬 지우기」「까치밥」에서 인물들의 가부장적 세계관을 합리적이고 과학적인 세계관으로 전환하고, 가족과 자신은 각기 독립된 인격체라는 인식으로 바뀌지 않는 한 혼란은 극복하기 어렵다. 자기 성찰과 과거의 상흔에 의해 현재 삶이 점령당하지 않을 때 건강한 삶이 시작된다. 「고양이가 사는 집」과 「연속무늬 지우기」에서 고모나 윤식이를 통한 원초적 천진형의 인간에의 그리움은 바로 자신 속의 영원한 노스탤지어(nostalgia)를 향한 그리움이지만, 그것이 현실과 연계되지 않는 한 환상으로 머무르게 된다.

3. 자신 속의 '노스탤지어' 고향 찾기, 「물안개」「연」

「물안개」에서 작중 화자는 등단한 지 얼마 되지 않은 작가로, 작가로서 자신의 존재를 인정받기 위해서 작품을 열심히 써야 하는데 작품의 진행이 잘 되지 않아 스트레스를 받는 인물이다. 메타픽션의 형식을 취하는 작품이다. 이 작가에게 환상은 현실을 떠나 작품 속의 세계에 몰입하는 것이다. 그러나 현실은 끊임없이 그녀를 교란시킨다. 전화로 걸려온 '플리스 헬프 미' 목소리의 주인공이 그렇고, 정신적 방황으로 수시로 들락거리는 윤이네가 그렇고, 자기 과거의 기억들을 떠올려 조각내 물안개 속을 허우적거리게 하는 호텔에서의 하루하루가 그렇다.

작품을 써야 한다는 강박관념은 이 작품에서 오직 자신에게 몰입하겠다는 그녀의 환상, 오롯이 자신으로 돌아가겠다는 집념의 시간이다. 주거를 호텔에서 하기 때문에 따로 살림이 필요 없는 화자는 홀가분하게 작품 집필에 집중하려고 하지만, 느닷없이 몇 번 걸려온 전화로 '플리스 헬프 미'를 외친 남자의 목소리와 남편 회사 동료의 부인인 윤이네의 정신적 방황으로 방해를 받는다. '플리스 헬프 미'를 외친 외국 남자는 누군지, 아는 사람이 없는 하노이에서 받은 그 전화는, 정황도, 누구인지도 모르기 때문에 도울 방법이 없다. 그러나 수시로 들락거리는 윤이네의 존재는 무시할 수도, 그렇다고 그녀가 어떻게 해줄 수도 없다. 윤이네는 작품에 집중하려는 그녀에게 방해꾼일 뿐이지만 여전히 신경이 쓰이는 존재이다. 또 호텔 앞 때이호의 매일 아침 피어오르는 물안개는 처음에는 경이의 대상이었지만, 어느 때부터 자신이 싸워야 할 대상으로 바뀌었다. 물안개 뒤에 있는 과거 기억의 조각들을 더듬고 쪼개어 보느라 자신의 에너지를 소모하며 물안개 속을 허우적거리게 하기 때문이다. 그런 화자에게 윤이네의 정신적 방황은 더욱더 그녀를 혼란으로 몰고 간다.

윤이네는 강퍅한 현실을 헤쳐나갈 현실 능력이 없는, 현실 너머의 환상만 바라보는 인물이다.

웬일이에요?

윤이 아빠가 가보라고 했어요.

겨우 그 한마디를 할 뿐이었다. 그러고는 언제나 똑같은 대답, 차를 마시라고 하면, 네. 윤이는 학교에 잘 다니고 있냐고 하면, 네. 식사했냐고 해도 네. 그녀는 마치 순한 양처럼 고분고분 대답했다. 크고 동그란 눈과 하얗고 연한 피부를 가진, 거친 바람과 강한 자외선에 노출된 적이 없는 연약한 새끼 양이었다.

위의 인용문처럼, 윤이네는 어른이지만 거친 바람과 강한 자외선에 견딜 수 없는 연약한 어린 양에 불과하다. 그런 윤이네에게 거친 황야에서 숨을 곳은 안개 뒤에 있는 어머니의 집뿐이다. 회사 근무를 해야 하는 남편에게도 혹은 자기 일에 몰입하려는 작가에게도 윤이네를 지키는 일은 감당할 수 없는 것이다. 윤이네의 죽음은 어쩌면 당연하다.

그러나 이 작품에서 '플리스 헬프 미'를 외치는 남자의 목소리나, 환상에서 헤어나지 못하고 헤매는 윤이네는 모두 작가의 소외된 타자, 자신 속의 또 다른 자아이다. 자기 나르시시즘에 빠져 자신을 누구의 도움을 받아야 할 존재로 착각하는 화자의 또 다른 자아는 끊임없이 '플리스 헬프 미'를 외친다. 그리고 과거 기억의 조각에서 헤어나지 못하는 또 다른 자아인 윤이네를 통해 환상 너머의 죽음을 보았기에 화자는 온전히 현실로 돌아올 수 있었다. 이 작품에서 윤이네에게 저 너머에서 손짓하는 엄마는 자신으로 온전히 돌아갈 수 있게 하는 자신 속의 고향, 노스탤지어이다. 그러나 일상을 뒤흔드는 노스탤지어, 저 너머의 환상은 죽음 충동일 뿐이다.

270

「연」에서 남자는 이민 생활에서 겪은 경제적 실패 때문에 아내에게 열등감을 느끼고, 현실에서의 열패감으로 가족으로부터 소외된다. 가족과 세계로부터의 소외는 고향에 대한, 유년의 행복했던 추억에 잠기는 계기가 되고, 그것은 연 만드는 행위로 드러난다.

나는 연을 만들면서 하루해를 보냈다. 연을 만들고 있는 동안 내 마음은 넉넉했다. 나도 희망을 가질 수 있었다. 내가 실직자라는 의식이나 아내 앞에서 느끼는 열등감 따위가 사라졌고, 곧 행운이 내 앞에 툭 떨어질 듯이 마음이 뿌듯했다. 연은 나를 이국 생활의 고통을 넘어서 동심으로 환원해놓았다. 한술 더 떠서 그런 기분을 빌미로 나는 무위도식하는 일에 익숙해졌다. (「연」 중에서)

위의 인용문에서 나타나는 것처럼, 연은 어릴 때의 동심과 연결되면서 현실에서 자신의 실패를 잊게 해주는 환각제로 작용한다. 그런 어릴 때의 행복했던 추억, 노스탤지어의 기억은 인간의 삶에 원동력이 되는 에너지원이지만, 그 에너지를 빌려 현실을 아름다운 세계로 만들어야 하는 것이 환상이 가지는 긍정적인 힘이다. 그러나 그것이 환상 속에 파묻혀 현실도피의 수단이 될 때, 현실은 무너진다. 그런 기분을 빌미로 무위도식을 일삼는 것은 죽음 가사 상태에 있는 것이나 마찬가지다. 불법 체류자인 박영일의 자살미수 사건은 바로 남자의 미래에 일어날 상징적 사건을 배치해놓은 것이다. 살아간다는 것은 동심의 힘을 빌려 현실을 꿰뚫는 것이다.

그리고 무소처럼 뚜벅뚜벅 걸어가야 한다.

4. 자기 극복의 미학, 「그 사막에는 야생화가 있다」

김채형의 작품들에는 가혹한 현실과 자신만이 가지고 있는 환상, 오아시스가 있다. 이 오아시스는 작품 속 인물들의 에너지이자 삶의 원동력이다. 사막과 같은 메마른 현실 속에서 환상은 인간의 삶을 지탱해주는 오아시스와 같은 것이다. 삶의 여정은 어쩌면 평생 이 오아시스를 찾는 것일지도 모른다. 건조한 현실을 극복하기 위해서는 누구나 이런 오아시스를 가슴속에 품고 살아가야 할 것이다.

문학 작품을 형상화하는 작가들은 이런 오아시스를 잃은 메마른 현실 속에서 자신의 우물을 찾는다. 환상을 환상으로 유지하려면, 사실들을 삶 속에 끌어들이는 노력 이외에 환상의 의식이 필요하다고 한다. 그건 어느 날을 다른 날과 다르게, 어느 시간을 다른 시간과 다르게 만드는 의식이며, 대상을 향한 열정, 즉 서로가 서로를 길들이면서 그 속에서 사랑을 가꾸려는 환상이다. 그래서 환상은 눈물이 있고 서로 교환하는 힘이 있다. 그것이 현실을 관통할 때 폭발적인 에너지가 된다. 그동안 앞의 작품들이 마음속의 노스탤지어를 그리워하고 그 환상 속에서만 머물던 인물들을 형상화했다면, 「그 사막에는 야생화가 있다」에서는 그 환상이 현실과 연계되어 세계로 확장되는 폭넓은 현실을 반영하고 있다.

272

중편 양식을 취하는 「그 사막에는 야생화가 있다」는 긴 호흡 덕분에 엘에이 폭동 이후 한국인 이민자들의 절망과 좌절 그리고 그 이후의 삶까지도 폭넓게 반영하고 있다. 김채형의 작품 속 현실은 가혹하다. 이 작품의 현실 역시 마찬가지이다. 엘에이 폭동이 일어나기 5년 전 작중 화자인 시경의 가족은 이산가족으로 살다 겨우 합친 가족이었다. 아버지 혼자 미국에서 불법 체류자 신분으로 페인트칠, 잔디 깎기, 청소원 등을 전전긍긍하며 가족을 불러들일 날만 기다리다가 미국 정부의 불법 체류자 구제정책에 힘입어 가족을 한국으로부터 불러들였지만, 가족이 힘을 합쳐 겨우 장만한 마켓은 엘에이 폭도의 폭행을 피할 길 없었다. 마켓은 풍비박산이 났고, 가족은 다시 뿔뿔이 각자의 살길을 찾아야만 했다. 그러나 이 작품의 인물들은 어려운 현실 속에서도 각자의 환상이 있다.

이 작품은 엘에이 폭동 후 20년이 지난 시점에서, 작중 화자가 이사를 하기 위해 물건을 정리하는 중에 20년 전 사 년제 대학에 편입하기 위해 잠시 머물렀던 시립 대학의 한국인 학생들 모임인 '코리안 클럽' 친구들의 이야기를 소설화한 작품을 보면서 과거를 회상하는 양식을 띠고 있다. 다만 누군가 그때 당시의 일을 소설화했기 때문에, 이야기는 엘에이 폭동 시기의 어려웠던 시절을 현재 시점으로 서사화하고 있다. 그러나 초점화자 시경은 그 소설이 자신과 친했던 자살한 친구 은이가 썼는지, 혹은 자신을 따라다녔던 토미가 썼는지, 정확하게 기억하지 못한다. 또 시경의 이야기를 중심으로 서사화하고 있기 때문에 시경이 작가인 것도 같다. 또 그 소설에 등장하는 인물 전체가 그 주인공이기도 하고, 또 작가가 되는 특별한 서사 방식을 취하고 있다. 작가가 자기 기술 방식에 따라 그 당시의 반성을 보여주는 메타 픽션의 형식도 취하고 있다. 소설 밖의 시경이 20년 전의 자신인 소설 속의 진아를 마치 거울처럼 비춰보는 독특한 효과를 노린 양식이다.

엘에이 폭동이라는, 로스앤젤레스에서 처음으로 한국인이 집단으로 테러를 당했던 이 사건으로 한국인 이민 가족은 물론, 당시에 그곳에 거주했던 모든 이민자나 유학생들이 집단적 히스테리 상태에 빠져 있던 시기였다. 이 작품은 그 어지러웠던 시기에 유학생들이나 재미교포 2세가 겪어야 했던 20대의 열정과 꿈을 그리고 좌절을 중심으로 그리고 있다. 그리고 아직 한국의 사고구조 틀에서 벗어나지 못했던 소설 속의 진아는 친한 친구 은이의 자살을 통해서 엘에이 폭동 이후의 암울했던 시기를 더 강렬하게 체험하게 된다.

그녀는 몸을 가누기가 어려울 만큼 온몸이 떨려왔다. 분노가 밀려왔다. 누구를 향한 분노인지 가늠할 수 없었다. 은이를 죽게 만든 준호인지, 그렇게 허망하게 죽어버린 은이인지, 아니면 사이구 폭동을 일으킨 폭도들인지, 그것도 아니면 자기 자신인지 몰랐다. (「그 사막에는 야생화가 있다」 중에서)

친구 은이의 죽음으로 그동안 알지 못했던 분노가 폭발하면서 자신도 죽음 충동에 휩싸인다. 그러고는 그토록 고집하던 자신의 순결을 사랑하지도 않는 흑인 남자에게 자신을 팽개치다시피 내던진다. 그때야 자신이 4분의 1의 한국인 피를 받았다는 일본계 미국인 유조를 사랑하고 있다는 것을 깨닫는다. 자신을 내던지고서야 자신의 소중함을 깨닫고 타인에 대한 진정성을 인식하는 계기가 된 것이다.

유조 할아버지는 진주만 공격 때 로스앤젤레스 북쪽 사막 지방의 맨자나 수용소에 갇혀 있던 분이다. 맨자나 수용소에 갇혀 있던 일본인들 역시 엘에이 폭동 때처럼 미국인들에게 피해를 당한 난민들이다. 매년 세계의 평화를 기원하기 위해 치러지는 맨자나 행사에는 인종과 종교를 초월해 각지에서 그날을 기념하고 평화를 희원하기 위해 몰려든다. 유조와 그 모임에 다녀오면서 피해자로서의 동질감을 느낀 시경은 유조에게서 일본인이 아닌, 4분의 1은 한국인과 같은 정을 느낀다.

이 작품에서 맨자나는 엘에이 폭동으로 생겨난 인종 간·종교 간의 갈등을 없애고 세계의 평화를 기원하는 상징적인 장소로, 작가가 이 작품에서 기원하는 인류에 대한 꿈과 희망의 은유로 묘사되고 있다. 초점화자가 유조에게 사랑을 느끼는 것 역시 이에 대한 희망의 서사라고 할 수 있다. 대학 시절의 코리안 클럽 친구들이 맨자나를 방문하고, 그곳에서의 행복한 만남을 이어가고, 결혼으로 골인하는 바람직한 현상은 절망과 좌절 속에서의 새로운 꿈으로 은유화된다. 또 사막 속의 오아시스인 로스앤젤레스 역시, 목마른 사람들에게 물을 제공하는 희망의 장소로 자리매김한다.

그 이후 모든 것을 극복하고 다시 가족이 모였지만 아버지는 간암으로 돌아가시고, 그나마 새로운 햄버거 가게를 내어 안정된 생활을 맞게 된 시경 가족에게 로스앤젤레스는 사막 가운데의 오아

시스이고, 시경 가족을 비롯한 한국인 이민자 가족은 엘에이 폭동
조차 잘 견뎌낸, 강인한 생명력을 지닌 사막 속의 야생화로 상징화
된다. 이 작품 속 인물들의 자기 극복은 중편이라는 양식이 가지는
전체적 현실 반영과 자기 진술의 서사를 띠는 메타 픽션적 글쓰기
를 통해 자기반성이 이루어지기 때문에 가능하다.

5. 여성적 글쓰기

김채영은 「작가의 말」에서 다음과 같이 쓰고 있다.

> 어느 날 문득 깨닫게 되었습니다. 깨지고, 휘어지고, 때론 꺾
> 인 듯해서 아프기만 했던 시간들이 나를 운명처럼 글쓰기와 마
> 주하게 만든 거였다고.
> 그렇게 만난 소설은 영혼을 치유하는 유일한 길이었는데, 몸
> 의 건강을 잃고 다시 몇 년의 시간을 더 기다려야 했습니다. 힘
> 든 투병을 하고 건강은 찾았지만, 책을 꼭 엮어야만 할까 하는
> 회의 속에서 그동안 쓰고 발표해온 원고들을 그대로 컴퓨터에
> 담아 들고 캐나다로 왔습니다. 그러나 아무리 멀리 떠나와도 내
> 언어들은 나를 고향으로 되돌려놓곤 합니다. 글쓰기가 있는 한
> 나는 결코 떠나온 것이 아니었습니다. (「작가의 말」 중에서)

위의 인용문을 보자면, 김채형의 글쓰기는 방황과 불안한 정서

276

의 결과물이다. 여성으로 사는 삶은 인내와 희생의 삶을 사느냐 아니면 자신의 정체성 확립을 위해 투쟁의 삶을 사느냐의 선택이다. 인간적인 욕망을 체념한 채 무장된 인내와 희생의 삶을 살지라도, 현실적으로 부딪히는 갈망과 욕망은 끊임없이 여성들의 삶을 불안과 초조 속으로 밀어 넣는다. 또 좀 더 자기 확신적인 자의식을 갖고 사는 여성이라 할지라도, 가부장적 사회가 만들어내는 블랙홀에서 정체성은 끊임없이 흔들린다. 더구나 외국으로 이민 간 여성의 언어나 문화적 소수자로서의 삶은 더 큰 소외의 삶을 체험하고, 미래에 대한 불안은 공포로 확산된다.

알 수 없는 불안은 존재적 상실감이나 결핍감에서 오기도 한다. 그러나 여성들이 정체성을 확립하려는 욕망을 가지면 가질수록 혼란 속으로 빠져든다. 가부장적 사회에서 나르시시즘적 자아 이상의 모델은 남성적 욕망과 결합되어 있기 때문이다. 그리고 여성들의 무의식적 욕망이 자기 동일시를 위해 방해하기 때문이다. 그래서 여성들은 끊임없이 흔들리는 정체성과 혼돈 속에서도 살아남을 수 있는 혼종적 정체성, 즉 늘 떠날 준비가 되어 있고 정착하지 못하는 삶 속에서 방랑자로서의 삶을 체득하고 일궈나가는 디아스포라의 삶을 살아야 한다.

여성들의 삶은 가정 혹은 남편, 자식, 혹은 친구 등으로 세계가 한정되어 있다. 그래서 여성적 글쓰기는 자신과의 소통이면서 세계와의 소통이다. 글쓰기를 통해 주위를 돌아보고 다른 사람들의 삶에 관심을 두면서 자신의 세계를 벗어나 세계와 소통하게 된다.

그런 과정 중에 자신을 들여다봄으로써 고백도 하고 반성도 한다. 또 자신의 삶을 객관화하기 시작하고 극복이 이루어진다.

김채형의 작품 속 인물들은 김채형의 무의식 속 타자들이다. 그 타자들은 가부장적 질서, 사회적 규약과 제도로 인해 존재적 상실감과 결핍감을 가진 인물들이다. 그들은 끊임없이 흔들리는 삶 속에서도 자신 내면의 노스탤지어, 고향을 찾지만, 그 고향조차 현실을 극복하는 힘이 되지 못한다. 결국 「그 사막에는 야생화가 있다」에서처럼 인물들 스스로 현실을 꿰뚫는 힘으로 현실을 이길 때 그때야 극복할 수 있다는 것을 글쓰기의 도정을 통해서 잘 보여준다.

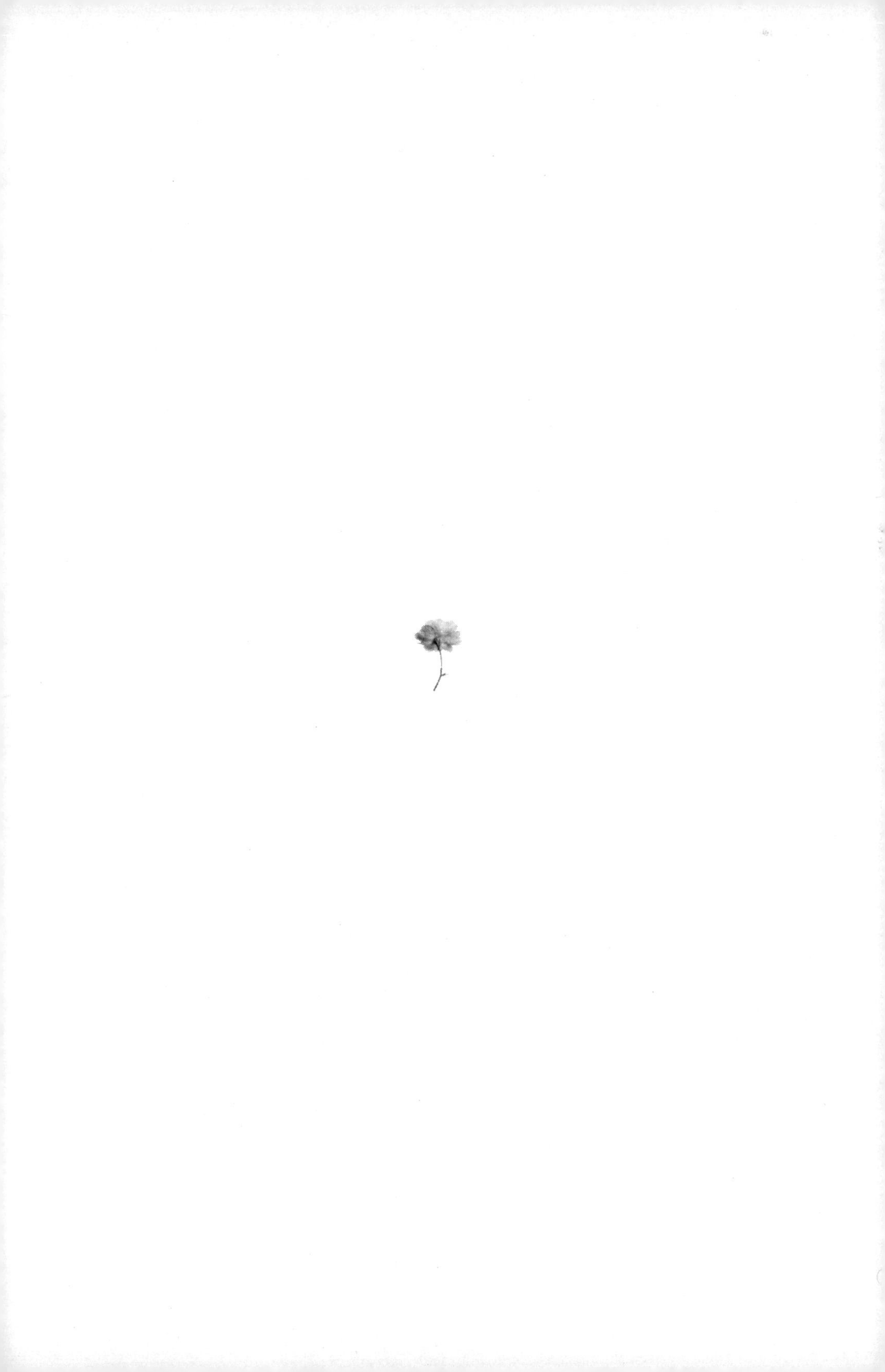

그 사막에는 야생화가 있다